Hanif Kureishi
THE BODY

身体

[英] 哈尼夫·库雷西 著　卢肖慧 译

目 录

身体　1

树间喧哗　151

与你相视　163

再见,母亲　181

异性恋者　235

记住这时刻,记住我们　251

父亲　263

触　285

身　体

—The Body—

第一章

他说道:"听着,你说你耳聋背疼。你身体不断地提醒你活得不爽快。你想不想找个办法治治它?"

"这具半死不活的老皮囊?"我说,"当然。怎么个治法?"

"换个新的,怎么样?"

这是一个我既不能接受、也不能拒绝的建议。这绝对不是件轻易的事情。当我听那家伙提及这事,尽管我不愿搭理这癫狂的主意,还是忍不住去想它。整个晚上,我躲也躲不了,被这建议弄得兴奋异常。兴奋了一阵子之后,现在我得面对这建议了。

这次"冒险活动"始于一次我不愿意参加的聚会。

虽然五十年代末六十年代初可以说是我的黄金岁月,但我受不了强劲音乐的威胁,我倒是更喜欢安静,各种各样的安静。对半生不熟的烧烤食物,我也不会有什么好胃口。

想听听我的健康状况么?我其实并没觉得特别不舒服,可我已经六十五岁了,我的床是伴我度过人生最后岁月的船只。我的膝盖和背脊给我添了很多痛苦。我患了痔疮、溃疡和白内障。我吃东西时,掉出几粒碎牙也不是什么稀罕事。我的耳朵是一天比一天老背,人们要冲着我耳洞吼叫才行。我不参加别人的聚会,因为我不喜欢笔直站着。要是我坐下,别人跟我搭话就有些困难了。更何况我并非总对别人的话题感兴趣,如果我觉得腻烦了,我就不想在那里耗着,那样又让人觉得我很唐突或傲慢。

我有些朋友比这更糟。要是你运气好,说不定会听到关于他们的传闻。我确实喜欢喝两盅,但我喜欢在家喝。好在我是个一喝便倒的人。不用几杯下肚,我便能懂得拉康①了。

我妻子玛戈当了五年的咨询顾问,现在受训成为治疗师。她在家里某间屋子里倾听别人诉说,以此谋生。我们真够幸运的,总是相互羡慕着对方的职业。她希望能从自己内心创造些东西;而我则希望从别人那里听到些什么。

孩子们已经搬出去住了,女儿在学习,准备以后当医生,儿子在做电影编辑。我想我这一辈子算是有个皆大欢喜的结局啦。我妻子玛戈走进屋子时,我想把心里的想法告诉她,其中某些东西,我想,她会注意听的。玛戈总喜欢宣称男人一旦进入中老年,脾气便开始变坏,刚愎自用,难以餍足。据玛戈看来,我们已经不怎么在乎对别人礼貌周到,我们忘记了别人比我们自己更重要。往后

---

① 雅克·拉康(Jacques Lacan,1901—1981)。法国结构精神分析学家。把弗洛伊德的精神分析学引入法国,并用结构主义对之进行了改造,创立了结构精神分析学,在精神分析学界产生了深远的影响。——译者注
本书注释均为译者注,下同。

走,事情会越来越糟。

我承认自己不是那种佛法修炼得道的人。我或许还有些美德,诸如恻隐之心,时有时无的仁慈;与我一些朋友不同的是,置身于芸芸众生里,我对他人、对文化、对政治从未失去过兴趣。我希望当一个出色的父亲。尽管某些时候,孩子们免不了讨厌我,我还是喜欢他们,喜欢和他们相伴。直到现在,我敢说,我还算是个宽宏大量的丈夫。玛戈总说我是为名为利为赢得女人的青睐而写作。我还得再加一点,我也是热衷于我所做的事情的,它一直使我着迷。通过写作,我思考着这人间世事,思考在我眼里,在他人眼里,什么是重要的。

我除了自己充满矛盾之外——有人告诉我,我至少有三重人格——我还情绪时好时坏,神不守舍,嫉妒心重,又时时需要得到别人的肯定。我妻子说我常处于癫狂、头脑发昏、"自我迷失"的状态,而我自己却不曾意识到这些。我可以走进浴室是一个人,走出来变成另外一个,一个更糟的。我瞳孔放大,到处乱走,跺着脚吵吵嚷嚷。几句非难可以让我一连三天记恨在心,认定她在谋划着跟我过不去。好几年的自我解析、治疗,还有被我的学生称作"写作疗法"的艺术创作活动,没有一件事情使我的症状消失。没有什么救得了我,救得了病态中的我。要是你问我,我或许会说我的问题就是我自己,我的生活是我的困境。如此说来,我最好还是从中寻找乐趣吧。

要不是玛戈出门去参加她一群女朋友的晚餐,我连想都不会想去赴那个聚会。女人之间谈话交流的亲密程度和迫切心情,她们彼此之间的愉悦,我并没嫉妒过。不过,在我看来,男人之间不可能这么直接率真。

可如果现在我一个人待在家,只消一个钟点,我就要晃东晃西,把东西这儿抓抓,那儿搁搁,再四处乱翻寻找它们。我再也不相信或希望书本上的知识能满足我,甚至不相信它们会提供给我娱乐。如果看电视时间太长,我会感到心里空荡荡的。我已经相信自己是如何不合时宜,老掉牙了!我不再熟悉那些大众明星、演员和电视连续剧。我不再吃得准色情影片里男女的身体到底是属于谁的。我像是想要参与一场谈话,而只能明白其中一小部分。说到政客,我几乎无法搞清他们到底站在哪一边。我的年纪、我受的教育和阅历根本不是什么优势。我想,既有好心境又有好奇心地参与这个世界,看明白世事真相,你必须既年轻,又无知。我是不是想参与这个世界呢?

就在这样一个夜晚,我找不到更有意思的事情去做,以一种半老头子的举棋不定踌躇不决的心情,我冲了个澡,穿上白衬衫,拉开前门,踩着碎步而去。正是盛夏,街上像是烤着了似的。虽说从做学生开始,我就一直生活在伦敦,可今天当打开我的前门,想着我可能会撞上或听到什么,不得不思考些什么,可能会碰见哪个人,我还是很兴奋。伦敦好像已经不是不列颠——在我眼里,那个狭小的、乏味的不列颠,到处是农田,到处是上了门板的店铺,到处是想效法伦敦的城市——的一部分,而演变成一个半独立的城邦。像纽约一样,伦敦开始让步于对人欲的满足①了。另外,我和玛戈

---

① 出自马斯洛的需要层次理论。他认为人类需要是分层次的由,高到低是自我实现需要、尊重需要、社交需要、安全需要和生理需要。

一直议论这事,要走完一条街而中途不被讨钱的人拦截是不可能的。不过一般来说,我看上去衣着混乱,乞丐们对我是没有什么指望的,尽管他们张着手。

那是一个戏剧玩家的聚会,一个朋友操办的,她是个导演,也教教书。她邀请了几个戏剧学院的学生,还有那些常客,我的朋友和熟人,那些尚能动来动去的、没住医院、没去消夏的活人。

医生指示我要锻炼,我本人也还指望有年轻人的活力,于是,我决定从伦敦西区步行去聚会。约莫四十五分钟之后,我就上气不接下气虚飘飘的了。附近叫不到出租车,我被困在尘土飞扬、人迹稀少的路上,一筹莫展。我打算在树阴地里坐下歇歇脚,又担心能否再站得起来,身边没有一个能助我一臂之力的人。许多个我曾经不知不觉走进去过、要一品脱苦啤酒、随便翻翻晚报、充斥着从家庭里逃亡出来的本地浪子——人们把这帮家伙称为"酒鬼",现在这些人个个病态得一塌糊涂——的酒馆,现在都成了酒吧间,挤满手舞足蹈的年轻家伙。我根本不想经过肥硕的看门人进入酒吧。有时,伦敦好像处处都安装了监视摄像机,处处都是保安人员,你甭想走过一道门关而不被剥去衣服、脱下鞋子、翻出衣袋被检查,当然都是为你自己好。虽说现在并不比往日更危险,也不比往日更安全。在酒吧里简直不可能跟那些陌生的倒霉蛋进行蹩脚的交谈,那些交谈会把你牵扯到别人稀奇古怪的生活里去。上了岁数的人都像被从街上扫除掉了似的,而年轻人脑袋上长着电线,供应着音乐和电话里的声音,也许还供应着使他们扭来扭去的电流吧。

尽管如此,下午和夜晚,我总是在伦敦到处走走。有时路还走得相当远,我逛店铺,逛不为人知晓的剧场,逛另类博物馆。不然的话,整个上午的伏案工作使我的躯体僵硬不堪。

聚会地点不在我朋友的公寓,而是在她阔绰兄弟的家,在动物园附近的一幢五层楼的宽大粉墙建筑里。

我终于踏进门的同时,一大群二十来岁的孩子也到了。

"是你呀,"其中一个说道,瞪大眼睛,"我们在学你的戏呢,课程大纲上有你。"

"希望我没有引起你们太多的不快。"我应答道。

"我们想问问你能否告诉我们你是怎么对付……"

"但愿我能记得。"我说,"对不起。"

"我们听说你尖酸刻薄。"另一个低声怨道,又添了一句,"你长相跟你书背后的照片一点都不像。"

我举办聚会的朋友来到门口,挽起我的手臂,把我引进了房子。她或许觉得我会拔腿溜掉吧。实际上,这些聚会使我焦躁不安,这种感觉,就跟我二十五岁时所感受到的一样。更糟的是,我明白这些惧怕,这些破坏了愉快心境的惧怕,出自人的内心,而且无法解释。你老的时候,你作茧自缚自我困顿的行为根源几乎是从前无法理解的,为什么现在,你要来解开这重困惑?

"你是不是嫉妒那些年轻靓仔?瞧他们那样虚荣,一开口便是'我离开牛津时'或'皇家戏剧艺术学院'什么的。"她说道,递给我一杯饮料,"可任何有档次的聚会上都不能少了他们的。谁他妈的想过得快乐谁就少不了他们,你不觉得?"

"我不觉得他们想跟你我任何一个套近乎。"我说。

"哦,我搞不清楚。"她说。

她把我领到花园,大多数人都聚集在那里。花园出奇地大,有开阔地带,也有种了树木的地方,我看不见花园到底有多深多大。花园的某些部分被悬在树枝上的挂灯照亮了,另外部分幽幽然诱人地暗。那儿有一个爵士乐队,有吃的,还有热闹的交谈,每个人穿着最少的夏衣。

我拿了些食物,一杯饮料,正在寻找哪里可以坐下,我的朋友又朝我这边走了过来。

"亚当,"她说,"喂,请别大惊小怪,亲爱的。"

"什么事?"

每回我听见"有人想拜见你",我的心总是往下一沉。

"是谁?"

原来是个戏剧学院的小伙子,还没出茅庐的演员。他站在她身后。我心里叹了口气,当然,毫无疑问,嘴上也跟着叹了口气。

"您是否介意我与您一起坐一会儿?"他说道。他将要开口向我讨份工作了,我心想。"别担心,我不要工作。"

我笑了。"我们找一条长凳吧。"

在一个如此宜人的夜晚,我不想那么老气尖酸,令人不快。我为什么不可以听一个演员说说话?我这辈子就是耗在这帮在暗地里变换着自己的角色、靠着计算他们在别人身上引起的作用而谋生的人身上的。

见我们谈得不错,我的朋友便走开了。

我说:"我不能站立太久。"

"我可以斗胆问问原因吗?"

"背脊的问题。换句话说,上了岁数啦。"

他微微一笑,用手指指。"那边有个舒适的地方。"

我们穿过花园,走到一条被矮树丛遮蔽的长凳那儿,从那里往外看,我们能够见到整个聚会。

"我叫拉尔夫。"他说道。我放下食物,我们握了握手。他是个英俊的年轻人,高个子,漂亮,自信,外表没有冒失无礼的样子。"我知道你是谁,我先替咱俩再去取些香槟来,然后再聊天吧。"

不知是拉尔夫的关系,还是这个夜晚散发着的鲜亮而近乎神秘的气息,我注意到每个人都修饰得那么仔细,特别是那些耳朵穿孔、身体刺青的年轻人,他们的毛发染成反差鲜明的颜色,竭尽打扮装饰之能事,像珠宝商人的橱窗。除了上健身房,这些年轻人为了保持健壮的线条,肯定是忙不迭地喝不计其数的、装在各种饮料瓶广口瓶等坛坛罐罐里的饮料。他们穿衣服是为了炫耀他们的躯体,而不是衣服本身。

男人的乐趣之一,是看女人穿衣脱衣,化妆卸妆。说到她们的躯体,女人们相信她们把内心愿望穿到外面来了。我从不觉得女人的那些事情值得羡慕,譬如诸多的保养身体的努力,奔波谋划购买东西,考虑东西是好是坏,挑这挑那,衣服裁剪得不得体等等;对比之下,男人只消朝脸上扑些许水,随便在床脚拉一件衣服毫无顾虑地套进去,便走上街去了。

拉尔夫转了回来,我不停地吃东西,不停地四处张望,他热切地称颂我的作品,更要紧的是,他对我的作品知道得十分详尽,甚至那些晦涩难懂的方面。他看过我写的电影,还看过我创作的大量的话剧演出。他阅读了我的散文、评论,还有新近出版的回忆录《为时晚矣》。(我惨淡经营这最后的增删修改,像写一部冗长的遗嘱,其实已经没什么可改的了,唯一的成就是把这些文字颠来倒去,折腾一通,巴望看上去更顺眼些罢了。)他对我的作品了如指掌。这些文字看来对他有着深远影响。称赞也可以是审判,我于是忍受着。

我正要艰难地站起来去添加食物,这时,拉尔夫提到一位七十年代早期在我的一部剧作里扮演小角色的演员,那演员演出不久便死于白血病。

"是位非凡的演员,"他说,"他身上有一种唤起我们同感的忧郁。"

"他是我的挚友,"我说,"你是不会记得他的表演的。"

"可我记得。"

"你那时有多大,四岁?"

"我就在那儿。坐在正厅前排。我总是坐最好的席位的。"

借着仅有的光线,我尽最大努力,仔细研究起他的脸来。毫无疑问,他才二十出头。

"你一定搞错了,"我说,"是你听别人说的吧?我和一个朋友合作很长一段时间了,我以为那朋友是英国战后最优秀的导演。可现在,哪里还找得到他的作品?也没有文字记录观看戏剧演出后的反响。即使有剧照,也不可能让人感觉那时的演出现场的气氛、规模和情绪。要知道,"我又加了一句,"很多导演会说那够福气的。"

他打断了我。"我就在剧场里。我不是个小孩。亚当,你有时间吗?"

我四下望望,认出许多熟悉的脸孔,有几张脸皱皮疙瘩。其中一些人，有三十多年时间，我和他们合作过，争辩过。现在我们碰到一起，几乎没有令人兴奋的交流，而是啰里啰嗦絮叨些人活得不如从前走下坡路之类的话题；没有人会谈论我们的工作，即便说起，也没有人会给以足够的夸赞。这种悲苦，这种超过我们所能承受的悲苦，令人心碎。我们或许讲讲孙儿孙女，讲讲医院，讲讲葬礼和哀悼仪式，讲讲我们多么想念这个人那个人；而心里始终在想，接下来会是谁，什么时候轮到我们自己。

"当然，"我答道，"我怎么会没时间呢！只是最近我在想，人上了一定年纪，好像总是在准备着上床睡觉。可那是大功告成之后的解脱。我可以插上电热毯躺着，听着歌剧，拼命读书。那是多么难得呀——拼命读书，或者拼命做随便什么事。"

两个年轻女子在我们听不到的地方坐下来，但近到足以观察我们，她们时不时转头朝我们瞟几眼，咯咯笑。我的脸在她们的眼里不会有多少魅力，这我是明白的。

他凑近我。"我来解释一下吧。这么说吧……以前有一个年轻人，不是第一个，喜欢哈姆雷特。他迷茫，精神混乱，又被父母惯坏。但他还是竭尽努力，像样地活了下去，所谓像样，我指他干了必须干的但很蠢的事，挣得一份钱财。比如制造卫生纸，或者一种新的罐装汤水。他结了婚，把孩子们拉扯大了。"

"他到了中年，生活发生了变化，他觉得终于有了爱的能力。他所爱恋的是戏剧。他在伦敦西区①购置了一套公寓，那样他便可每晚走去看戏了。他这样过了好几个年头。尽管他热衷于金碧

---

① West End，伦敦最有文学气息的地区，有许多剧院。

辉煌的剧场、丝绒席位、冰激凌、演出之后在华贵的饭店举办的讨论,但这还满足不了他。他开始意识到他想当表演家,每天充满感召力地站在整个剧院的观众面前。还有什么其他东西能满足他呢?

"但是,他已经太老了。他不可能再去上戏剧学院,这太荒唐可笑。他是命里注定的那种不走运的家伙,明白自己到底要做什么但已经为时太晚了。一种职业说到底就是生命的支柱。"

"同时,"他继续说,"发生了可怕的事情。他妻子,他所爱着的妻子,得了一种机能退化症,那病毁掉了她的肌体,但她的脑子完好无损。就像有人描述的那样,她是一个健全的司机开着一辆不会动的、毁坏的车,会出车祸,会置她于死地。她说她所要的只是一具新躯体。他们遍访好几个国家,四处求药寻医,到了最后,她但求一死。事实上,她请求她的丈夫结束她的生命。他没有去做,但他在考虑那个提议时,她解除了他的烦恼。"

"我很难过。"我说。

"现在这时候,濒临死亡真是噩梦一场。人可以拖延几个年头,他们已经把生命里该说的话早就说尽说绝了,但人还活着。"他继续说,"那男人,照料妻子十年,也退了休,作了一次旅行,想借此使自己复原。可是,他觉得他已时日无多了。他疲惫不堪,又老迈又无能。他也在为自己的死亡做准备了。"

"在南美,他认识了些阴沉无趣的富人,一天,他从一位他信任的年轻人那儿听说了一个离奇的故事,那年轻人是个医生,跟他一样,也热衷于戏剧和文化。你能相信么,他们一起编排上演了一出业余剧作《终极之战》。这位医生为老先生的难以付诸实现的理想所感动。医生信任他,告诉了他一件正发生着的令人惊讶的事。某些阔绰的老年男女让医生把他们的活脑取出,移植到新死的年轻人身体里去。"

拉尔夫沉默了,似乎他要看看我的反应,才会继续。

我说:"看来很符合逻辑,技术和医疗水平只需要跟上人类的想象或意愿便是了。我对科学一窍不通,不过事情难道不是这样的吗?"

拉尔夫继续说:"那些人并非就长生不老了,但他们可以再年轻一回。要是他们想要的话,他们可以变成二十岁,他们可以活一种他们认为错过了的活法。他们可以做任何人都想做的梦,他们获得了第二次机会。"

我咕哝了一声,"不要多久你就意识到了,只有一件无价之宝,不是金子,不是爱情,而是时间。"

"谁没有问过这类问题:我为什么不能成为另外一个人?若有机会的话,谁真的不想再生一回?"

"我不能相信。"我说,"请继续说。你碰到的这些人有谁做过这种手术么?"

"有。"

"他们是什么模样?"

"你自己得想想清楚。"拉尔夫说。我再次转向他。"嘿,"他说,"仔细瞧瞧。"他朝光亮处靠了靠,以便我可以把他看个真切。"如果你想的话,你可以摸摸我。"

"还行。"我摸了摸他的脸颊,谨慎地说。他的脸颊摸上去就像任何一个年轻人的那样。"说下去。"

"在关注我自己生活的同时，我从一开始就关注着你的生活。我在饭店见过你，甚至还向你求过签名。你说出了我内心的想法。我在戏剧学院的试听演出用的是你的作品。亚当，我比你年长。"

"这谈话实在难以令人相信，"我说，"不过，我一直喜欢奇幻故事。"

他继续着，"就如我跟你说的，我挣得一份财产，但我时间不多了。你比我更明白，一个演员走上台，你马上看见——一切都摆在你面前——扮演那角色，他已经太老啦。然而，人的愿望并不随着年岁增加而消退，对许多人来说，它日日增长，而满足它的方法却越来越少。我不想去剖肚皮刮脂肪、戴假发、割眼袋，我不喜欢任何这类事情……小修小补。"他笑着。这是他第一次看上去不那么一本正经。"我还需要起码二十年，年轻健康的二十年。我做了手术。"

"你取出你的大脑……变成了一个年轻人？"

"我所讲的听上去有些错乱。确实难以置信。"

"我们来作个假设吧，假如是真实的，这令人振奋的幻想是怎么实现的？"

他说具体过程很怕人，但就身体而言，这不比心脏手术更可怕，心脏手术我和他都做过。当你从麻醉状态苏醒过来，你觉得健壮而乐观。"一切具备，就等着跳将起来跑出去。"他这么形容的。手术还很不普遍，只有极个别外科大夫能施行。近五年里医生已经做了几百例，或上千例手术，具体数字他不甚知晓。至今，据他所知，这还是秘密。是到了可以接受手术的时候了，赶在人人都争先恐后抢着去做之前，眼下每个人出于自己的利益还对此守口如瓶。

他继续说他相信某些人需要更长的生命，他们会给人类带来巨大好处。针对他这说法,我回道,虽然我不怎么了解他,但他的温良谦和打动了我。他似乎不是那种优等民族里的精英。他不是斯大林、波尔布特,也不是五十年以后又转世还生的特蕾莎修女。

"是啊。"他说,"不用说,我不属于他们之中的一个。我养育了后代,我工作得辛苦。我需要另一次生命把欠睡的觉弥补回来。要是我再次投胎,我就是为了可卡因。"

我问他:"要是你真的是那些男女中的一个,你打算怎么度过你的新生?"

"很长一段时间,我想做的就是扮演哈姆雷特。不是作为一个七十岁老人,而是作为一个小伙子。这是我的打算。"他说,"我在戏剧学院里开始这一切。他们已经拟定了演员,而我得了角色。我熟悉台词已经有些年头了。在我许多工厂里,我走东走西,念叨着莎翁的诗句,以此保持头脑清醒。"

"希望你别介意我提个看法,演李尔王或普若斯皮罗①有什么不好呢?"

"我最终会向那些高峰冲击。亚当,我可以随心所欲,随心所欲。"

我问:"那是你演完了哈姆雷特之后打算做的事情?"

"我要一直做演员,那是我情之所钟。亚当,我拥有财产、经验、健康,还有些智慧。我拥有我想与之为友的朋友。戏剧学院的年轻人,他们满腔热情。你文字里的某些东西感染了我。你说戏剧跟电影不同,从不会发生在过去。恐惧、焦虑,以及艺术家的演技正在现

---

① 分别为莎士比亚戏剧《李尔王》和《暴风雨》里的人物。

时发生着,在你的面前发生着。如果说演出有风险,那么奇观或灾难也是因我们而来。我就需要这个。我可以告诉你,发生在我身上的是人类历史上的重大革新。跟我走到一起来吧,怎么样?"

我咕咕笑道:"我不是圣贤,不过三流写手一个,只是时常对人们如何相互利用有些兴趣而已。我不觉得基于我的'尊贵',我有资格享受再生。"

"你有创造力,你喜欢唱反调,你还能说会道。"他说,"在我看来,作为艺术家,你才刚刚开始开发你自己。"

"老天爷,我觉得该写的我早就写尽了。"

"你应当发展。明天早晨来见我吧。"他从地上拿起他的餐盘和酒杯,那两个留意观察着我们的、还没有失去耐心的女子,振"翅"而动了。"我们到时再细聊。"

他碰碰我手臂,说了个地名,站起身。

"为什么如此匆忙?"我说,"我们不能过几日再见面?"

"有安全方面的考虑,"他说,"再说,我还认为最佳决定往往是当场作出的。"

"这我也相信,"我说,"但这事本身我还不明白。"

"在梦里多想想吧,"他说,"就一个晚上,你听见的已足够多了。任何人都会感到多得难以接受。明天见。时间有些晚了。我实在想跳舞。我可以不用兴奋剂而彻夜狂舞。"

他按了按我的手,注视着我的眼睛,仿佛我们已经有了默契,而后,他走了。

谈话中断得突兀,倒没有不礼貌。或许他已经把这时该说的说尽了。他使我想知道更多的事情。像其他人那样,我也时常思考,要是我早知道现在我所知道的一切,我会如何生活呢?但这想法不是过于荒诞了吗?世间若有什么能带来生命和感情的话,那就是"短暂"。

我看着拉尔夫混进一群戏剧学院的学生——他的"同龄人"里。像他,而不像我那样,这伙人大概不会白天黑夜地思考他们自己的死亡吧。

我起身,与我的老友简短地交谈了几句。这些老家伙们,眼皮水肿,有些人身体已经枯瘦,他们早就完成了一辈子最辉煌的业绩。我喝干饮料,与主人道了别。

在门口,我回头一看,拉尔夫和一群年轻人正跳着舞,那两个窥视他的女子也混于其中。我穿过房子时,看到进门时撞见的那几个,他们坐在长桌边,喝着酒,玩弄着彼此的头发。我敢肯定能听见他们议论说剧本比电影出色,或者电影比剧本出色。刹那间,我渴望一个崭新世界,那里没有人拿剧本与电影比较,也没有人拿电影与剧本比较。永远没有。

为了便于思考,我步行回家,这次,我没觉得疲惫。我走过许多街巷,我注意到路上年轻男女成群结队在闲逛。男孩们套着长衣衫,兜帽掩藏了他们的脸,他们那副样子让我联想到《第七封印》①。看着他们,我想起我一个挚友两个月之前的痛苦死亡。

---

① 英格玛·伯格曼于1957年导演的瑞典电影。影片透过理想主义的骑士布罗克以及他的同伴在蔓延瘟疫的欧洲大陆上的漂泊生涯,向观众展示了不同的人在面对死亡时不同的表现方式,同时对人类生存的意义、对信仰的根源以及上帝的存在性提出了针锋相对的疑问,同时又通过演员约瑟夫一家的生活来肯定信仰本身的力量。影片本身充满了晦涩的隐喻和象征主义的构图,可以说是最能代表伯格曼风格的一部影片。

"这世界没有我,会不一样的。"他曾说。从读大学起,我们彼此就熟悉了。他酒瘾厉害,因此一命呜呼。"仔细看看你这一辈子,看看你到底干了些什么! 我是把我的生命给浪费啦。"

"我不明白浪费是什么意思。"

"啊,我现在知道啦。"他那时说,"不懂如何从自己或他人那里获取快乐。干杯!"

我生活里的棋子儿一个接一个被拿走了。我朋友的亡故使我震惊:我原以为他永远不会放弃苦难人生。我生命的终点也正逼近着,有太多的事情我已经力不从心,不久,力不从心的事情会更多。我已活得太长久,但我的生命,和其他绝大多数生命一样,当我还没有准备好,它好像已经去也匆匆。

街巷后生们的呼啸,他们令人费解的流行用语以及他们咄咄逼人的样子,提醒我年轻人的需求是何等强烈地威胁着老年人。或许,了解他们的感觉会是十分有趣。我敢肯定他们会对此津津乐道。但是要切身"感受"他们的情绪,至今我都没有找到办法。

到了家,我从镜子里审视自己。玛戈曾提到,我这副样子,我圆肿的肚子,青筋暴露的、纺锤状的双腿,以及往左倾斜的身体,使我看上去开始像我父亲临死之前的样子了。这有关系么? 一个年轻的躯壳会给我带来什么? 更多的爱? 虽然我知道,我更需要爱的能力,而不是更多的爱。

我等候妻子,不忙着去睡。我看她脱衣,遵循她的指示坐在浴室里,看她在烛光里泡澡,专心听她讲一天的经历——还有令我提神醒脑的谁谁最使她头疼之类。她和我喜欢讨论有关身体和乱吃甜食的话题,譬如,我们各自身体的哪些部分可能堆满冰激凌,正向外膨胀。在我们之间,花样翻新的禁食方案和各式各样的锻炼总是很受欢迎。她喜欢挑剔我不但"不结实",而且"松垮垮",但一旦我对她身体某些部分说些失敬的话,她便要死要活要杀人要自杀。我观察着她,她头发高束,披着长袍,对镜检视着脸庞,清洁着皮肤,我想我们俩还有多少如此这般平平常常的夜晚呢。

上床没几分钟,她便睡着了。我嫉妒她的好睡眠。睡眠看来越来越是一种奢侈的享乐了,然而我的睡眠就是不见好。我想,小孩和老人害怕与他们的自我知觉分离,好像知觉从此一去就不会回来似的。如果有人问,我就告诉他,我认为生命里我最想要的就是知觉。但有谁不需要从知觉里歇息片刻呢?

每晚躺在玛戈身边,聊着天睡着觉,很不错。想要得到一个成功的婚姻,你必须认可相互之间的细致入微的亲密和蜕变,譬如,对与你同床共梦的人心存兴趣。如果人的个性是张蜘蛛网的话,你需要熟悉里面的任何一条蛛丝。要不然的话,人过四十,世间的缤纷在你眼里开始流逝,婚姻不是重新塑造便是告老退休。乐事不会自己找上你了,但是,如果你学着挑挑拣拣,你或许会拾得些飞来之财。

过了一会儿,不同往常的是,她弄醒我,与我做爱。我们已经很久没有做爱了。我欣然从命,告诉她我一直爱着她,像往常一样絮叨些旧事,诸如我们如何相遇,如何结合。我们彼此之间有相互都喜欢的故事,总是大同小异,但也有一些细微差别,我便留心听着,从中体会新的感觉,找到新见解。

余下的夜晚,我一直睁着眼,在屋子里转来转去,想东想西。

第二章

第二天早晨,毫无疑问,我要去他建议的咖啡馆,和拉尔夫会晤。但我又不相信他会如约而来,或许,这只是我的一种愿望而已。他弄得我不停地思索,我觉得我的日常生活显得十分平庸世俗,这可能的大胆行动,还有这已经令我心惊的未来,使我振奋不已。

他骑自行车来的,只穿了很少衣服,说是跳了大半夜的舞,很早就起了床,来此之前已经锻炼了身体,研习了戏剧台词。这很正常,他说,人们得到第二次生命,就像结第二次婚,他们把第二次比第一次更加当一回事。每一时刻仿佛都更加宝贵。毫无疑问,他看上去匀称而健康,好像对什么事情都饶有兴趣的样子。

我发现我在研究他的脸。我该如何来形容这张脸呢?如果说躯体是心灵的画像,那么他的躯体便是一幅地图,描绘的是一个不存在的地方。我想看他原本的脸,那张再生之前的脸。不然,就像是和一个你从未谋面的人通电话,心里暗猜对方的尊容到底如何。

不过,是为了我,而不是他,我们才来这儿的。他说话有条有理,我猜他前身做商人时就是那副做派。他把事情从头至尾解释了一遍,好像宣读写在记忆的笔记板上的条文。两小时之后,我们握了手,我便回了家。

玛戈和我常常一开始吃午饭,就争论吃面包还是喝汤,或者吃色拉还是三明治,一直吵到我们躺在各自的沙发上睡午觉。可今天,我要告诉她我得出趟远门。

今年早些时候,玛戈花了两个月去了一次澳大利亚旅行访友。我们彼此相互依赖,玛戈和我,但我们不想把婚姻变成一道太过分的围墙。我们有约在先,那就是如果我想的话,我也可以"定期流浪"一番(如今,澳洲土著人把"定期流浪"说成是"一枕好梦")。我告诉她三天以后我要上路。我得请半年的"有薪休假①"。我仓促的决定和如此的长假使她震惊且不快。她和我总是喜欢小别几日,但过了几日,我们需要彼此诉诉苦解解烦恼。我估计由此我们知道彼此之间的婚姻尚存。然而,她明白我一旦做了决定,便铁了心,我生怕近在咫尺的反悔又冒出来。

她说:"睡觉的时候,没有你聊天,我怎么入睡呢?"

"那么说来,我还有些用处啊。"

她默认了,她倒是很善良。她不信我可以支撑六个月。只消几个星期,我便会又乏又累又无聊了。怎么可能会有其他人对我

---

① 此处作者用了 sabbatical,为研究或旅行,每七年给予大学教授一年或半年的有薪休假;亦可作"安息日"解。

的小毛小病像她那样充满兴趣呢？

我花了比预计更少的时间安排处理我的"旅行"事务。我有一个男性朋友圈，他们每隔两星期来我家一次，喝上几杯，看看足球，顺便对我们的工作发一通牢骚。玛戈会告诉他们我出门旅行的事，等我回家时，我们又会凑到一起的。通过我的律师，在经济上我作了必要的安排，我还按照拉尔夫所坚持的，做了其他相应的准备。

当我和拉尔夫再度见面，他看了我一眼，说："你是我第一个发展的人。我非常高兴你决定接受这事情了。你活了一辈子为了寻找如何活着，接着，你的一辈子也就走到了终点。我觉得我找的人选再合适不过了。"

"'发展'我？"

"我早已在等待合适人选，带领他踏上我所走过的路，想不到竟是像你这样出类拔萃的人！"

"我需要看看这到底会给我带来些什么。"我咕哝道，差不多是自言自语。

"你的尊容肯定给你带来过许多好事吧。"他说道，"聚会上，你没有看见那些女孩子注视着你呢。他们向我打听你是否就是那个真正的你。"

"她们真的向你打听了？"

"好了——都准备好了吗？"

他已经向他的汽车走去。我尾随着他。拉尔夫很是热心和积极乐观。我感到安然自若，此情此景，任何人都会享有同感。我开始盼望着"脱胎换骨"，幻想着套了新皮囊的我所能干的事情。

这时,我们抵达了"医院",那是一幢废旧的仓库,坐落在荒弃的、冷风萧瑟的伦敦外围工业区(他早已对此作了解释,"好多事情都不像表面看上去那样")。我从篱笆的规模和黑衣人的数目可以断定这里防卫森严。入口处,拉尔夫和我出示了护照。我们都被搜了身。

建筑里面,确实像是那种小型昂贵的私家医院。四壁、沙发和装饰画色彩都很淡雅柔和,楼里几乎没有声音,像是有巨大的墙壁挡着似的。没有病人走来走去,没有手持鲜花、书籍和水果的探病者,只有个把医生和护士。一瞥之间,我看见走廊尽头,一个枯萎的老女人,穿着粉红绒布袍子,坐在轮椅里,由一位老者推着。这时,拉尔夫和我被飞快地引进侧面的办公室。

紧接着,外科大夫就踏进了办公室,他三十五六岁的样子,看上去非常沉着泰然,我不由地想,不知他修炼了哪门瑜伽术,或接受了什么治疗法,有多长时间了。

他的助手将所有手续都飞快办好,我签了张支票。费用相当贵,不然的话,这笔钱是要留给孩子们的。我希望钱财的匮乏会使他们发愤图强、富有活力。我妻子的生活已经有了着落。有什么使我不安心呢?我还是控制不住地怀疑其中有诈,控制不住地想我这回当了十足的傻瓜蛋,我被击中要害,因为我贪恋虚荣,害怕衰老害怕死亡。但这若是一出恶作剧,他们倒是费尽了心机,我得花大血本以饱耳福啦。

外科大夫说:"很荣幸有您这样一位卓越的艺术家加入我们的队伍。"

"谢谢。"

"我好像听说过你的一些事情,你真的是那样的吗?"

"我都怀疑呢。"

"我想我老婆看过一出你的戏。她迷恋喜剧,现在她闲得很,可以尽情享乐。拉尔夫告诉我,一开始,你打算短期租用一个躯壳,是吗?最短六个月的那种,对不对?"

"正是。"我说道,"六个月后,我愿意再次回到原来的躯体里。"

"我必须提醒你,不是每个人都愿意走回头路的。"

"我愿意。我只觉得这实验实在是新奇,想凑凑热闹。可是对我自己的生活,我并没有特别不满。"

"你可能会对死亡不满吧。"

"也不一定。"

他反诘道:"我不会由着你,直到你自己躺在灵床上,感受到死亡。有些人,你明白的,一拖再拖,结果丧失了语言功能。或许还有各种各样其他理由,使手术为时太晚。"

"你是说,我六个月后会不愿意返回原来的躯体?"

"要求你我任何一个预言六个月后你的感受如何,那不太可能。"

我点头称是。

他注意到我在盯着他看:"你在想我是不是……"

"对啦。"

"我是,"他答道,瞥了一眼拉尔夫,"我们俩都是。我们俩都是新身。"

"那么,那边走来走去办事的正常人,"我指指远处,"你们称之为原身么?"

"大概是吧。为什么不呢?"

"这些词汇,将来准会挂在许多人嘴巴上,你觉得呢?"

"词语是你的谋生之道,"他说,"而躯体是我的。我想是吧。"

"这种新身的存在,就像你称呼他们的那样,会造成很大的混乱,不是么?我们怎么知道谁是新身谁是原身?"

"这个领域里的思考尚待完成,"他说,"就像人工流产、基因工程、克隆、器官移植,以及其他医学进展方面的问题,人们曾经对此争论不休。这个问题,也会被争论一番的。"

"我敢肯定,这问题可是大不一样啊。"我说,"打比方,父母和儿女年龄一般大,或者更年轻。这意味着什么?"

"留着等哲学家、牧师、诗人和电视里露脸的博学之士来评判。我的职责只是延长生命。"

"作为一个有识之士,你对此应该是思考过的。"

"我怎么可能一个人就把这问题解决了呢?你得自己这么经历一下才会明白。"

"可是……"

我们来来回回不着边际地讨论这个话题,直到我自己都意识到我是在拖延时间。

"我在想……"拉尔夫微笑着说,"要是我已经死了,我们就不会在这儿说这些话了。"

大夫说:"亚当的犹豫也很是在理。"他转向我,"你得做第二个重要决定了。"

我估计事到临头了。"不至于太困难吧,我希望。"

"请跟我来。"

由一个打杂的和一个年轻护士伴着,外科大夫带领我和拉尔夫拐了数条走廊,穿过几扇上锁的大门。最后,我们来到一个空旷的、屋顶低矮的冷藏室,里面亮着日光灯,地上铺瓷砖。

我站在那里,发起抖来,不仅是因为温度的缘故。拉尔夫挽住我的手臂,开始在我耳边轻声说话,但我听不清他讲什么。眼前的一切是我以前见所未见的,事实上,眼前这一切是任何人见所未见的。这不再是好玩的猜测或猎奇了。这里是新世界开始的地方。

"你们从哪里搞来这些?"我问,"这些躯壳?"

"他们是那些不幸死去的年轻人。"大夫说道。

我好像在观看一场大屠杀之后的情状,于是十分愚蠢地问:"都是同时死去的?"

"自然不是同时死的。他们来自世界各地。他们像眼下运送人体器官那样被运送来的。那并不太难。"

"这过程里,哪些步骤会碰到困难呢?"

"需要时间和专门技术,清理上好的绘画作品也是如此,非得有行家能手来打理不行。这样的人才还不多。但是是可以做到的。当然啦,这种该发生的事情总会发生。"

悬挂在那里的、用绳子绑着的是成排成排的躯壳:白色的、深色的、介于两者之间的;皮肤有斑纹的、皮肤洁净的、毛茸茸的、不长毛的、留胡子的、大胸脯的、身材高的、骨骼宽大的或矮胖的。每个躯壳都有一个号码,装在塑料口袋里,挂在头部上方。有几具看上去令人难堪,脑袋稍稍歪垂在一边像是在沉睡,腿张成一个角度。另外一些看上去好像正要开始起跑。所有的躯壳,就我所能看见的,都相当年轻,说一些看上去像青年人,倒不如说更像大孩子。最大的不过才刚上四十岁。这使我回忆小孩时和父亲一起在裁缝店里见到过的成排成排的西装。只不过眼前这些不是蔽体的衣服,而是人的肉身,活着从女人双腿间生出来的。

"你为何不走走看看挑选挑选?"大夫说,让护士陪着我,"选那么几具,写下看中身体的号码。我们可以一起讨论你的选择。这是我感兴趣的事情。你知道我喜欢干什么?猜测人们会挑选什么样的躯体,看看我猜得准不准。通常我的眼力很对。"

确实,选购躯体,我心里是有些主意的。比如,我知道我不想把自己变成金发碧眼白皮肤的漂亮小子。人们或许会把我看成赏心悦目的傻瓜蛋。

"我可以提几句建议么?"拉尔夫说,"换换口味,你或许想摇身一变当一回年轻女子呢。"

我说:"变也好,不变也好,都好。我母亲常这么说。"

"有些男人想生孩子。或者他们喜欢像女人那样体验性生活。你的作品里就有这么一个男人,说在他的性幻想里自己总是女人。"

"是啊……我懂你意思了……"

"或者你可以挑一个黑人身体。这里有几具。"他不无讥刺地擤了擤鼻子,"想想你可以从这个社会体验到多少事情,而且……诸如此类吧。"

"是啊,"我说,"不过,我读一本这方面的小说不就得了么?"

"随你便吧。我所说的只是让你知道你有许多选择。慢慢来,别着急。你偏爱什么人种、性别、尺寸、年龄,都是你的选择。照我看来,人们再怎么思考都不算过分。他们想当然认为谁看上去威猛谁就厉害。当然,你可以在六个月后再套进另一个躯壳,随心所欲,尽情发挥。或者,你是不是特别执著于你所谓的自我?"

"我从来不觉得这有什么不对。"

他说:"要明白人的所谓的自我有它好的一面,但并不全都是好的。拿着。"

"老天爷。谢谢。"

我接过口袋,但我不觉得恶心。我的确想离开那间屋子。这地方比停尸间更糟糕。这些躯壳会被重新弄活。那些后果连想都不能想。除了老迈的,似乎这里各色人等应有尽有。那些年轻的肯定是成批死掉的,或许遭了谋害。我得当机立断挑个顺眼的,赶快离开。

其余的人都谨慎地退了下去,我走着,两侧是大片一动不动的死人,我巡视他们的脸和赤裸的身体,这死亡者的货栈!我凝视着这些躯体,像人们长时间凝视一幅绘画,直到它的含义——生命的含义——似乎蒸发掉了一样,只剩下瞬间的肉体化的躁动不安,存在于两个永恒之间。然后,我开始想到诗歌、儿童和清晨,直到那问号又回到我脑子里:我为什么要继续活着,为什么有时活着似乎还是值得的。

我考虑了几个躯体,但没有止步,希望能找到更合意的。最后,我停下脚步。我看到了"我的伙伴"。或者说,好像是他选择了我。他健壮结实,古典式的俊美,就像大不列颠博物馆里的雕塑,他皮肤不白也不黑,是阳光晒过的样子,长着粗大的阳具,两只有分量的卵蛋。我终于会有一个意大利足球队员的体魄了,比方说,一个敢作敢为打打杀杀有冲劲的中锋。我的这张脸像年轻的阿兰·德龙,当然得由我自己的脑子统领着出去,玩它半年。

"就是他了。"越过一排排的躯体,我说道,"我的朋友,他看上去不错。我们彼此喜欢对方。"

"你要不要看看他的眼睛?"护士问,她等在门边,"还是看看为好。"

"为什么不?"

"那就看啊。"她说。

她撑开我的伙伴的眼皮。屋子里绝对没有一丝怪味。但当我凑近他,我嗅到一股消毒剂的味道。不管如何,我已经喜欢他了。一辈子第一回,我要长一双褐色眼睛了。

"可爱。"我考虑着要不要拍拍他的脑瓜,转念一想,他是冰冷的。我于是对他说,"待会儿见,老弟。"

出去时,我注意到另外一扇上了锁的厚重大门。"里面还有更多的么?是不是乙组队员都被收藏在那里?"

"那里存放了替换下来的老身体,"她说,"你剩下的器具也会保留在那里。"

"器具?"我问道。需要委婉的表达总是提醒我某些潜在的恐惧。

"你眼下用着的躯壳。"

"呃,对,但只是短短一段日子吧。"

"短短一段日子。"她重复一遍。

"放在那里会不会有什么不测呢?"

"怎么可能?"

"你们不会转卖了它吧?"

"呃……我们为什么要卖了它?"她加了一句,"没有如此不近情理的意图。当然啦,要是六个月之后,你改变了主意,或者你就再没露脸,我们会把你的器具报废掉。"

"呃,对。我想看看我将在哪里被放起来,不,确切地说,挂起来。"

我朝这间屋子的门口走。打杂的伸出粗壮的胳膊拦截了我的道。

护士说:"这是机密。"

拉尔夫也来干涉了:"这不行。亚当,你或许认识这些人。他们有些声称侨居海外,有些好像'去世'了。有些失踪了。但是他们到了此地,脱胎换骨摇身一变,成了新身。"

"到底有多少这些'转生来世'的?"我问。

拉尔夫没有回答。我觉得自己变得烦躁不安了。

我说:"你声称因为我这样好奇心重,刨根究底,你才'发展'我的。现在你却不回答我的问题。"

"做一个沉得住气的病人吧。很快你手中就会拥有你想拥有的足够时间了。你终究会明白更多的。"他拥抱了我一下,"我要离开你了。等这边事情办好了,我再来探望你。"

"我会感到像一个新人。"

"是的。"

我被放倒在我房间的床上,大夫和他的助手替我做检查。大夫打着呼哨,我紧闭眼睛。我的身体已经成为一具由着人捣腾的物体。我想象我的新躯壳被人从架子上解下来,在另外的屋子里准备着。

过一会儿，大夫说："现在，我们一切就绪。你的选择不错。你的新器具已经好几次被挑出来过。他等着出游等了好久了。我很高兴他终于等到了今天。"

据说我有可能会因为麻醉而丧生，这些分分秒秒也许是我在人世间的最后片刻，我已习惯这样的想法了。当我昏沉沉进入麻醉时，孩子们儿童时候的小脸蛋晃过我眼前。这一次，我的担忧变了方向，不仅担忧死亡，而且还担忧从死亡里诞生出来的会是什么——新的生命。我的感觉会是如何？我会是谁？

第三章

　　我有个喜欢探讨理论的朋友，认为自我的概念、独立个体意识的概念、撰写自传的概念，发轫于十六世纪早期，与镜子被发明并且在威尼斯流行开来的时间十分接近。人们一旦得以长时间地仔细打量自己的脸面、表情、身体，他们就会感到惊讶，他们是谁，他们与其他人有何不同，又有何相同？

　　我的孩子们在他们两岁左右时，就对镜子中自己的影像很着迷了。后来，我记得儿子六岁时，攀上椅子，又爬上饭桌，去看挂于壁炉上方镜子里自己的影像，他亲了亲手指，正了正帽子，说："好棒！你多么幸运，有这么个漂亮儿子。"自然，后来，他们和镜子就难舍难分了。我对他们这样讲：现在能多看就多看几眼吧，到了那时候，你就不会那么坦然地面对自己的镜中影了。

　　据我的朋友说，若是一个生灵不能看见自己，他是不会成熟的。他无法看清哪里是他的尽头，哪里是他人的起点。挂一面镜子在动物笼子里,会对动物成长大有帮助。

我依然处于半清醒的状态,可我开始动了。我发现自己可以站起来。我站立在房间里一人高的大镜子前,看着我自己——不管那是谁吧——长时间注视着。我注意到他们提供给我许多面镜子。我调整镜子角度,我把自己前后左右上下全身打量个透。镜子里,我好像既换了容貌又被克隆。我一转身,镜子里到处都是我,许多我,许许多多新我,弄得我头晕目眩。我坐了坐,躺了躺,跳上跳下,摸摸自己,弯弯手指伸伸脚趾,甩甩胳膊蹬蹬腿,最后小心地把脑袋贴在地面,然后脚一蹬,身体一弹,拿了个大顶,我已经有二十五年没干过这事了。有太多事情要去适应了。

已经有些时候了,在刚过五十的头几年里,我原先对自己身体的自恋自豪感开始慢慢消失了。我听人说,年轻时,我是很能吸引某些人的;我梳理头发比演算公式花的时间还多。我理所当然认为至少别人不会因为我的相貌而讨厌我。小时候,我是在乡野和小河边长起来的,在那里成天奔跑,探寻新奇。尽管如此,最近这些年,我变得臃肿、谢顶,我的心脏情况总使我垂头丧气。到四十岁时,我不得不面对一个尴尬,我不知道应当把皮带束在肚皮下面呢,还是绕过肚皮束在上面。有一阵子,我就像许多先生那样,也把裤子穿到胸口上。后来,孩子们建议我别这样。

我的一个失望的情人向我指出,我才第一次意识到自己身体的衰退老化,当时,我马上去染头发,还报名参加健身房锻炼。不久我就很饿,我连水果也吃了。没过多久,我意识到很少有比中年自恋更为可笑的事情了。当我要戴上老花眼镜看清杂志进行手淫,我知道好戏已经收了场。

我所认识的女人，没有一个会因为年纪而作罢甘休。要是我妻子和她的朋友不讨论"毒素除皱"、"全面排毒"，不讨论食物和体型、肥瘦和健身，不讨论那些参与或不参与的身体锻炼，那才稀罕呢。女人，我是了解的，不仅限于那些女演员。她们每人有一个班的私人教练、瑜伽教师、营养专家、节食专家、男按摩师和美容师，每天在她们的身体上来回捣腾，好像心中的渴望和焦虑可以通过身体来治愈。谁不想变得更吸引人，因而被爱着呢？

我与她们不同，我试着把自我与身体分裂开来，就像身体是一个令我难堪的、再也不想提及的朋友。我的自傲，我的自我知觉，你也可以说是我的本我，并没有消失，相反，它侨居客地了。我注意到一些朋友也如此这般。有几位跑进了议会上院，在各种委员会里拥有了一席之地。他们赢得了一些赞誉盈耳的夜晚，他们荣获了大奖、金牌、赏钱、博士头衔。到了年末，这些琳琅满目的东西分发出来的时分，便是这些老者和他们的医生最为焦虑担忧的片刻了。声望自然比漂亮更重要。我想象着我们自己，好像卡通片里那样，陷入老年的泥淖，被金牌拖着拽着往下沉沦，我们唯一的动作就是怀着嫉妒的一回头，看一看我们的同代人又拿了些什么奖。

其中一些事情，你会很乐意听到，也发生在我身上了。我的早期剧本偶尔被翻出来上演几回，主要是被患关节炎的业余爱好者翻出来的，然而我最新的剧本却还没有被搬上舞台，据说它太"老派"。有人在为我写传记，为一个写手写传记，就像是请石匠把名字凿刻在自己的墓碑上一样。对于我，什么曾是重要的，我的传记作者似乎比我知道得更多。他很年轻，我是他的第一份工作，以此操练操练身手。尽管我不懈努力着,但我们俩都明白,我这一辈子还不够臭,臭到他的书大家都有兴趣争相阅读。

无论如何,我已经撰写了回忆录,还从我六十年代购置的两栋房子里挣了钱。买这两栋房子时,我都没有怎么考虑,一栋给父母,一栋自己住。想不到,房子周围现在成了个时髦地区。

近来,我需要治疗的——若说有什么需要治疗的话——便是冷漠、轻度压抑和倦怠,以及我对文化、政治、他人和自我的兴趣的减退。只有四分之一的我还活着,就是那个部分要求着一丁点纯粹而清静无欲的生活。

我不是独一无二的。一位比我年长十岁的成功但忧郁的朋友,形容他的脑袋"裂着伤口",他愤怒、痛苦、疯狂,就跟他二十五岁时一样。他找不到涅槃的宁静,无法从野心和嫉妒中解脱。他说:"我不明白你应当安详地走向那黑夜,还是愤怒地面对逝去的白昼。经过熟思,我想,我偏向安详地走向那黑夜。"可是,就好像你内心住进了一屋子吵闹不休的亲戚,你但愿能把他们全都赶走,然而又做不到。

可是,去哪里寻找慰藉?我们所祈求的智慧谁能教会我们?谁拥有这份智慧?谁能传授这份智慧?这份智慧是否真的存在?

曾经有宗教,现在,取而代之的是"精神",或者,对我们大多数人来说,还有政治——"兄弟会"之类的玩意儿;以前曾有文化,现在唯有购物。

手术后等我苏醒过来时,这些在我心里盘桓数月的令人厌烦的想法不再纠缠我了。我有更紧要的事情要做,就像拿大顶之类。不用拉尔夫告诉——他现在已经是乐观主义者了——我原以为,开刀至少应当让我感觉到像被打了一顿似的,我预料需要一段时间来恢复。但是,尽管我处于半知觉状态,我已觉得自己动起来比以往轻松了。

尽管如此,我在床上一躺下,就睡着了。这回,我梦见自己身在一个火车站。平时我坐火车时,喜欢早早到车站,那样我可以观察候车者的身体一个一个动来动去。但我又对别人的身体有些病态的惧怕。我不希望它们离我太近,我不能碰陌生人、朋友,甚至我自己。在这梦里,我到达火车站时,每个人都想见我,他们团团围着我,握我的手,触碰我,亲吻我,抚摸我,以示祝贺。

这半梦半醒的状态继续着。不知怎么搞的,我觉得自己没有了躯壳。或许那样说更恰当,我腾空在两具躯壳之上;从我自己的躯壳里拖出来,还来不及套进另一个躯壳。某种感觉向我袭来,我起初还以为是想象,但我意识到那是身体的感知,好像我的生命在慢慢复苏,是实实在在的感觉。我总是理所当然地认为我是一个人,成为这造物是我的荣幸。但现在,这一切提醒我,更本质地说,我其实只是一具躯壳,一具有求有欲的躯壳。

这怪诞的情形里,我想到婴儿是如何时时刻刻紧贴着母亲的肌肤的。身体是孩子最初始的游玩之地,他最初始的经验是感官的。婴孩出世不久便知道能从其他身体里摄取东西:乳汁、亲吻、奶瓶、爱抚、轻拍。人类的手便是派这用处的,就如人类的手会摸索身体上的许多洞眼那样。不管你喜不喜欢,那些洞眼流出些不同的东西:汗、粪便、精液、脓、气息、血液、口水、言辞。那些洞眼,若是你喜欢,还可以放些东西到里面去。

我母亲,一个图书管理员,长得肥硕,不能走远。运动会妨碍她。她的衣服松而大。她不节食,唯有一次,她进行了斋戒,她躲开早餐。到午餐时分,她头昏脑涨,饥饿难耐,于是吞进一只奶油圆面包,这才使自己的情绪好起来。

母亲总处在饥饿状态,可我猜想,她不知道自己到底馋什么。我问她为何消耗那么多垃圾,她回答说:"你不会知道下一顿饭从哪里来,是不是?"对有些人来说,事情就是这副样子,好像总是不够似的,你要尽可能地捞足撑饱,尽管如此,你还是永不满足。

母亲从不让我瞥一眼她的身体,也不让我睡在她身边,她也不喜欢碰我。她不让任何人的手碰到她的身体,说那个"没必要"。说不定她让自己长肥,为的是抵御诱惑。

等到你年纪大了,你就懂得不能随便碰任何人,他们也不能随便碰你。尽管父母对孩子慷慨,但他们通常不会与孩子分享自己的性器。有时你甚至都不被允许碰你自己身体的某些部位,好像这些部位并不属于你似的。你身体的某些感觉是被禁止产生的,年长者不喜欢人人都领受那些感觉。我们把自己想成开明人士;而别人满脑子都是令人费解的旧习。可是,身体接触的规矩随便哪里都是严格的。

每个身体都不尽相同,但就无法控制这一点来说,每个身体又都是一回事儿:身体会不知不觉干出许多事情来,比如哭啊,打喷嚏啊,撒尿啊,生长啊,或性兴奋之类。你很快就发现身体会被其他身体吸引或对其他身体厌恶,甚至——特别是——当它们并非想要这样时。

我是在几次欧洲大战后,在父亲的农庄玩着士兵打仗游戏长大的。我脑子里装满千百个好汉笔直的身体形象,他们穿一色的衣服,步调一致。他们制造的是一个混乱骚动的世界,可是至少,像我父亲经常说的,他们为此"打扮得像模像样"的。在学校里,好像每个老师都有某种残废——一只耳朵,一条腿,一只卵蛋,或者几条打仗的伤疤——这些使我们神往不已。我们没有一个人会想到自己身体上成双成对的东西会走了单,但我们还是禁不住胡思乱想。这是教育的错位:老师关心着心灵,而我们关心着身体。我长大,我希望的是身体长大。

在我意识到与别人发生真实性行为的可能的同时,我开始意识到自己的死亡。死亡和性互为因果。你可以死,但临去之前,你可以说声"喂,你好"。

在乡村,身体数量减少,身体间的距离增大。我进入城市,因为城市里身体和身体之间更为亲近,由此产生了热量和磁性。身体与身体撞来撞去,是因为空间限制,还是因为渴望接触?餐馆和酒馆里桌子和桌子离得越来越近,火车和地铁里,身体吸取着其他身体的气息,这必定是人们出去工作的原因。身体看似匿名,但,任何一个身体都有姓有名。为什么谁都要一个身体?尤其像我这样一个半幽闭恐惧症患者?

倘若别人的身体使你忍受不了,你可以刻薄它们折磨它们,以此断绝它们。你可以拿枪崩了它们,用火焚了它们,使它们不再动弹,不再说令你生厌的话。如果你自己的身体使你忍受不了——谁不这样?——你可以眼观鼻鼻观心,静坐深思,直到无欲无望,你可以遁入空门,你也可以找一个癖好,以疏导你的欲望。有些身体实在是拥有者的麻烦——它们无法预料,像难以驯服的动物,情感会烧得发烫,而身体没有恒温装置——以至于主人不仅会穷饿身体,规整身体,更会鞭挞身体,惩罚身体。

年轻时,我想进入身体里去,不仅是我一部分的皮囊,而是整个身体钻进去,到里面去生活。如果这看上去不切实际,那你可以和一具身体并排而卧,以熟悉它。你可以把你身体的一些东西放入另一身体的某些洞眼里去。实在是其乐无穷!遇见我妻子之前,我花了一段时间把身体敏感部位尽可能亲近地放进其他身体的敏感部位里,从中尽可能多地摸清身体到底渴望些什么。对女人的身体,我从未失去过那种痴迷。女人好像懂得这个:欲望的力量使得我们又疯狂又可怕。你会因为对一个女人渴望太强烈而杀掉她。

随着你越老越病,你的身体越来越不招人青睐,喜欢碰你的人越来越少。到那时,你就得掏钱了。女按摩师和妓女会安抚你,要是你塞给她们钞票。现在能有多少治疗师凑巧会所谓"按手疗法"?护士会料理病者。医生一辈子接触身体,年轻人为此去念医学院。牙医和妇科医生对身体里黑洞洞的部分乐此不疲。有些工人,比如在鞋店干活的,居然可以准确拿捏身体的某些部分,而他们从未听过解剖课。牧师和政客教诲芸芸众生如何对付自己的身体。人们总是根据自己身体的好恶选择干什么活计。职业引导者应当把这一点铭记在心:任何职业的背后都有着肉体的迷恋。

到了青春期,人们便开始担心他们身体的形状和尺寸了。有人说对此女人比男人更为担心,但我还吃不准。他们想得太多,对自己身体明智的认识永远不会使他们得到所期待的满足,因为惹他们烦躁不安的是他们的欲望而不是他们的皮囊。心存欲望,理所当然地会改变身体的外形,改变旁人对它的看法。挨饿、斋戒、节食，诸如此类，可以看成解决此种欲望或期望的良方。

我新身体里的胃口好像也在苏醒。我正在渐渐复原，因为我意识到一股需求的火焰。但我的肌体像一个我以前从未走进去过的建筑物。这感觉到底从何处来？我要什么？至少我觉得肚子瘪瘪的。首先，我得好好清醒过来，然后才可以吃点什么。

我的手表放在床头柜上。我可以清楚地看见上面的数字，可是表带却戴不上我粗壮的新手腕了。我知道这是个早晨，我睡了整整一晚。该吃早饭了。我得准备一下，要不然套在新躯壳里我无法走出房间去。

我照着镜子，继续检视自己，朝前走走，往后退退，察看我的毛腿毛手臂，把脑袋扭来扭去，张嘴闭嘴，瞧瞧我的一排好牙和一条宽大干净的舌头，做微笑状，做皱眉状，做奇形怪状。以我长得恰到好处的脸来说，我不只是漂亮。护士曾要我检看"我"的眼睛。我懂她的意思了。我拥有某种温柔，某种渴望；我察觉到我的眼睛里流露着思慕，甚至有一种悲情。

我爱恋上我自己了。如果你闭门独处，俊美也罢，生命本身也罢，这些并不意味那么多。没有他人，你不成其为天堂。

门打开了，外科大夫走了进来。

"你看上去太棒啦。"他绕着我兜了一圈，"米开朗琪罗创造了一个大卫！"

"我正要说弗兰肯斯坦①刚巧……"

---

① Frankenstein，玛丽·雪莱(Mary Shelley，1797—1851)的小说《弗兰肯斯坦》里的人物。小说讲述一个疯狂科学家的创造物、一个用死人身体部分拼合的怪物争取世人承认他人类身份而进行抗争的经典故事。

"天衣无缝。你感觉很好吧?"

"我认为是的。"

可我的嗓音听上去陌生得很。音色更清,但比以前中气更足,音量更大。

"还不错吧?"他问。

我点点头。我们走进另一间房,大夫把我的各种部位贴在不同的仪器上,给我,或者说我的新躯壳做全身检查。他一边检查着,我一边用新的嗓音唠叨着,主要唠叨对童年的回忆,听着自己试图把自己整个地拉回到从前的日子。

"我检查完了。"他终于说道。他观看我笨手笨脚地穿上拉尔夫买给我的衣服,他这么做剥夺了我享有的自然出生者的隐私权。"好。好。令人难以相信。一切都正常。"

"为什么要吃惊?你以前不是做过这手术?"

"当然。不过每一次好像都是奇迹。我们手上又成功了一个。大功告成啦。你的头脑和身体的神经系统结合得天衣无缝。你的新身体里有着你的旧头脑。新生命已经创造出来了。"

"就这些了?"我说,"我不需要再作更多准备?"

"我认为你需要,"他说,"心理上的准备。你将会遇到不少冲击,还得调节自己。你和拉尔夫讨论讨论这问题,这倒是个好主意。拉尔夫是你的引导者。你可以和他畅所欲言。你要离开便可以离开啦,先生。你生命的时间已经重新开始,但还是在滴答滴答行走着的。六个月以后再见。你知道我们在何处。"

"可我会知道我在何处吗?"

"我希望你能找到答案。我等着听你日后的消息。"

接待处的护士递还我钱包和袋子,袋子里面装了拉尔夫告诉我"变形"之后几小时我用得着的东西。她从工作台下拿出本我写的回忆录,要我签名。

"先生,很久以来,我一直是您的崇拜者。"

我得从不同的高度猫下腰,才得以用我的新手签我的旧名字。这些年来第一次,我用不着为避免疼痛而调整我的姿势。我退后一步,审视自己的签名,那签名就像是我的草书的拙劣仿冒。我另外抓过一张纸,一遍遍书写我的名字。任凭我怎么练,我都无法写出我的旧签名。

那个被逗乐了的护士替我叫了出租车。

我坐在长沙发里等候着,我的两条新腿凸凸地拐在我面前,占据了许多地方,碰到我的脸了。看着接待处的这位女护士忙碌着,我脑子里浮现出一种念头,这令人向往的护士,她简直是白璧无瑕,可是她或许已经上了八九十岁高龄了。就像牙医诊所里的家伙们,总是有一口完美无缺的牙,她自己准是一个新身。但为什么她要干这份差事?

一位长头发的、模特儿似的年轻女子走近接待处的工作台,要出租车。她那屁股有些西班牙人的样子,那么令人销魂,我肯定嘘出了声,她笑了。很难断定她是十几二十岁呢,还是刚过了三十。我觉得我们在制造一个人人同龄的社会。我注意到那女子提着一只开口的袋子,我好像瞥见一角粉红绒布袍子。她在我正对面坐着,也等着车子,神情紧张。事实上,她在陌生地关照着自己,就像我那样,尝试着活动身体的各个部分,开始有些不易,接着就喜上心头了。然后,她以明媚的自信,报以我一个微笑,我马上想要不要建议和她同坐一辆出租了。我们是多么般配的一对！

但我想回到平常人那里去,那些正在老去的怕死的平常人。我站起来,回绝了出租车。我想自己走走。马拉松是小意思。护士好像能理解我。

"祝你好运。"我对那女子说。

我朝着大路走去。我肯定走了不下五英里,我大步流星,这稳稳当当的动作令我喜悦。我的新躯壳比我的旧"容器"更高更重,但我感觉远比以前轻捷灵敏,我好像开着一辆豪华车。我可以俯瞰街上别人的头顶。人们要抬头望我才行。我像小孩那样神气活现。我现在可以把人一拳打翻在地。不过,以拳打脚踢开始用我的新肉身,可不是什么好开端。

我找见一家便宜小餐馆,进去吃了一份饭,再添了一份。我在一个没有听说过的大旅馆办理了登记手续。这是早已预订好的。我在酒吧台挑了一个好位子,可以留神观察看我的人。那女人在朝我这边笑么？人们的眼光的确扫着我,但他们的兴趣显然并不比以前有所增加。我的脑子令人不安地清醒。这世界是何等明晰。世界在我眼里如此明晰,这好像是很久以前的事情了。几杯下肚,借着些许兴奋,我是越发的清醒了,我不想在我换了新身的第一天便喝个烂醉。

我正等在旅馆拥挤的大厅里,拉尔夫急匆匆进来,站在那里东张西望。他居然认不出他崇拜的作家,他铭记了这作家的语句,他认为这作家应该永生,而眼下这情景,实在教人难堪。他愣了片刻,终于从许多身体中找到了我的身体,可他还是不能肯定那人是我。

我走向前去:"嘿,拉尔夫,是我,亚当。"

他拥抱了我,手在我的肩膀和后背轻轻滑过,他甚至还拍了拍我的肚子。

"多硬实的身体!伙计。你看上去好极了。我替你骄傲。你真有种。感觉如何?"

"从没这么好过。"我说。这是我的言语,可我的嗓门洪亮。"谢谢你,拉尔夫,为我做了件大好事。"

"对了,"他说,"你叫什么名字?"

"对不起,你问什么?"

"你需要一个新的名字。当然,你可以沿用原来的名字,或衍生出来的名字。可是那会造成混乱。你其实已经不再是亚当了。你以为如何?"

我自然认为我应当改名字。新名字会提醒我自己是个新组合。总之,杂种混合最时髦了。

"要叫什么名字?"他问。

"我将是里欧·拉斐尔·亚当。"末了,我说,"这名字听上去够显赫了吧?"

"你看着办吧。"他说,"好。我会告诉他们。你有钱,是吧?"

"按照你坚持的那样,足够维持六个月。"

"我保证你会收到用你新名字的护照和驾照。"

"准是非法的吧。"我说。

"你感到不安吗?"

"我想是。我无论怎么说都算不上个君子,可是在鸡毛蒜皮的事情上,我还是倾向于诚实。"

"管不了那么多了,老兄。像你这样的,世上能有几人?你是一个会走路的实验室,一个试验。你已经超越了善与恶。"

"对对,我明白啦。"我说,"研究身份的理论家要为这事情伤脑筋了。"

他碰了碰我的肩膀。"你需要用用你那小二啦。很好使,是不是?——你那玩意儿。"

"我简直无法告诉你那感觉多棒,我撒尿时不再滴滴答答,四处乱洒,也不再会打湿自己的新鞋子。要是挺起来,我马上打电话告诉你。"

"我换了新身,第一回和女人干那事,感觉一下子就都回来了。我和一个俄罗斯女人做。那女人嗷嗷乱叫,像头猪。"

"是吗?"

"那天晚上我知道,值了。那么多年,日复一日,看着我老婆死去,那已经过去啦。生活又明媚地继续下去了。"

"我的老婆没死。我希望在我'离开'的这段时间,她不要死去。"

"不忠也没什么关系。"他说,"那又不是你干的。"

我们聊了一会儿,可我感觉到烦躁不安,脚踮来蹭去。我说我想出去遛遛,晃晃我的新屁股,显显山水。拉尔夫说他也这样干过。他会尽早让我自行其是,首先,我们得买些东西。拉尔夫买了一套西服、衬衫、内衣和鞋子带到医院,但我需要更多东西。

"我儿子好像只有牛仔裤、T恤衫和墨镜。"我说,"不然我就不知道二十五岁的人穿什么了。"

"有我呢。"他说,"我就只知道二十五岁的人穿什么。"

我拍了护照的照片，拉尔夫把我领进一家连锁店。每次我在试衣室的镜子前见到自己，总觉得面前站着个陌生人。我脚丫子没必要地离开我的腰那么远。近来，我感到穿袜子有些困难，但我从未对自己的身体尺寸感到陌生。我一向知道哪里可以摸到我的卵蛋。

我穿着黑裤子、白衬衫、风衣，没什么赶时髦或卖弄的。我不想显示自己。哪个自我要显示呢？我唯一买的东西是一条紧绷绷的皮裤，那个，我是早就想要的，只是一直没试过罢了。我老婆和孩子对此绝对会不舒服的。

拉尔夫去参加一个排演了。他很忙。对我，对他自己，他都满意，他的任务完成了。他要忙他自己的新生活去了。

我再一次从镜子里观看自己，试着习惯自己的新身体。我发现头发长了点儿。不管我是哪个"我"，这模样不适合我。我得修整修整。

我家附近有一家发廊，许多年来，我几乎天天打它门前来来去去，却总是鼓不起勇气走进去。里面的人都年纪轻轻，女人们露出穿环的肚皮，噪声大得吓人。现在，女孩边剪着我浓密的头发，边聊着天儿，我心里充满着无比的兴奋、惊叹和疑问。我飞快地同意变成新身，为的是不让自己犹豫。手术后，我心情明朗，这第二次机会，这缓期执行的死刑，使得我感觉良好，我对活着不无感激。年纪和疾病使你干枯，但是，你从未意识到你失去了多少活力；走向死亡，你得具有多少心理准备。

我无法体会、但不久马上就体会到的是，因为新身而再度变得年轻是怎样的一种感觉。我饶有趣味地让美发师替我化妆，在发型上尝试我的新角色。我告诉她我是个单身汉,在伦敦西区长大,曾经是哲学和心理学的学生,在饭店和酒吧打工,正考虑着将来要干什么。

"你心里怎么打算的?"

我告诉她我想远走高飞,伦敦我已经待腻了,我想四处云游。在这个城市里,我会再待上几天,然后就拔腿开路啦。我说话的时候,感觉到心里热浪汹涌,为什么汹涌,我不清楚,不过,我知道那是一股欢快的热浪。

从发廊里走出来,我看见我老婆正拉着购物车过马路。她看上去比我记忆中的更疲惫羸弱。或许,我正在恢复年轻人的眼光,觉得年老的人就像一个人人看上去都一个模样的物种。或许,我得使自己记住年老本身并非疾病。

我想起上星期和她躺在床上,半梦半醒、眼开眼闭之际说着话儿。我只能瞄见她脖子、肩和喉的部分,我看着她的肉体,思忖道我还从来没有见过有什么比这更美丽更重要呢。

她朝马路对面张望了一下。我僵住了。当然,她的目光掠过我,但没有认出我来。她又继续走她的路了。

从某种角度而言,做个无所不知无所不晓的隐身人,我便能够监视,乃至利用、嘲弄我所爱的人;而那又是一种我逼迫自己忍受的令人不快的孤独。话说回来,六个月是一辈子里的一小部分。重返青春,我到底想干什么?我给自己招来了不必要的内心困顿和痛苦,但是不像拉尔夫,我并不觉得心有不甘,也不想做小提琴手,或开拓型的探险家,或学探戈。我已经有许多事情要做了。

我猜想,我的迷惘是刚离开家庭和学校的年轻人所共有的体验。我教年轻人文学"创作",他们对"结构"的过度关注让我很是想不通。只有当我了解他们不但以"结构"来谈论他们的作品,更以此来谈论他们的生活时,我才开始理解他们。寻求"结构",就如问这样的问题:你想要做什么？你想要成为什么样的人？他们只能费神去寻找答案。在我二十五岁时,我不会允许自己去经历这种尝试。在那个年纪,我不是精神亢奋,就是委顿抑郁——我希望,它们是相互治疗的药方。

如果此时我的欲望集中在某件特别的事情上的话,那么我得弄清楚它到底是什么——要是真有什么东西可以弄清楚。或许在我的前身,我被雄心大志捆绑得太紧,我的需求不是太偏狭、太集中了么？到了现在,或许问题不在于找到一个大目标,而是发现许多小目标。我会改一种活法,可我为什么相信会活得更好？

那个晚上,我换了个旅馆,我想要一个小些、不那么闹哄哄的住处。我吃了三顿饭,早早上床歇息了,因为手术,我还有些虚弱。

第二天是个大晴天,我醒来时感觉极佳。若说我不具有拉尔夫的目的观念,那我也绝不缺少一腔热情。无论我要去干什么,我都要干得漂亮。

我终于决定了旅行计划,瞧瞧,我正走在马路上,去找好价钱。这时,两个三十来岁的同性恋男人从马路对面又是招手又是叫嚷。

"马克,马克!"他们直冲着我喊,"是你啊！你怎么样！我们多想你!"

我扭头四顾。周围并没有别的他们可以打招呼的人。大概我的皮裤子已经在公众场合发挥效应了？然而,事情并不这么简单,这对伙计张着手臂,横过马路来了。我打算逃跑——我想我可以假装在跑步——可他们几乎追到我跟前了。他们热情地问候我，我只能面对他们。还有，他们俩都拥抱了我。

侥幸的是，他们的谈话相当吵吵嚷嚷，几乎完全是在讲他们自己。当我设法告诉他们我要去度假，他们对我说他们也正要出门旅行，同行的还有几个朋友，一个艺术家，一对跳舞的伙伴。

"你连口音也变了，"他们说，"非常不列颠。"

"这是伦敦，亲爱的。我脱胎换骨啦。"我解释道，"一个再造物。"

"我们实在是高兴。"

我明白了，上次我们在纽约遇见，我的情绪不怎么好，这是他们见到我在伦敦大街上晃荡着买东西感到高兴的原因。他们以及那个圈子里的朋友都在担心着我。

我熬了过来，接着我们道了一路平安。两个男人和我拥抱吻别。

"你看上去气色不错。"他们又加了一句，"你不再做模特儿了，是吧？"

"眼下不做。"我说。

其中一个说："你也没有为钱干那事情，是吧？"

"哦，现在没有。"

"那事搅得你发疯。"

"是的，是的，"我说，"我相信那是。"

"惭愧的是男童乐队的主意没有成功。特别是你试唱那首古怪的歌曲之后。"

"情绪太不稳定了，我猜。"

"你要不要和我们一起喝杯饮料去——橘子水,当然啦?为什么不呢?"

"抱歉得很,我得走了,"我说着,退了一步,"要和心理医生会面,我已经晚点了。他告诉我还有好些事情要做呢。"

"祝你过得开心。"

我随即给拉尔夫打了电话。

"唔,你那小二挺起来啦?"他说。

我坚持要见他。他正忙于排演。他让我趁他中间喝茶休息时去学校小卖部等他。他出现时,一副心不在焉的样子,原来他刚和奥菲利娅吵了一架,我才不管那屁事。我告诉他刚才在马路上碰到的事情。

"那是不该发生的,"他说道,有些顾虑,"我从来没有碰到过这类事情,不过我演哈姆雷特之后,可能慢慢会被认出来。"

"到底怎么搞的?他们难道不事先查一查?"

"当然查了,"他说,"但这世界现在可是块小地方啊。你的那人是从洛杉矶来的。"

"马克,是他的名字。他们那样叫我的。"

"那又怎样?谁又能料到他会在肯辛顿有朋友呢?"

"如果他是哪个警察局挂了号的人呢?"

他摇头说:"这再也不会发生啦。"他很有信心地说:"从统计上来说,再次发生这类事情的机会很低。"

"已经发生其他的怪事了。"

"比方说?"他不想听,又不得不听。

"告诉我,他怎么死的,我的身体,我的这人?"

拉尔夫犹豫着,"为什么你想知道这个?"

"为什么?他们不允许你把这情况告诉我吗?"

"这是一个新领域。"

我继续说:"躺在床上,我会感觉到一种阵痛,或者一阵兴奋。在我原身的生活里,特别是我有点儿老的时候,或者我沉思默想的时候,我感觉到心智身力会超越某种界限。这很是神秘怪诞,我感觉好像成了别的什么,成了'自我的衍生'。"

"真的?"

"这回又不同了。好像我的内心有个鬼精,有个魂影。我可以感受到早先居于这具身体里的那个人的一些东西,也许是记忆吧。身体本身可能拥有一个灵魂。弗洛伊德有一个说法,大概可以运用到这里来:身体本我。我想,他那样说的。"

"说这些是不是有些晚了?我是一个演员,不是神秘主义者。"

我注意到了拉尔夫的不敬。我是个哭丧着脸的二十五岁的人,而不是卓越的作家了。才一会儿工夫,我就面临因为重返青春而导致的失落感。

我说:"我需要知道更多有关我身体的事情。他们注视着我,其实他们看见的是马克的脸;他们了解的是马克的少年时代经历,既不是你的也不是我的。"

"你想知道他为什么把自己给杀了?我来告诉你,里奥,面对它吧,这是事实,你已经知道了。你的这人死得令人毛骨悚然。"

"此话怎讲?"

"如果死者还年轻,那是不会有什么愉快可言的。没有哪种夭亡是解脱。这世界到处是榨取。谁都知道我们穿的衣服,我们吃的食物,都是第三世界农民提供的。"

"拉尔夫,我不只是穿穿他的鞋子而已。"

"他肯定是'不清白'的,你的这人。可我不可能让他们给你以次充好的货色。不管怎么说,现在是不可能只为获取他们的身体而去杀了他们的。他们的家人、警察、报纸,每个人都会寻找他们。身体一定得'澄清'过,然后那些知道该做什么的医生要为他们做准备工作,以等待新的用途。这程序冗长复杂。不可能只是把你的大脑装进另一颗头颅里便了事了。感谢上帝。要不然的话,想想看,我们会看到怎样荒诞的一幕啊。"

"要是他被'澄清'过,我想,你至少应该告诉我你所知道的事情。"我说道,"我猜测他是一个同性恋者。"

"他体型这么健美,还能有其他理由?除了演员,绝大多数异性恋者身体不过是浮尸而已。你反对同性恋吗?"

"原则上不反对,现在还不反对。我还来不及接受这些事情。我才刚刚起步。我得搞明白这意味着什么。"

拉尔夫说:"就我所知,他很疯狂,但他不吸毒。一个自杀者,我想,一氧化碳中毒死亡。他们得整修他的肺。我为你了解过这事。亚当——里奥,我是说。我要求他们给你最好的选择。那儿有些女人真是不坏。"

"我告诉过你我不准备做女人。我连男人都还没做习惯。"

"当然,那是你的选择。你的这人像是得了临床忧郁症。显然,很多年轻人患有这种疾病。他们得不到所需要的帮助。即使经过很长时间,他们也无法恢复元气。抗抑郁药、医学疗法,诸如此类,都无济于事。他们再也不会成为实干者或者获取者,像咱们。老兄,最好是把他们统统扫除干净,让那些健康的活下去。"

"你的意思是,活在一具被抛弃的身体里?那些被忽视的,那些失败的?"

"正是。"

"我明白你指什么了。'马克'可能内心有所伤,他或许无法拥有一个'成功'的人生,可是他的朋友看来喜欢他。他的母亲希望看见他。"

"你说什么?"

"要是我——"

"别想着在他母亲面前耍这把戏。"他说,"要是你以这张脸在她面前乱走,她会发疯的。他的一家人都会发疯!他们会觉得活见鬼了。"

"我没想这么干。"我说,"我不知道她住哪里。我不是这意思。"

拉尔夫说:"我的这人是喝醉了躺在树下给雷劈死的。这人没有什么不正常,感谢上帝。我只要不参与'匿名纵酒者协会①'就得了。"

拉尔夫那里我也得不到更多的东西。我不得不自食其果了。只是我不知道这些结果会招来什么。

拉尔夫说:"你会来看我演哈姆雷特吗?"

---

① AA Meeting:Alcoholics Anonymous Meeting. 遍布世界各地的一个以救助酗酒者为目的的协会。

"要是你来看我演唐璜。"

"哦？这是你要干的事么？我可以想象你扮唐璜。小二挺起来过吗？"

"没有。"他交给我新护照和驾照。"听着，拉尔夫，"分手时我说，"我希望你知道，我感激这次机会。我以前从来没有经历过这么荒诞离奇的事。"

"好啦。"他说，"现在去散散步，镇定镇定吧。"

我注意到，我开始对自己的躯体习惯了。在这身体里，我甚至感到舒坦。我的长腿阔步，我的巴掌和脸颊的感觉，好像自然而然。我开始不再觉得手脚有不习惯而迟钝的反应了。

还有其他的呢。

多年来第一次，我的身体感觉到了渴望，弥漫着强烈的向往，内心充满着暖融融的火；而且，它蔓延出来，燃及他人——几乎是任何人。我忘记了欲望会是如何百折不回、不管不顾。不论它是以前盘桓在这具肉体内的，还是出自年轻本身，它是一种暴风雨般侵袭而来使我窒息的欣喜。

结婚起，我就决心对玛戈忠实，当然，对个中难处没有足够的认识。所谓"知识反性欲，而琐碎乏味专能扼杀欲望"，这类说法似乎有假。欲望最会钻细小的空子，如果你和你心仪的、想与之有肌肤之亲的人咫尺之隔，而非得禁欲，那简直是下地狱。这种欲望一旦发生，那便是一种令人沉迷其中的亲密。我弄明白了，我想象中的情欲快感诸如此类，一种永恒的、深层次的满足——令我们神魂颠倒的浪漫幻想——就如你向某一个人索取你所求的一切，那不太可能。然而，取而代之的爱侣、情人、娼妓、谎言——好像又太具有破坏性,太反复无常。要克服苦痛和恼怒,克服年轻人对性欲的追慕,得靠我内聚尽可能多的成熟和在生活里寻找幸福的悟性。我成了一连串事物的替代:财产、孩子、工作、院子里除草、防患于未然。生病,也成了救命稻草。我变得病态地惧怕旁人,我甚至不能让不认识的人修剪我的头发。我把头发交付给了我女儿。我的生命和精神在没有杀死任何他人的情形下得以幸存。够啦!可这还没有完呢。

现在,我发现自己会在马路上和小餐馆里盯着年轻女人甚至年轻男人看。我下自动扶梯时,有个往上走的女子对我微笑示意,我便追她追上了大街。这时候,我是跟着内心冲动走的。我以年轻时从未有过的十足勇气撵上她。我的欲望那么强烈,那么不可思议——那种欲望,我觉得是一种灾难——我发现那种东西难以克制,难以赏玩。对我来说,渴望一个人,意味着我得跟自己进行激烈紧张的讨价还价。

我请那女孩和我同去喝一杯。然后,我们去公园里晃悠了一阵,又到她的廉价客栈睡觉。后来,我们吃了点东西,看了一场电影,又回到她的房间。她迷上了我的身体,百般地不能魇足。她的快感增加了我的快感。永别之前,她和我相互欣赏着对方的身体——两个相互吸引的身体,尽兴尽情,反反复复,这是一个完美得不掺杂个人感情的爱的典范,双方都既慷慨又自私。我们相互之间能够想象对方,玩耍着我们的身体,生活于我们的心灵。在云欢雨爱时我们成了机器。我希望这样的事情多多降临。忠诚是怎样时不时地妨碍着情爱呀。相比之下,庄严的性交和文雅、智慧又有何不同?

我们枕着对方的胳膊躺着,她进入了梦乡,于是,我吻了吻她,说道:"再见啦,不管你是谁。"黎明时分,我蹑手蹑脚潜出门去,在街上走了个把小时,对我来说,这是一种绝佳的生活方式。

第四章

第二天一早,我搭上了去巴黎的火车,头顶的行李架上放着我的新帆布背包。到达多佛①前,我吃了两份早餐,阅读两种语言的报纸,还助人为乐替人搬重行李。旅途剩下的时间,我研究着指南手册和时刻表。

在我变成新身之前的几个星期,我正处在我称之为"实验性"的心理状态。完成了回忆录《为时晚矣》后,作为一个作家,我开始走下坡路。我的技巧日臻完善,可是写作水平并不见提高。要是我能找到有意思的手法使我的作品更艰涩,我不在乎它变得更糟。眼下作品粗制滥造,我们就以赶时间、赶时髦为借口,无论文学上和爱情上,都是一个样子。我停止了爬格子,而开始绘画、摄影,和我以前常避开的人交谈。我想看看发生了什么,而不想躲在

---

① Dover,英国东南部的海港。

我的屋子里。尽管我如此费心劳神,我毫无疑问还是越来越闭塞,写作的孤独仿佛是我不可分离的部分,摆脱也摆脱不了。

没有比持续不断的疼痛更令人沮丧的了,我想身体上的某些苦痛我是永远也摆脱不了了。佛兰纳里·奥康纳①写道:"病痛是无人相伴的境地。"或许我在无意识地为走向死亡做着准备,这令我回忆起我为父母的丧事所做的准备。我意识到自己的死亡构成了我生活里多么重要的一部分啊。当我是个混得极糟的年轻人时,我总是想:我有钱做这事吗?年龄老了,我总是想:我有时间做这事吗?或者,这难道真是在我剩下的日子里想做的事情吗?

现在,更新了的活力,加上精神上的好奇,我感到精力特别旺盛。我要借这具肉身,走遍天涯海角,阅尽世间之事。

我刚有孩子时,很有感触,联想到自己的童年和自己的父母;现在,这种转变让我回忆起自己的青年时代。我那时没有游历多少地方。我全身心投入了戏剧,猛读剧本,经营票房,伺候专横的导演。余下的时间,我经历着纠缠不清的伤心事,同时操练着笔墨。为了我的写作,我失去了许多乐趣;有时,我发觉延宕和克制真是令人难以忍受。在我长期——现在我要说,这长期是太长啦——隐退到自己的小屋之前,我快要发疯,我几乎要爆发了。但是,那些年来的习惯和折腾使我受益匪浅,我获得了无价的写作体

---

① Flannery O'connor(1925—1964),美国南方女作家,被认为是当代最优秀的短篇小说家之一。作品有《智血》(*Wise Blood*),《好人难寻》(*A Good Man Is Hard to Find*)。O'connor 在二十四岁时发现自己患有红斑狼疮,直到三十九岁离开人间,她为病魔所折磨。她曾说:"我是一个天生的天主教徒,而死亡一直是我想象的兄弟,一个故事不在死亡或其先兆中结束,我是不能理解的。"

验,不仅在于实际的写作艰辛,更在于那种畏惧感和自我约束,而所有这一切似乎是想要成为艺术家所必须经受的。

我的兴奋从此再也不纯粹了,总是转而变为焦躁不安。在后半生里,我怀疑是不是太违拗自我,太担忧自己的未来,太关注自己所期望的功名,太执著于成就一番事业了。无牵无挂周游欧洲,是我心里从未想过的事情。

我现在对那段生活后悔么？或者说,希望它是另一副样子么？这世界上没有一个生命不犯傻、不犹豫、不出故障、不矛盾重重,这个理,至少我还能领悟。我们是自己的错误,是自己的病症,是自己的失败。

我的新身最缺的是探讨的机会,探讨成为新身的意义,因为有探讨才会恰当地思考这件事情。我怀疑拉尔夫没有兴趣深入这个问题。或许这种身体变换,像拉皮变脸之类,更适合于那些脑子里没有"原装"或者"天然"意识的人,那些不愿舍弃显而易见的愉悦而去追求所谓意义的人。

而那种愉悦正是我现在要寻找的。不久,我的足迹扫过巴黎,之后,我去了阿姆斯特丹、柏林、维也纳。我探访了意大利的教堂和博物馆,它们也接纳了我。没多少时间,我便看腻了排列在墙上的、堕落的、受性欲折腾的肉体,看腻了地窖里堆满的陈年老骨头。我几乎每天在不同的地方醒来。我搭乘火车、汽车,尽可能走得慢悠悠。有时,我徒步翻越山岭、海滩和田野,有时从火车车窗见到醉心的风景,便跳下火车。要是我喜欢上一辆公交车,喜欢它的行程,喜欢它给我带来的思绪,喜欢它宽宽的座位,或者喜欢我在车上读书读到的某句话,我便会一直坐在车上,直到它走向终点站。

悠着点，不着急。

我投宿于廉价的客栈、宿舍、寄宿公寓。我有钱，但我不打算乱花。年轻时，我希望有钱财任我挥霍——以此衡量成败，衡量逃离儿童时代的距离。这看来是太注重于表面文章了。

我只跟陌路人聊天，多年来第一回，我那么轻松地结交朋友。我在小咖啡店、博物馆、俱乐部与人们相识，要是能够，我就上他们家去。如果说我以前太挑剔苛求，那么现在我和谁都能相处，只要那人能接受我，我要看看别人如何生活。和绝大多数的年轻人不同的是，我对任何年龄的人都满怀兴趣。我会去一个和我年龄相仿的荷兰佬的家，而结果是和他的父母聊天聊了整个周末。母亲们总是和我相处得很愉快，因为我对孩子们感兴趣，对如何与他们沟通感兴趣。母亲们嘴边挂着孩子，而我慢慢知道，她们也谈论她们自己，这使我感动。

无论如何，我的确懂得如何照顾自己。碰到无趣的人，我可以开溜。人们可比我所见到的宽厚大度得多。要是你肯听，他们便乐意讲。或许是因为雄心大志和少年得名，我的声望成了阻隔我和别人的屏障。

在每个城市，我的日程都排得满满的。我可以喝酒，可以和我看得上的人上床，我观看艺术画廊，排队买廉价座位的戏票、歌剧票，有时就只是看看书，散散步。在以前的东柏林，我所做的全部就是散步和拍照。在巴黎的酒馆里，我遇见一个年轻的阿尔及利亚人，那人偶尔做做模特儿。不像女模特儿挣那么多钱，男模特儿的钱可是少得多，他们绝大多数人除了当模特儿之外还有其他工作。一个时装周里，我的朋友把我拉去参加时装表演，我按次序在狭长的走道上扭进扭出,镁光灯在狂闪,滥记者在胡诌。这帮人到底盯着看什么,是衣服呢,还是身体?到了后台,到处是半裸的女孩男孩、化妆师、设计师,还有数不清的帮手,乱成一锅粥。

我对这一切都喜欢。和一位设计师聊了一会儿,我的前身对那设计师略有知晓,他开口要雇用我到他的一个店里干活,将来我有可能盘下那个铺子,我回绝了。我像个"学生"那样,倒是真问过他是否读过"我"——亚当——的书,或者看过"我"的戏剧电影。即使他读过,他也不记得了。他抽不出时间耗在文化这劳什子上,缝制一条不错的裤子可比这更重要。他说他的确喜欢"我"——亚当——虽说,他觉得"我"有时相当畏缩怯懦。令我吃惊的是,他说,他嫉妒我总是得到女人的青睐。

第二天,我新交的时装表演朋友以为把我拉上街买东西是个好主意。我向他透露过我承袭了一份小遗产,可以乱花钱,而他知道去哪里花钱。我们俩一搭一档,去了可以观看别人、又同时能得意地吸引别人视线的酒吧,那些人不会以鄙视和畏惧的眼光看待我们这些深色皮肤的人。

我没有就此安顿下来,我可不像这些毛孩子。我不想在这个尘世间要一席之地,不想挣钱。一日,因为下了雨,我想我应当奔赴罗马。到了那里,我去听了一堂讲座,我穿着崭新亚麻西服,坐在第一排,打起盹儿,这时,一个名作家的传记作者,一个古怪的人,使劲贴近我,问我要不要出去喝一盅。吃晚餐时,这英国来的蹩脚雇佣文人说是要我充当他的助手,我于是应承道可以试试,不过我已经觉察到我非得向他说明,我不能成为他的情侣。他声称他所有的要求只是舔舔我的耳朵。我想:与人分享分享这双无可挑剔的耳朵,何乐而不为？其实这对耳朵又不是我的,是公有财产而已。我闭上眼睛,由着他的老舌条享受着我。那快感就跟放一条蜗牛爬过你的眼珠子那样。做个婊子可比我想象的要困难。婊子就是麻烦,其实这麻烦多半是她们自己的。

我可以尝遍世事,因为我是安全的。如果你知道你最终要回家,那你不妨先到处玩玩。我跟随他而去,心里描绘着高大的、前有玻璃门的书柜,以及长而光洁的、我可以伏于其上创作我自己版本的《一切神话之破解》①的书桌,像我十几岁时浏览父亲的藏书那样。事实上,这真的是我所做的事情,在世间"浏览"着或者"牧养"着。工作比我预期的要轻松,主要是穿上他给我买的衣饰,参加聚会和晚宴。我是他的小玩意儿,或者情色伴侣,拿了去炫耀给朋友看的。所谓朋友,是那些有知识、有教养的同性恋,我倒是乐意和他们聊聊。作为一个年轻人,我倒不怎么喜欢结交我的同类,我喜欢成为剧院里一名受宠的男孩,由一群老头们团团围着。

所以,这种异想天开的"兄弟会"生活倒配我胃口,只是我的"雇主"不肯把我放出他的视线。我要是逮着机会去他的书房看书,他会站在不平整的箱子上企图透过窗户窥视我,我可以看见他的秃顶在外面忽上忽下不断晃动。他对我的宠爱变得除了使我遭罪以外,什么都不是了,终于我开始感觉像《天方夜谭》里关在囚笼里的王子。美丽令人思慕爱情。倘若你不想成为他人的梦中人,你得走远点。

---

① 出自英国女作家乔治·爱略特（George Eliot, 1819—1880）的作品 *Middlemarch*。小说中教授卡索邦穷尽一生精力,企图寻找解开一切神话的钥匙,结果是劳而无功。

我在维也纳的一个俱乐部里找了份工,在门口当"看门人"。我总是注意丑陋的和瘸腿的人,直到有个疯子朝着我肚子踢了一脚。几天之后,另一个熟人把我领去了赌场,我正在赌场外面无聊地抽着一根烟,思考为何赌博会使人们如此热切地掏出他们的囊中财物,这时有个女子朝我走来。她说她已经注意了我一阵子。她喜欢我的眼睛。她想跟我做爱。

她不老。我准是一副多疑的样子。(我总是不那么肯定我的表情是否传达了我的情绪,我对自己说谎的能力还不那么有信心。)

"我会付钱给你。"她说道。

"你以前也这样掏钱找人做爱吗?"

她摇摇头。我和自己斗争的结果是不要回绝如此一个提议。我凑近看着她,说从来没人跟我作过比这更好的交易。

"那么来吧。"

她有自己的私人司机,她把我捎带上了。我坐在车后座里,被载着穿过夜色驶向一个未知的地方。

她从美国继承了一笔遗产,在佩鲁贾①有一栋摇摇欲坠的别墅。她雇了一个八十多岁的钢琴家跑了调地弹奏莫扎特的奏鸣曲,而她则在一边画着注目于橄榄小树丛的裸体的我。很少有人画肖像需要那么长时间。几天来我一直遵从她,我穿着短裤衩、工匠靴走来走去,装着能修理好东西的样子,其实什么东西看上去都是好好的。(是不是只有在意大利,残破本身才会被尊为艺术?)

---

① Perugia,意大利中部城市。

她的眼睛总是停留在我身上。我还是喜欢别人对我钟情。生活里有许多瞬间使你流连忘返,你希望它一遍遍地发生,可当你再也看不到新招,你希望的事情使你厌倦时,你便会烦躁不安了。

我真正的活儿是在夜间,她在她的屋子里数小时地为我装饰打扮,然后等候我去敲门。我一本正经地走向我的工作岗位,活动筋骨,泡澡,打坐,俨然一个得意的享乐专家。在假装自己是舞蹈家、攀岩者的时候,我经历了怎样的内心感受啊。性,那活儿很危险,总是那样,但正是由于它反复无常令人心悸,它变得那么刺激那么色情。而她,肯定在最后得到了一份安宁,在她的内心有了那么几小时的宁静。她熟睡时,我捏着她的手,伺候在她的床边测量她的体温,瞅着她的脸,我在她的脸上寻找那份宁静,就像是在感恩祷告似的,我感到很欣慰。然后,我会独自睡得很好。她愉快了我才会愉快。几个星期之后,她想让我和她一起到纽约过日子,如果我认为意大利生活节奏太慢。的确如此,但我不想跟她去纽约。我可以满足她,而代价便是使她失望。我穿着我的靴子,跨过橄榄小树丛,离开了。她的目光追踪着我的背影,她不知道她的继任情人在何方,倘若有的话。

我庆幸有闲暇在这些城市里巡游,戴着耳机听音乐,音乐乃是我情之所系,这尤其是因为我前身的耳朵有些失聪。我去俱乐部,和DJ厮混熟了,和他们聊音乐。可是,说实在的,在我以前的皮囊里,我可是能结交更有趣的人物的。

不过,我喜欢这种丰富多样的生活,我对别人称道我的仪表风度和言语举止很是欣然,我那么爱听人说我英俊、倜傥又潇洒。我可以明白拉尔夫说老树开新花意味着什么了。我拥有智慧、财产、一定的成熟老练和身体的活力。这难道不是人的至善至美的境界么？为何以前没有人想着把这些好东西都凑到一起呢？

在瑞士，通过一个在酒吧聊过天的女人，我结识了一帮子二十七八岁的小伙子，他们在炮制一部表现一群和他们相似的年轻废物的电影。我帮着这伙人搬设备，我有兴趣看看他们如何使用父母出钱买的新的轻便摄影机。

他们开始拍摄长而寡淡的日常对白场景。我从来就不相信安迪·沃荷①的电影会成为有启发的样板，但我鼓励他们高举摄像机一动不动，只管对准拍摄对象的脸使劲拍。我让他们说话，而自己则坐在摄像机背后，问他们有关儿童时代的问题。我把片子带到一个工作室，剪辑了几段，配上音乐。最妙的一个版本是我把声音的话语部分掐掉，只留下音乐。那种无法触及的、无声的、一张一合的嘴巴——有人想要被别人听见，或者被别人忽略——倒是奇绝地感人。轮到我站在摄像机前被拍时，我让人把自己涂成白糊糊一个，中间画了道黑色，美其名曰"斑马作"。有个夜晚，我们拿了电影去一个俱乐部放映，电影里那赤条条的斑马随着当地敲打乐队的伴奏，在银幕上手舞足蹈。

这伙人中另外一些，在一间七倒八歪的仓库里，布置了一个现代艺术展。的确，他们还是做了些好事的，尽管这些事情并不怎么

---

① Andy Warhol（1928—1987）生于匹兹堡。一生留下六十二部实验性的前卫电影。他的电影《帝国大厦》长达八小时，影片的镜头完全对准帝国大厦，一直到影片最后，观众唯一能看的就是整个帝国大厦的一些变化。影片的结尾，帝国大厦所有的灯都亮了起来，Andy Warhol 说，这仿佛就是做了八小时的爱后迎来的高潮一般美丽、动人。他的另外一部影片《口交》，镜头一直都对准一位男性的面部，长达35分钟，记录了人面部表情因为性行为而带来的变化。

为人知晓。当我发现我俨然一个老师或家长那样对他们——他们心智的广度,他们对自己认真的态度——感兴趣时,我有些烦躁不安。他们不看多少书,许多文化知识我认为理所当然的,他们却不以为然。我自己的儿子不读什么书,也不看像样的电影,直到他差不多二十岁。这类享受,他没有让我们去启蒙他,而这启蒙由一位女教师给操办了。最近,在无线电台里,我声称翻翻读读和豢养卷毛狗差不多一样重要。果不出所料,这引起了书蛀虫们对我的强烈不满。长辈们以虔诚的低语谈论到的"文艺"和"学问",总是使我思考:人的身体除了让信息进进出出,还有别的什么可以做?

我去过一个俱乐部,去一睹王子①的风采。那还是在九十年代初期,我和我的儿子,还有一个大学里教书的迪迪·奥斯古德一起去的,她好像是在(床上)教育我儿子。那地方污秽肮脏,而且除了我之外每个人几乎都裸着,吸着毒,我还是很喜欢看每一个人。现在,大多数的夜晚,我的新伙伴把我拖去俱乐部。很快我就腻烦了,于是他们第一次给我吃"摇头丸"。虽然我吸过"摇脚丸"和大麻,也知道有人成了毒品贩子或染上毒瘾,但酒精是我那代人的毒品,看来那是最上乘的毒品了。我从来想不通为什么会有人想拉着臭烘烘的迪斯科舞棍跳华尔兹。

我很难相信我新结交的伙伴们会一整天完全不吸毒或用其他兴奋剂。我朋友都知道"摇头丸"给我带来了意外的喜悦,我真想让首相也尝它一尝,我还想把这药灌进自来水呢。两个星期来,我

---

① Prince,此指美国黑人摇滚歌手 Prince Roger Nelson。他的风格自由挥洒,随意组合摇滚、流行、布鲁斯、电子音乐、说唱音乐和黑人灵歌等多种形式。

每天倒一小撮摇头丸来享用。它使我一会儿进入我自己的身体，一会儿又进入别人的身体，似乎周围真的有那么些人似的。我也说不准。（我喜欢把我们这群吸毒的称为"松散的自我中心者协会"。）我的热切让同伙们发笑。他们已经懂得毒品不是治病良方，这世界并不需要再添一个思考毒品问题的哲学家。

经过文化方面的熏陶和更换之后，我相信我又回到以前被忽略被轻视的那种基本的生理愉悦的状态里，那种生理愉悦是对肉体、对肌肤的迷醉，对动作的迷醉，对同类人所激发的由衷的爱慕的迷醉。我以前个子矮小，是个感觉不怎么好的人，总是发现即便是谈论最暧昧的事情都比跳舞来得简单。但是换了一个新身，我开始喜欢狂暴性事的情色闹腾，这和我见过的某些现代舞蹈有些相似，直说吧，很兽性。我但求变成一团肉，被压倒在地，被捆绑起来，蒙上眼睛，挨巴掌，被拉扯被掐被扼，完完全全地沉湎于肉欲，让令人战栗的高潮吞没晕眩迷失的自我。假如那时，我还能够灵便地使用语言的话，我就会称之为"意识的边缘获得的顿悟"。只是我不想一心沉迷于此，不能自拔。

这群人里，性行为五花八门，另外那些人吸毒已经吸上了海洛因。至少有两个小伙子是艾滋病阳性。有那么几个人认为他们也注定要走到这一步。面对这个事实，我至多只是作壁上观，所以我费了一阵子才看出这种淫乐有多么绝望，他们共同的悲剧和毁灭感浪漫得何等荒谬。我那年代里的人物，诸如詹姆斯·迪恩①、布

---

① James Dean(1931—1955)美国演员，兼摄影家和赛车手。他叛逆和不安现状的性格使他成为五十年代年轻人的偶像。死于车祸。

莱恩·琼斯①、吉姆·莫里森②，还有其他人，也经历过这些。如果现在我是小孩，我也会觉得诗意的不幸是那么难以拒绝。我清楚我不是他们，事实也是如此，因为我忍不住思考他们的长辈会如何想。

我们习惯说的"放浪乱交"以前总是令我不安。泛爱像是社交的贬值。我无疑自以为是地相信，文明的一大功绩便是赋予人生以价值，赋予人与人间的交流以价值。或许忠实的爱情仅仅是小资的白痴行为，既多余，又约束人性？

某些时候，他人，或如我们常说的，"他人的一点点"会变得有人情味。某些动作、言语或哭泣会暗示一段受伤的历史，一个烦恼的心灵。幻想的气球被刺破了（我开始明白其实幻想是一种致命的成见或偏见）。这时我看见了另一种可能——走进真实的机会。我便逃跑了，不想被欲望牵着越走越远，走进另一个人。真的，除开跟那个付钱给我的女子，说到性，我只在乎自己的感觉。

我们最严重的问题是我们自己要寻欢作乐，而不是我们的瘾好或恶习，这点，至少是越来越清楚不过了。欢悦会在一瞬间改变你，它会把你引到不知道什么地方去。当奇谲之事来临时，那种满足感玄而又玄使人沉迷。我知道，沉湎于斯并不能当饭吃，现实是梦想破碎后的沙滩。看来，我是容易被诱惑的。

---

① Brain Jones（1942—1969）英国歌手兼作曲家，滚石音乐最初的灵魂人物。溺水而死。

② Jim Morrison（1943—1971）美国摇滚歌手诗人。他以独特的生命方式和感悟表达了无望的愤怒和灵魂的毁灭。他在《纯真的征召》中唱道：有的生命快乐而甜蜜，而有的却只是为了面对无尽的夜。他在巴黎公寓里洗澡时，死于心脏病。

我们这群人里有位艺术家,他有一个四岁的小男孩。他们对这男孩只是偶有兴趣,就像我对他们那样。大多数时间里,这小孩总是在看录像。从他的孤独里我感觉到了我的孤独。要是我彻夜欢宴,次日无眠,在我以吸毒治疗我的落寞之前,我会把这小男孩领到动物园去看蜘蛛。他的欢笑是我最大的喜悦。我们一起玩足球、画画、唱歌。我不在乎以他的速度慢慢溜达,我在小餐馆里编故事给他听。"再说一个。"他会说。他令我回忆起我和自己孩子在一起的那些瞬间,我儿子在四岁时,有一次从厨房里抓了一张旧报纸给我,因为他已经习惯于我总是在没完没了地阅读。

这小孩子的顽执曾两度惹恼了我。我发现自己跺着脚了。这种不和谐的关系使我觉得我还像是个双重身份的探子,既隐蔽又谨慎。要是我这一代人对成为菲尔比、布伦特和伯格斯①之流——对双重生活、对深藏心灵而不露声色所付出的情感代价——着迷的话,这男孩提醒了我,一个人为了保守秘密,他会怎样地把那个真实的自我闭锁起来。

这男孩把我弄得头晕,但这头晕我无法与他人分担。我独自叹着气,想到那时对自己的孩子那么没有耐心,很是罪疚。我写就长信一封,对多年前的失职致以歉意,但我没把信发出去。除此以外,我孩子大部分童年岁月在我的视觉里是一片空白。我总是身

---

① 英国的"剑桥间谍帮"(Camberidge Spy Ring)。一九三四年间,苏联海外谍报机构在英国剑桥大学秘密招募了数名青年学生,Philby, Blunt, Burgess 便是其中几个。这些人都是剑桥大学毕业的精英分子,在英国的外交情报系统里得到重要的职位,他们长年将大量英美机密,包括美国研制氢弹的消息透露给苏联。

在别处,或者想着做"重要"的或者"需要智慧"的事情。或者,我指望小孩子更像成年人一些,换句话说,少些哭哭闹闹的事情。我的时代,女人和男人分工界线更分明,男人挣钱,女人养孩子,对两性双方都有缺憾。

比起那群人来我更喜欢这小孩子。一次,他发现我对地呕吐,他很心疼,要来亲亲我。我不想让他把我看成个笨蛋。这事情使我讶然。我可没有料到经历新身,会卷入对一个四岁孩子的爱怜里去,而这孩子的自恋情结远超过我的自恋。说到年轻和漂亮,他拥有一切,还有,他的情感在孕育成长。我以前还没有考虑过,要是我重新做人,我会做个父亲,要不然的话,我会花更多的精力去怀想孩子在家的那些日子,怀想我进家门时他们的声音,怀想他们关心和拥有的、扔得满地都是的东西。拉尔夫没警告我别冒出"孵小鸡"一类的想法。我猜,这种想法不会使多少人愿意去"永生",就像你从没听人说在天堂里如果你消化不良,你还得收拾你的残杯剩盏。我得把为人父的可能性从心里排斥出去,亲亲小孩,跟他道个再见,我提醒自己那些等着我去完成的事情,那些我喜欢的、在我的旧身里依然想做的事情。

我很规矩的日子里,不管如何,我希望与我妻子亲密相处。我喜欢看她在屋子里走来走去,听她脱衣的声音,碰她的东西。她会躺在床上读书,我可以顺着她的身体,上下来回地嗅,抽动鼻子,像一条老狗。我还从没那样围着她转过呢。她皮肉发皱、松弛、层层叠起,还变了色泽;然而,我要她只因为她就是她,并非因为她完美无缺。

游历了一些城市,离开了那小孩子,我决定去希腊诸岛逛一逛。我自己都已经厌倦了虚荣心,我渴望温暖的阳光,明净的海水,还有清馨的风。我已经享受了两个半月的轻松愉快,之后,我想准备准备,打道回府——回到病痛和死亡那儿,那是事实。我开始思考该如何告诉我的朋友们我干了些什么。

就像大夫所预料的那样,对返回旧身我并不怎么期待。我吃东西,是不是还会觉得在啃进去钉子,拉出来螺丝?某些日子,我是不是依然只能吞香蕉和去痛药?然而,我的老皮囊所遭的罪是为了我的生命,我所有的业绩造就了这具肉身,我相信我应该搬回这老皮囊里去住一住。我不是严格孝行的追羡者,但看来,这是我应尽的责任和义务。我是不是不久就会觉得许多死亡就如自杀一般?真是可笑,变了一回新身倒把生活变成一个无法抉择的困境了。此时,我期待着在这地方过上几个星期,读完《在火山下》①,或者再从头开始阅读。

我父亲在当地学校当个头儿,他死于心脏病之前,曾说他老是很后悔没有能做一个邮差。他认为那是一份高尚的职业,因为邮差在街上晃荡除了要留心狗之外无所担忧,那职业肯定使他延年益寿。我以前认为这实在愚蠢不过,担忧才是我需要的刺激。但是,现在我有些明白他说的是什么意思了。

倒不是说他可以靠邮差的薪水过活。我也开始清楚自己是越来越不习惯如今的金钱世界了。我总是替自己买牛奶,但不知价钱几何。我严重低估了新身所需要的开销。看看避孕套的价格!

---

① 英国作家 Malcolm Lowry(1900—1957)的一部自传体小说,和小说主人公相似,Lowry 是个纵酒者,酒精几乎毁了他的家庭生活,他不得不逃遁到美国、墨西哥去寻找安宁。他被公认为二十世纪个人精神孤独的重要作家。

除了我单独存放的为我回程准备的现金,我差不多花光了所有的钱,我既不能碰我的银行账户,也不能动用信用卡。在我回去之前,我得找个廉价的地方待着,挣钱付衣食。

那是在希腊,在一艘小船上,我遇见一个背帆布背包的中年女子,她正要去一个岛屿上的"精神中心"研习摄影,而这岛屿正是我要去看看的地方。她搭便车一路从伦敦赶去中心,那去处以专门帮助都市崩溃症患者恢复元气而闻名。当我把我的惨状告诉她,她提议我与她同行。

我在附近广场里的一个小咖啡馆等着,喝着酒,阅读着卡瓦菲①,而她去了中心,询问那里有没有活儿可以让我干干,以换取吃喝拉撒,再挣几个小钱。要不然的话,我得在酒吧、迪斯科舞厅找份活儿干,在海滩上过夜了。那女子转了回来,告诉我中心一直在找一个"打杂"的,清扫清扫房间,在厨房当当下手。只要那里的头儿不讨厌我,我可以白吃,挣几个小钱,在楼顶睡觉。

我们顺坡走下,坡地的边缘有几栋零零星星被几株鲜花点缀着的、刷得雪白的建筑,从建筑上可以观望大海。在一条又长又高的围墙边,她打开了一道门。

"瞧。"她说。我看了看,像魔鬼在偷窥天堂。"他们肯定在课间休息。"

那是一个浓阴遮蔽的花园,女人们——自然啦,绝大多数都是女人——坐在长凳上。她们有的在谈话,有的认真在笔记本上写

---

① Constantine Cavafy(1863—1933)希腊诗人,现代希腊诗歌的创始人之一,生于埃及亚历山大城。他一生只发表了两百多首诗,最重要的诗是写于四十岁以后。他是怀疑论者,否定或嘲弄基督教、爱国主义和异性爱的传统道德标准。

东西,有的在阅读。在一个角落里,一位女子在唱歌;一位在练瑜伽;还有一位在梳理头发;按摩桌上,一具身体被搓揉着。

这里,这些从伦敦来的中年的、中产阶级的,当然啦,离了婚的女人,接受诸如"精神"滋补、打坐静思、芳香疗法、按摩、瑜伽、梦幻等等疗法。哪个在母亲怀里的婴孩享受过比这种现代版本的老式温泉浴场、疗养院更好的滋养?我还看见三个中年男人,胸脯凹陷,静脉曲张。

她问我:"你在此地会习惯吗?"

"我想我可以对付。"我回答道。

我被四处带着看了看厨房,看了看"工作室"和饭厅,我被领着去见中心的创办人,或者说是领导人物,那个"聪明女人",大家都这样称她,没有嘲弄的意思,或者说,我一点也不觉得有嘲弄的意思。我有一种印象,那便是我得放聪明点儿,把嘲讽撇在一边。老气横秋和学究式的乐趣在此地就太过分了。

派翠西娅出现在一栋百叶窗紧闭的小房子门口,那栋房子离开中心走路有十分钟光景。她五十好几的样子,块头很大,披着渐渐灰白的长发,穿的衣服质料和风格都有一种廉价东方地毯的味道。她邀请我进屋,令我坐在一只软垫上。我犯起瞌睡来,而她正对准电话大声说话,读她的信("杂种!杂种!"),她挠着屁股,不时瞟我几眼。

我起身仔细看一幅绘画时,她转过来。"坐下,不要动来动去。"她说,"安静五分钟!"

我退坐下来,咬自己的嘴唇。

第一次见面,我就可以从她身上看出女权主义的种种来:咄咄逼人,对姊妹会的鬼迷心窍,彻头彻尾的革命清教意识。我不讨厌这些女权主义者——在我看来,这就是英国的一种怪癖社会行为,就像崇拜萧伯纳主义那样——只要我不在其魔下过活,躲开她们远点儿就行。确实,这年头,做个年轻力壮的男人更不错些。女人不太有野心,挣她们自己那份钱,不会因为她们的噩梦而怪罪那些长着那玩意儿的家伙。

我心里有些不快,是由于这女人的被我视为高压政策的做法,我打算抬腿离开——不管她会不会介意——我觉得对她来说,我实在不过是个毛孩子,同时还只是个候选下人。我既不是旧我,也不是新我,我什么都不是。

年轻时,我有恋暴君癖,住学校里、工作中、剧院内仰慕那些指手画脚的、从过军的家伙。我热衷于拿他们来考验自己。他们要把你揍多少回才可以跟你讲和?可是,现在一阵后青春期的愤怒使我发抖。我忘记了当成年人把你当回事儿时,他们是如何居高临下跟你说话的;当灌输给你他们的主意时,他们是如何讨厌听你的想法的。你参加你老爸老妈的晚宴聚会,你老爸老妈的朋友问你考试考得如何,于是乎你告诉他们你考砸了锅,你为此很开心。开心死啦。开心死啦。你老爸老妈叫你别这样粗陋无礼,可你就是想等着瞧瞧如果……你老爸老妈要奎宁杜松子酒,而你要一挺机关枪要革命,并且马上就要。

尽管如此,我猜想派翠西娅身上有某种睿智强硬的、我的旧身所欣赏的东西。值得庆幸的是,我不必以安详宁静之类来标榜她,尽管只是粗略观察而得的印象。她长期操练着的内省、深呼吸等等各类疗法,那些招数看来并没有治愈她的暴躁易怒。

当她看定我时,她带着恐怕得形容成是敏锐的某种眼光。我觉得萎了下去。第一回我感到有人把我看成骗子,一个冒牌货,一个透过外表的我。游戏收了场,伪装被拆穿。

"你说你叫什么名字?"她问道。

"里奥·拉斐尔·亚当。"

她哼哼着鼻子,"呃,有些艺术气啊,爹娘是搞艺术的,呃?"

"我想是吧。"

"我可能认识他们。"

"你不可能认识他们的。"

"他们干什么的?"

"许多事情。"

"许多事情,呃?"

"他们走东闯西的。"

"可以呀,他们。"她说,"你打算干什么?"

"在这里找点活儿干,"我回答道,"你吩咐我干什么我就干什么。"

"我想也是。不过别一字一板跟我抠字眼。里奥,你知道我指的是'活在世上'。"

"活在世上? 我不明白。"我真诚地说,"我不知道。我为什么要'做'些什么?"

她学着我的样子:"不知道。不在乎。管它个屁。"

我闭上眼睛,像避开阳光那样。"你为什么盯着我看?"

"看你一脸呆相。"

我说:"呆吗? 我经常瞧着自己的脸……"

"我可以想象,亲爱的。"

"我从来不觉得它有呆相。"

"那后面有一个聪明的头脑吗——会使我想一想的东西,让我觉得'这我以前倒还从来没有听说过'的东西?我准是忘了,"她继续着,"对话不是男人的艺术。"

我的确有许多想法可说说的,可是如果我跟她打开这个话题,那我就不会知道年轻是什么滋味了。

我说:"你希望我离开?"

"除非你自己想走。"她开始嘎嘎地笑。"不大有男人在这里干活,尽管没有明文规定。我大概是六十年代的旧式女权主义者吧,关心着男权世界里女人的自尊,不过我的初衷不是建立个修道院。你那肉乎乎的玩意儿,"她的目光不拐弯地对准我的裤裆扫来,"肯定就像放一只狼进一群羊里去那样。我想这倒会使我开心开心。你可以住———一段时间。"

"谢谢你。"

派翠西娅走向窗户,斜出去,对着广场大叫。

"阿丽霞!"她叫道,"阿丽霞!"马上,有个女孩出现了。"把他领走,"她说,"眼下他在此地干活。派他些事儿干干。"

我往回走的时候,我意识到有人跟在我背后,虚飘飘如影随形,紧追不放。

"我觉得我得离开此地。"

"你是不是经常这样——逃跑?"

"如果我感到不好受。"

"别那么就不好受起来。"

我说:"我身上的某些东西好像激怒了她。"

"你认为这是冲着你个人的么?"

"我认为是的。"

"为什么?"

"我不得不去想想,我对她有怎样的影响呢?"

"你永远甭想影响她。"

阿丽霞不是女孩,而是来自伦敦的一个年轻女子。她是个瘦弱单薄的诗人,眼睛有点儿斜视,嘴角翘起。她告诉我她已经在中心住了三个月了,在此地写作教学,有个美国人给她提供资助。尽管此地阳光强烈,尽管其他女人渴望这种阳光,阿丽霞却并没有晒黑。她的皮肤是那么光洁,我联想到"雨中的肯顿街"来。她要带我到中心的楼顶看看,我晚上将在那里就寝。白天那地方像个烤炉,到了夜间很可能会冷,不过,有个独立的地方,这倒很合我胃口。我喜欢天空,虽说到现在还没有时间与之"亲近"。

我正解开仅有的几件东西,阿丽霞打开了一本螺旋笔记簿,一阵猛咳,把心肺都要咳出来的样子,她牙齿咬着指甲,问我想不想听她读她自己写的诗。

"为什么不呢?"我说,"离开学校,我就再没有碰过诗歌了。"

"那你上学干些什么?"

"到处瞎掺和。"

"读什么东西吗?"

"厕所墙壁上的。"

她提醒我她的绝大多数诗歌是写物件的。

"物件?"

她解释说，即使在希腊，"这个绵延不断的思想的发源之地"，新纪元的独立的语言已经超越了拙劣的模仿，吸纳了表达情感和情感交流的词汇。如果表现自我的语言被毒化，那是诗人的灾难。在没有灵魂的物件上，这毒化还没有发生，所以她决定于此集中精力。

"举个例子给我听听？"我说。

她开始读写水壶和烤面包炉的诗。我挺喜欢，她接着读了一首写吸尘器的，又读了一首写立体声音响设备的，那首还没有写完。我让她继续读，她告诉我她可能还会写些什么——地毯，床，窗帘——还要求我提供更多的东西。

我换了一件衬衫，换衣服总是令我愉快。我说我觉得写写窗户也不坏。

"窗户？"她说，"你说的是什么呀？"

"窗户有什么不好？"

她解释道，窗户这东西太有"诗意"。她提到约翰·凯奇[①]，她说她对"白色"情绪比"黑色"情绪更有兴趣。她得超越"黑色的"，而趋近"白色的"。

"你明白吗？"

"一点儿都不明白。本人，一个扫垃圾的而已。"

"我写诗正是为他，扫垃圾的，三只手的——我指的是厨房里打下手的。有些诗歌就为无知的人而写。"

---

① John Cage(1912—1992)，美国激进主义作曲家。最出名的作品是《四分三十三秒》。提倡所谓"反艺术"艺术。音乐创作受罗森伯格(Robert Rauschenberg)纯黑色或纯白色绘画的影响，并以其风格影响了罗森伯格。

"那我准是你的诗中人了。"

她盯住我看着。她脸色苍白但没太多表情,好像她的绝望疏忽了侵犯它似的。她一只眼睛一眨一眨,仿佛被逮着的蝴蝶。我想走过去,用手指把它摁住。可是,我说不准只是一把揪下它来,撕成几片儿。那可怜的女孩这时候准是坠入情网了。

在中心,我要干的活计很辛苦。我的身体倒是能吃苦——像是舒展运动——可我的心里却犯起了嘀咕。在为自己而活着的一生里,我已经有很久没有被迫违拗自己的意愿行事。我以前总能还算顺当地得到女人的照顾。眼下我帮着在厨房打下手,学学烹调倒不错。我倒垃圾箱,从面包车上驮下重重的食物袋子。他们教我如何砌墙。我打扫卫生,我油漆房间。我猜想这便是大多数人所干的事情,对我而言,尝尝这滋味未必是坏事。

我开始能够欣赏最简单纯朴的事和物了。我留起了胡子,学太极拳,瑜伽功,还学会了敲锣打鼓。我游泳可以游很长的距离,晒日光浴,阅读,餐间或晚上听女人聊天,我生活在她们身边,就像围着我母亲身边转的孩子。我修得了羞怯、沉静的声名。我或许是个靓仔,但引人注目是我最无心过问的事。有时我会心里哼着小调,给女子们按摩。有一回,我看见有个组员躺在树下,阅读我最后的一个剧本,那剧本五年前被搬上了银幕。我从她身边走过,说道:"好不好?"

"剧本没有电影好。"

我开始喜欢小岛的美丽,还有它所给予我的清静安然。我几乎没有要去理解的欲望。冲动和激情看来并非如印证生命那般重要。我想,如果我回到旧身去,我的价值观念会不一样。我以前认定要回去的,然而现在这成了一个缠着我不放的问题了。是去是留,两方面都很有理由。还有什么比这更糟的?这问题,我能不想就不想。

派翠西娅时常在早餐时间冒出来,作一番关于中心的意义和目的的演讲。有一回,她把她做的一个梦告诉了我们,又解释了一通,以免我们胡乱理解。在她席卷而去之前,她给我们一个令人难忘的沉默。她很少朝我的方向讲话,但她总是使劲冲着我看,好像我们之间有某种关系似的。我料想她经常这么一副样子地冲着每个人看,让他们觉得是她那集体的一分子。我不相信她能理解我,然而,是我使她特别好奇么?她仿佛在说:你到底要什么?这把我心绪搅得乱糟糟。我躲着她,可她待在我脑子里,像一个疑问。

派翠西娅的讨论会最受欢迎也最热烈,总是爆满。然而,就像阿丽霞私下跟我说的那样,这些讨论会是以大量的眼泪而不是以所传播的智慧而闻名。可我不过是一个打杂工,这事与我无干。按我父亲的高见,我是在度劳动休假。

十天之后,派翠西娅来到厨房。我正在一个希腊老妇管辖之下干着活儿。与这老妇,我几乎无法对话。我以前从没见过派翠西娅下厨房来。我像个顽执的少年人,就是想让她瞧瞧我这副样子,我拒绝与她对视。她不得不告诉我停止剥土豆皮。

"马上住手。"

"派翠西娅,留着半个土豆不剥,我不爽快。"

"让土豆见鬼去吧。我马上要和一批新的组员开始我的梦境讨论会。我认为是让你参加的时候了。"

"我?为什么?"

"我想你应该学点东西。"

"噢,我不想学什么。我学了那么多年了,什么都没学进去,正如你指出的。"她面露些许受挫之色,于是我说:"讲些什么东西?"

她叹息一声。"围绕着人们的梦境,我们自由交流。我们或许把梦境写下来,把梦境画出来,也可能把梦境在舞蹈里跳出来。我见过你在迪斯科舞厅里扭动屁股。你无疑逗得她们很兴奋,就像她们见到你光着膀子在那地方迈着大步来来去去,她们总是兴趣大增那样。但你不能接近讨论会的组员,行不行?"

"还用得着说吗?"

"就连那活见鬼的白痴?"

"啊,当然。"我说,"这该死的鬼。"

鬼总是使派翠西娅兴奋。

有个新近到中心的女人,像有些人那样在镇上给安排了一个住房。有一回吃早餐时她站起来,告诉我们她的屋子有鬼出没。派翠西娅照例把这看成是那女人要求换到更好的可以看见大海的屋子的伎俩,她派翠西娅自然不能满足这女子,也不会上她的当。派翠西娅没有让她换屋子,而是派我前去整夜坐守在那女子所住屋子的走廊上,看鬼。

"等鬼是你的职责之一。"派翠西娅对我说,她脸上几乎没有高兴的神情,"要是那狗杂种露面了,你好生对付他。"

"这活儿,并没列在我最初的工作范围里。"我说,"鬼也从门里进进出出?"

"滚开点,照着做吧,鬼见什么洞眼都钻。"

我告诉阿丽霞:"等到伦敦都知道——我被雇来捉鬼呢。"

那晚,我长时间地硬撑着醒着,当然啦,最终还是在椅子里瞌睡过去了。鬼来了。没有什么顶着一床被单的鬼来骚扰我,倒是我自己心里鬼影绰绰,惶惶然不得安宁,这最最恐怖了。我守卫的那个女人睡得很好。到了清晨,我一身冷汗,眼圈炭黑。中心的女人们惊魂甫定,发现她们自进中心以来,从来还没笑得如此畅快淋漓过。

"尤其不去碰那见鬼的女人。"现在,我跟派翠西娅说。

"好。你休闲玩乐不用掏腰包,"她继续说,"得啦。来吧。别人为参加这讨论会得付几百英镑。我要让你开开眼界,看看这里怎么回事。告诉我,你不相信只有理性的才是真实的,换一句话说,真实的总是理性的,是不是?"

"我没怎么往深处想过。"

"吹牛。"

"为什么那么说?"

"你身上暗藏更多东西,比你表露出来的多得多。像你这年岁的小伙子有几个一边剥土豆皮一边嘴巴里吹《费加罗》?"

她昂首阔步走出门去,等着我尾随她,可我偏不是那种屁颠颠什么人都跟的人,尤其是他们巴望我跟着的时候。

我注视着洗刷地板的希腊老妇。这乃是一种我已经适应了的真实:脚下一方土地,随心所欲,心无杂念。

我终究还是离开了伙房,走到外面,沿着楼梯拾级而上。在一个宽敞明亮的房间里,我可以见到派翠西娅,还有整个班级的人,都在等待我的到来。

派翠西娅朝地板一指,"坐下。我们马上开始。"

她在这群人里兜了一圈,搜讨梦境。这群如此平平常常的凡俗之人,居然滋生出那么丰富的想象、象征,以及连珠妙语。我在那里坐了一个多小时,直到中间休息。我终于如释重负长吁一口气,一头撞进炎热。我走啊走,没有回头,径直走进了小镇,我要在镇上替中心采购货物。

我回来的时候,阿丽霞正拿着笔记本,坐在外面的树下等我。她站起身,朝我挥手。

"里奥,你跑哪里去了?"

"买东西。"

"你惹大麻烦了。你不能这样在派翠西娅的讲座上一走了事。"她说,"我倒是很佩服你。要是在我的课堂上,有人受不了拔腿走了,我会赏识这行为的。我知道准是有什么强劲力量冒出来了。我不喜欢对人生有所帮助的诗歌。然而,我们这些受虐分子,被派翠西娅使唤,她叫干啥就干啥。我们从来不曾离开过她的讲座。"

"我有事要办。"我说。我不打算说派翠西娅的讲座使我心烦,所以我一走了事。梦,总是令我想入非非,在伦敦时,我把梦境记录下来,玛戈和我时常在早餐桌上聊着这些梦。

我做的"见鬼梦"是这样的:我又见到了作古的父母亲,要与他们说临终最后几句话。我遇见他们时——他们俩的头颅在耳朵那边粘连在了一起,合成一个令人疑惑的头——他们认不出我来了。我试图跟他们解释我为什么变了模样,我声称我是我,他们对此怒气冲冲。他们扭头便走,我还来不及说服他们——仿佛我能够似的——我究竟是谁,他们便走向了阴曹地府。

另外的梦像是一幅图画,里面一个白衣男子,手中捧一堆人脑,从横陈于屋子里的一具躯体走向另一具,两个躯体的颅骨都有细小铰链,豁豁然张开。他走动时,手中那已经腐烂的脑子一路滴滴答答漏下来。细碎的记忆、欲念、期望和爱情包裹着一层薄皮掉在刨花木屑压制的地上,有几条饿狗馋猫把它们舔了个精光。

虽然我有这种愿望,但我根本不能和这群人提及我的梦。我的"变身"使我孤独落寞。就像拉尔夫会说的那样,这是我要付出的代价。

当然,我也不能把这告诉中心里我唯一的知己阿丽霞。她出生于一个落拓的自由艺术家的家庭。父亲在她十三四岁时就死了。十五岁时,她母亲把她引入一个性疯狂集体中。她因此变得很"冷"。她觉得自己像是一个饥饿的孩子那样被忽略了。现在她对自己草率得很,吃丁点儿东西,但还是随身带着一袋子用袖珍小刀切碎了的胡萝卜、苹果或香蕉,一块儿一块儿吞下肚去。她永远只吃自己的食物,并且,我注意到,她单独一人时才吃东西,或者只当着我的面吃。

到了傍晚,她和我开始聊天。每周两次,中心为会员举办晚会。人们总是喝得沉醉,舞得尽兴。女人有着百折不回、不屈不挠的热情。她们醉心于塔尔玛·莫唐和唐娜·苏玛。而我则醉心于长长裙裾下她们玉腿的欢蹦乱跳。曲终人散之后,收拾狼藉的杯盘,清扫地板,恢复原样,为次日早餐作清扫准备,那是我的活儿。我干得清爽利落;洁净于我,就像是一首诗。一颗烟蒂仿佛脸上的一记耳光。到了深夜,阿丽霞乐意跪在地上,帮我收拾,而那时别人则直挺挺坐着,在向上帝忏悔。

阿丽霞开始着手写短篇小说,又开始了一个长篇的开头部分,她拿给我看了。对她的写作我仔细思考,我认为我的见解有助于她时,我就评论几句。我希望自己有助于人。我能感觉到偶尔她会缺乏自信心。

到了深夜,我干完活儿,有时我们去海滩。我们会撞见那些从迪斯科舞厅或酒吧溜出来躲在黑暗里交欢的成双作对的男女。看来,这些法国的、德国的、斯堪的纳维亚的、荷兰的身体试图从彼此的身体里榨出生命力来。我们之间的事情,讨论文学,看来似乎更紧要些。性,俯拾皆是;唯美的文辞倒并非到处都有。

从二十五六岁起,我就在几所大学里教文学和写作,并且还在伦敦开设了一个创作班。对人们如何启齿说出自己的想法,继而大胆表示自己的见解,并且由此影响与他人的关系,我颇感兴趣。对阿丽霞,我自然而然会点拨她一些,而且我喜欢这样做。

不过,我尽量用年轻人的口吻说话,装作所知甚少的样子,不像我的前身那样,我努力地不表现得傲慢自大。这相当费力。我已经习惯了人们对我洗耳恭听,把我的话笔录下来。说得过火些,自大还是顶点儿用处的,某些人在我的权威里看见了自由。阿丽霞看来也是喜欢我时不时所表现出的权威。姜还是老的辣啊。

对这焦虑不安的瘦女孩,我得小着点心。如果说因为她,我没有离开此地,那么当她询问我关于我自己的事情以及我所受的教育,我闪烁其词,好像连我自己都不信我自己的话,而且到了最后,我提都懒得提了,弄得她很没劲。她期望能从我这里获得更多的东西,我看出她心里明白我很有保留。

"你在写什么东西?"此时我们走着,我问她。

"一首诗歌,写窗户的。"

"谁都知道窗户和诗歌彼此不搭界。"

"它们会相处得好的。"她说道,"就像你和我。"她又说:"快,你得去见派翠西娅。"

"现在?她生我的气啦?"

她紧紧地捏了捏我的手:"我想是的。"

她的不安传染给了我。我想到小时候作孽干坏事以后的恐惧,害怕母亲的怒气冲冲,害怕被遣送去女校长那里打手心。在我小时候,随便什么人都可以追着打你,打了人甚至还得到夸赞,倘若你"投桃报李",他们可不会感激你。眼下,重重畏惧从心里冒出来,慌乱之中,我过了好久才恍然想起我被叫作里奥·亚当。我可以换一种做法,修改我的过去,将错就错,不用如此这般地做一只惊弓之鸟。

"来吧。"我说,"跟我走。"

"你不怕她吗?"阿丽霞问道。

"怕得很。"

"我也是。你打算离开此地吗?"

"嗯,没有理由不离开。"

"请你别走。"她继续说道,"可是还有其他理由呢,她还听过你说笑话呀。"

"是么?她没在我面前提过一句。"

"也许她现在就会呢。"

"怎么会传开的?"

"这些东西自然会的。"

几天前,我编了个笑话;一般说来,这样做不好。笑话不甚高明,只是脱口而出,弄得阿丽霞喷饭,她倒是领会了。我把这里称作"催泪中心"。我反复使用这词,像我们年轻人老爱干的,就那事儿。这笑话流入了中心的脉络。

我们穿过村子走去派翠西娅的住处。店铺打烊了,四下阒无人迹。大多数人此时正在午睡,平素这时辰,派翠西娅也会小憩片刻。

到了派翠西娅的屋外,阿丽霞说她就在广场对面的树下等我。

我敲了敲门,窗户间出现了派翠西娅易怒的脸。我很得意这么说,只要我活蹦乱跳,我就惹派翠西娅讨厌,我使她失望。可眼下这情景,令我发慌的是,她脸上竟露出喜色来了。

她只穿着一件包裙来开门。她褐色的大奶子垂垂地耷拉着。

"哇呀。"我说,羞愧难当。我想她把我的话听成了"我呀"了。我继续说道:"派翠西娅,有件事情我得跟你说。"

"你来了,我很高兴,打杂的。"她说,"我替你找了点儿活儿。你为什么离开我的讨论会?"

"我想好好思考思考。"

"那你喜欢么?"我点点头,她说,"如果你喜欢,那么有多喜欢?是非常非常喜欢,或者只是非常喜欢?相当喜欢?还是其他什么?"

"让我想一想,派翠西娅。"她盯着我看,我说,"说实在的,我的确喜欢。"

"要是你真的喜欢,你应当能够说出个所以然来——用你自己的话。"

我说:"你没把梦境当作有答案要寻找的谜语,谜语弄得我们满心焦虑,仿佛我们哪一个会找到答案似的;而你把它视为能感知的想象,由此衍生出思想或其他的想象。这就很管用。我一直都在思考。"

"说得好。"她被夸赞了一下,甚是欢喜。"你瞧,要是你想的话,你还是能够清楚地表达你自己。顺便提一句,我听说你把中心叫做'催泪中心',"她说,"确有其事?"

"对不起。"我说。我垂下脑袋。

"你这么认为的?"

"让人流泪还是容易的。"我接着说,"如今时尚忏悔,不流行讽刺。'匿名纵酒者协会'里一番颠三倒四的演说就是个绝好的例子。然而,自怨自怜的展览背后是怎么样的欺瞒和隐藏呢?对你来说,这是不是太累人了?"

"现在已经不累啦,你也许说得对。现在也没有什么长进,已经是日复一日,都一个样子。说实在的,这最不好了。"接着,她又说,"请到这边来。"

"什么?"

"这儿。"我慢吞吞走过去。她伸出手臂环住了我,把大奶子贴到我的身上来了。"我今天感到精神紧张。我想运作一个中心是为了开拓自我,只是想表示我经营了一桩小买卖。如果你不把盈亏数字弄对了,你无法开发任何事情——至少,八十年代教会了女人这些事情。现在我当会计当得腻烦了,我腻烦了精明能干。有时,我就只想疯狂一番。"

"是啊。"我说,"做个精明能干的女人肯定是没意思。"

"有谁关心我？我得像妈一样照管每个人。你参加过按摩班，是不是？你知道怎么按摩吧。"

这时，她猛地拉了拉我的手指。

"派翠西娅——"

"替我揉揉，里奥，好孩子。那边有油膏。"

"我想跟你谈谈阿丽霞。"

"有谁想听那个滑稽小东西？噢，说吧，想说什么就说什么，只要你安抚安抚我的心就成。"

她的裙子滑落到地下。她穿过房间去拿油膏，而后在铺着毛巾的床上平躺下来。

她看到我在挠我自己的肚子。我的新身里，某些问题我还没有与他人交流过。你可以拥有一个新躯体，可如果你脑子觉得有负担，那新身的价值便有所逊色。

"动手啊。"她说。

我告诉她阿丽霞如何开始对我表示爱慕和我对这事的顾虑。我强调我没有存心引诱她。

当然，我喜欢中心女子们对我的注意——说老实话，除我以外她们也没有别的什么可看——我还喜欢打光脚，只穿一条短裤走来走去。禁欲增加了我的欲望，我希望自己更少地生活在精神里。我记得好几年前，玛戈告诉过我有关患学校恐惧症的事。一些性行为特别混乱的男孩子，把他们自己的身体幻想成了阳具。而可怕的学校则是他们母亲神秘的身体。我满脑子都是性，我是一条行走的鸡巴，一根附带着身体的阳具。我不打情骂俏，我不撩拨人。我不用做任何事情。

在我疯狂的头脑里,我变成了某种表演者。我的许多朋友做过演员、歌手或舞蹈者,男男女女,用他们的身体侍奉艺术,或者身体就成了艺术本身;他们就是靠供人观赏谋得生计的。我们中那些登不了台的、只能在台下检验剧作成败的人,对表演者和看客之间的关系所知甚微,也不可能真正理解观众的情绪如何像潮水一般的把你捧上天去,假如你利用得当的话。面对黑压压的观众席,你能看清或听见什么呢?那些看客在对你做些什么?除了煽动、控制观众的嫉妒和欲望以外,这班脱星或名角还搞了什么营生?在我看来,这实在是一个令人叫绝的色情性的勾当。

我有好些年没跳舞了,现在,我不用睡那么长时间的觉,我每天晚上都和中心的女子们到镇上不同的迪斯科舞厅跳舞。大多数的女子都过了四十,有些过了五十。尽管她们的爱情在阳光照耀下滋长,但她们明白被爱、被抚慰、被渴望的机会正在消逝。我与她们共舞,但我不碰她们。倘若我是个"真正"的小伙子,我或许会把她们中的几个带上床,或带去海滩。我是她们的春宫画,我撩拨得她们春心荡漾。然而,至少她们每一个人都知道我们之间相处的分寸。

通常,我跳舞的时候,阿丽霞便看我跳,或者独坐一边抽烟喝酒。她自己从不舞蹈,但别人跳得陶陶然时,她也会很高兴。奇怪透啦,大多数人喜欢的音乐都源自我那时代:五十年代的摇滚和六十年代的灵歌。每个音符我都知道得一清二楚。这些音乐比我和我的同僚们煞费苦心的文学创作更清新更耐久。

我在镇子上一个迪斯科舞厅与被我称作"女巫群"的女子们跳舞,几个本地佬开始奚落我。他们看不惯这受宠的小伙子挟着那群快乐女人夜复一夜地欢舞,看管她们的手提包,给她们端喝的送吃的,还保证把她们安全送回到中心去。一天晚上,他们在吧台上把我团团围住,他们想看看我是什么人。他们要我去沙滩走一趟,在那里我们可以"好好聊它一聊"。阿丽霞和其他女人只好成群结队把我护送出酒吧。我回头看,可以见到男人们站在门口,叼着烟,冷笑着。

为什么会发生这样的事?他们会怎么看我?我问阿丽霞。我就好像拥有一切、并且还拥有未来的那些人一样。其实没什么事情我做不了,没什么角色我当不了,她好像这么想着。那些本地佬既恨我拥有一切,又想拥有那一切。他们可是会把我宰了吃掉的。

还有关于我的其他古怪传言呢。一个五十开外的女人跟阿丽霞说,我使女人们感到自惭形秽。我是个无忧无虑的阔少年,眼下四处游荡,日后会在银行谋个职位。"而我们又得在此地重新开始我们伤痕累累的生活。他只是个过路人罢了。"那女人跟阿丽霞说。

"大概这就是你吧。"阿丽霞告诉我这事之后,又继续说。她放下裤腿,用凉鞋踩灭了烟蒂。"你很自信,沉着安然,一副有钱孩子的派头。不是么?"

我没有作答。我不知道此话从何说起。我没有料到有如此之多的艳羡。我倒是认为那些当上影星的演员变得十分偏执寡言,不但出于假想的敌意和压力,也同样为声誉所累。

我在派翠西娅皱巴巴层层叠起的皮肉上劳作着,鼻子在哼哼,脑子在思想。干这活计,我还是很称职的;至少,我学着喜欢给予愉悦和安慰。

我说:"我怎么对付这事情?我开始感觉自己像是一件东西了。这令人不快,简直是受迫害。"

"你太招人嫉妒了。"派翠西娅说,她的声音被浴巾捂住了,"你好像一个谁都想得到而没人能理解的女人。你需要的是被供养起来,被保护起来。"

"被谁?"

"看你啦。不过你一定得有这种要求。"她继续说,"打杂的,并不是说你做错了什么事。你弄得她还有其他一些女人害了相思病,可你谁也没有引诱。你是个好小伙子。像阿丽霞那样年纪的女人——她们简直连一块木头也会爱上。"

我在派翠西娅的身体上卖力劳作。令我发慌的是,当我用拳头捶打她,她看来没有放松,反而开始呼吸急促起来。

她翻转身来,伸出双手,解开我的裤带。

"派翠西娅,请你别……"我说,"别这样——"

"你没跟阿丽霞睡过?"

"没有。"

"这么说来,你真是个乖孩子。来吧,来做个更乖的孩子。"

她双眼闪烁着渴念。

我说:"我以为你该是个聪明女人。"

"即便聪明人,也会时不时需要那玩意儿。你已经朝我眨巴眼睛好几天了,别以为我没有注意到。我是很有直觉的。好啦,你能不能开始动手?"

我不想使她失望,不想让她觉得她上了岁数,也不想让她恨我。

她的手十分粗糙,一时间,我怀疑她是否戴了副手套。我想起她喜欢以垒石头墙来锻炼身体。然而,使我吃惊的是,我居然也兴奋起来。

她不加掩饰地大声哼哼。

"我需要这个,"最后,她横躺在床上说,"乖小子,给我端杯水来。"

我把水递给她。

"谢谢。打杂的。活儿干得出色。呃?"

我坐在床脚,说:"好啦,你能开设性高潮讲座了。"

"知道吗,"她说,"这里许多女人以为你是个清高孤傲的小家伙。这我不在乎。我喜欢这点。我可以使你变得谦卑,你明白吧。"

"感谢你,派翠西娅,"我说道,"我想你刚才已经使我变了一回啦。我得走了。"

她几乎要睡去了。她挥手让我离开,马上又说:"今晚你回到此地来。带上你的东西。要是你来这里住,什么事都会舒服方便得多。"

"怎么见得?"

"这是村子里最好的住处。晚上见。"

我步履慌乱,一路穿过广场。阿丽霞在背后叫住了我,赶上来,伸手缠绕住我。

"你还在这里?"

"为什么不呢?"

"阿丽霞,我正要去海滩。"

"你还行吗？我可不可以跟你一起去？"

我不喜欢让她跟在我后面跑，我需要把自己洗一洗。我知道她等在那里，因为她在一路高呼着诗句——不是她自己的诗——为的是提醒我那些美好东西。

我脱去了衣服，奔向大海。我在水中沉浮，在沙滩上猛跑，直到筋疲力尽。我晒着太阳躺在她身边。不一会儿，我便沉沉睡去了。当我睁开眼睛时，她坐在那里，双臂抱膝，抽着一支烟，一丝不挂。不像中心的其他女人，她从不脱去衣服，总是穿一件长袖上衣，一条长及膝盖的裙子。

"怎么了？"

她说："你和她睡了。"她抽烟时手打着颤。"这半个地球上谁都会听说这事的。"

"你可没有捂住你的耳朵。"

"我在听你发出的音乐，一个音符不漏。"

"你要怎么处置你所听到的？为它写首诗——也许对你来说太俗太有人味儿了。"

"要是我能做的仅仅是这些，我会恨自己。"她拿起我的手，把它放在她的脚上。"请你看着我好吗？我们不能做爱。你不想要。或许你今天已经够多了。我从来没有过高潮。我还是处女。要是你想的话，就摸摸我。"她躺下来，"行吗？"

有了刚才的经验后，我不敢说我对性还那么着迷。不过我还是用手心搓揉她，而后我又拿手指抚摸她，她双目紧闭，而我的心灵开始迷惑。

"我得借这用一下。"

我拿过她的笔记本和笔,开始详细罗列我从她的肉体上找见的东西。我这么做,就像他们在电视上所说的那样,没有特别的顺序。凭着兴趣来。

我注意到的第一件东西是她脖子上一根浅棕色的眼睫毛,是她自己的。她的前额长着一块硬疙瘩,一个脓包,皮肤下面还暗藏数颗痘痘。她的头发看上去像是以前染过的样子,一部分被阳光晒得褪了色,很难分辨出原来的色泽。她嘴唇有些棱角,略带着点苦相,地包天的样子。

我看见她侧身有一片新鲜的发紫的淤伤,或许是她撞上了桌子。她的膝盖上,有三条孩提时代留下的小伤疤。她腹部有一条疤痕,我猜,是切除胆囊时留下的,我的手指顺着依然青色的疤痕滑过去。她有五枚脚指甲涂了颜色,而另一只脚上的五枚没有上色,我想她肯定是不耐烦了。她的脚指甲边缘都凹凹凸凸不齐整;她的趾间、脚底、脚背黏着好多沙粒,几乎都是干沙。

她耳朵上垂着廉价的铁制耳坠子,然而,我不觉得她对小饰物感兴趣。她一只耳垂微微红肿。我还在她的腿上发现一片树叶,几只小甲虫,有死有活,她腿上还黏着些许尘土。她手指甲边缘的皮肤撕扯过。她的便宜手表报着错的时间。她牙齿长得不错,小时候大概戴过矫正器,可是牙齿上面斑斑点点,抽烟抽的,有一枚牙齿缺了一角。她左手臂上有几条横七竖八、还相当深的刮痕,我以前就注意到了,只是没有特别在意。它们看来是用一把不太锋利的物件——比如,削笔刀子,而不是刮胡子刀片——割的,仿佛她一时兴起不作准备就在自己身上乱涂乱刮。

我窥视她的耳朵和嘴,她两腿间的地方,又看她的脚趾,我又在那里发现一只虫子。我细看她的鼻子——令我诧异的是,和我的不同,她的里面竟然没长毛。她胸口有刺痕,我猜那是"诗人"两字。她大腿上还刻着些别的字,前些时候还在流血。

我以一种假模假式的现代口吻潦草地写道,"某人,在此地,正躺着。"我像法医那样默不作声地忙了一小时。我把虫子的尸体、树叶、几根阴毛、一些尘土、一块血迹,还有写下的文字一并夹入她的笔记本。大多数时间里,她紧闭双目,她的呼吸深而且长。

我将她从她的"绮梦"中唤醒,把我的作品给她看。

"从来没人替我做过如此美妙的事情。"她说。

"很荣幸。"

"你以前跟我说过,'人们希望被别人了解'。我可不可以问问你:你那条疤是怎么回事?"

"什么疤?在哪儿?"

她注视着我好像我很低能似的,然后,她指给我看我的疤痕。疤长在我的手臂靠里的皮肤上。

"你不知道怎么给弄的?"

"我大概是知道的,"我说,有些烦躁,"我自己都不记得了。"

"你不想知道你自己。你对自己的了解还不如你对我的了解。我觉得不可思议。如果你了解你自己,你不会跟那个女人干那事。"

"我不明白为什么我们得了解自己,又得相互了解。"

"人与人之间,除此之外还存在什么?"

"相互享受。"

"对我来说,了解便是享受。"

我们喜欢这类小小争辩。而后,我们默默地散着步往回走。

我注意到,那边海上,几条小汽船正往一艘大游艇上运送食物。我差点忘记了,中心所有人都接到了邀请,参加今晚在游艇上的聚会。我当时没有太在意,不过关于这游艇的主人,有太多谣传。他不是黑帮流氓,就是电影制片人,或者是电脑巨头。我不能肯定人们到底认为哪种人更坏。早餐时,派翠西娅宣布我们都得参加,这令我吃惊。我本来打算故意不去;我觉得即便我缺席了,派翠西娅也根本不会注意到。可那事发生以后,情况就很不同了。几个小时前,她不是还对我说"晚上见"吗?

要是违抗了派翠西娅,那我就不能继续留在中心了。而如果我要离开中心,我就得知道投奔哪里。

我向阿丽霞道了再见,然后走上屋顶去思考。想到派翠西娅对我的所作所为,我越想越愤怒,又为自己未能全身而退而懊恼。今晚,我非得一个人睡不可,明早赶头班船去雅典。我打点好了行李。我年轻;我可以逃跑。

第五章

我走进镇上一爿酒店去吃点东西,一边坐在桌旁看书。翻了几页,我想:"这玩意儿,我也会写。"我从帆布背包里掏出几张纸,开始写一个短篇。那短篇故事自己就这么在我面前铺展开来。那是一个能看得见的、或者可以完完整整体会的故事——几乎就在眼前——它逼着我寻找语言把它表达出来。玛戈一度跟我说,"你想到、感觉到什么重要东西的时候,不要说出来,而是把它记下来。要是它们能在你的电脑屏幕上闪现,我倒会很高兴。"我双手发抖。如果没有文学,我会无法思想,我一脑子思绪乱糟糟的,理不出头绪,我会被它缠得胸部发闷;然而,为了走出自我,我要打破写作的习惯和它所需要的孤独的纠缠。有些艺术家,到了晚年,变得囿于自我,独行其道,他们内心闭锁,不再为外界所动,谁也别想改变他们,他们的创作显示出顽执的色彩。

这不无道理。我搁下纸笔,付了账,离开酒店。

在中心,平常人们总是热切地低声说着话,然而此时几乎是吵吵闹闹了。除了还没有露面的派翠西娅,每个人都穿着鲜艳绮丽的裙装,聚集在一起。有些人脚腕系了铃铛,许多人穿了文胸。夜晚的空气,混合着女人的各种香水气味,一如既往地甜蜜温馨;钗簪闪动,珠光宝气。游艇聚会的气氛甚是热烈,有的人已经跳起舞来了。

我穿着平日的短裤和白色T恤衫。我买这躯壳就是因为喜欢它原本的模样,真正时尚的东西不需要苦心经营。

我看见阿丽霞在梳理头发,结果把头发弄得更乱,我觉得好笑。她背后的灯光使她看上去像戴了一圈光环。她竟然抹了唇膏,我以前从未见过她如此这般。她仿佛在努力学做个"女人"。

"我担心你不来呢。"她说。

"我,也担心你呢。"我答道。

"我们都来了,是吧。"

"看来是这样。"

我们俩与众人格格不入,显得有些不服管,好像不愿意融入这夜晚的情绪,唉唉,真是没办法,我就像年轻时那样,装模作样又犟头倔脑。我倒不在乎有谁注意到这个。随着穿扎染长裙、两鬓插花的派翠西娅公主的驾临,这晚会变得越发抵挡不了。

派翠西娅进门的时候,我对阿丽霞说:"没有料到我们要参加一个电影首映式呢。"

派翠西娅在门口亮了相,直到每个人都安静下来,她才进得门来,她走向我,对准我的嘴唇吻了吻,拍了拍我的脸,又舔了舔她的嘴唇,她不肯理睬阿丽霞。

"你预备好了吗?"

派翠西娅挽住我的手臂,把我拉上,让其他人尾随着。很清楚,她想上游艇,想把我亮出去炫耀炫耀。

派翠西娅和我率领游行似的一行人穿过村子,踏上了海滩。坐在咖啡馆里的老人们看着我们走过,好像我们不但来自于另一个时代,而且还属于另一类动物。

聚集着岛上各色外国人的海滩上,有个乐队在欢迎我们。远处那艘游艇——黑暗海洋里唯一的亮点——在初升的星空下明明灭灭闪烁着。如果不提派翠西娅的紧追不放,我还是庆幸自己来到此地。

小船把我们送去了大游艇。小船上派翠西娅坐在我身边,捏着我的手。"我们做爱以后,我就飘飘然如履云雾。你正是我需要的。"她不断地朝我倚靠过来。

"派翠西娅……"我想私下告诉她,我不希望事情"进展"太快,"我想我们……"

她打断我。"你连衣服都没换过。"她说。"别动。让我把这戴上去。"她摆弄着我的耳朵玩。"好了,我们的耳环配成一对儿了。"她拍拍我的脸,朝后靠去,注视着我。

我摸摸我的耳朵。"噢,天哪。"我说。我感到窘迫。"我准忘记了,我耳朵还打过洞眼。"

"有好几个洞呢。你这小子多好玩。"她说,"我看过你跳舞。你跳得很棒。你肯定在哪里训练过的。"

"是啊。"

"哪里?"她继续说,"你肯整夜都陪我跳舞吗?"

"不能整夜,派翠西娅。"

她抓过我的手,把它放在她大腿之间。"那么大半个夜晚,亲爱的小伙子?"

在别人的接引下我们登上了游艇。船主马提是一个情绪容易激动的年轻人,他在甲板上迎接我们。

"谢谢你,派翠西娅,把你的伙伴都带来了。多么欢迎你们大伙啊。"他说。他向跟着我们的女人们摆手。"来吧,姑娘们!我们下这边来。"

我们在游艇上转悠着的时候,冯·卡拉扬版的施特劳斯的《查拉图斯特拉如是说》在空中响了起来。我崇拜理查·施特劳斯,可是我还是得承认有多少伟大的音乐被弄得矫揉造作恶俗不堪。除了求助于新冒出来的或怪里怪气的,哪里可以听到新鲜的音乐?你总不能把巴托克的四重奏或韦本①的冥想曲改成轻音乐吧。

说来也怪,施特劳斯倒并不只是一本正经。这地方,这天水之间,出乎意料地听到了施特劳斯——在我看来,不期而得是听音乐最妙的境界了;就如星期六早晨步入某个店铺,盈耳的是卡拉斯,神魂为之痴迷——施特劳斯又一次令我战栗,令我神清气爽。

这是我,作为一个年轻人,所向往的。

食物、美酒、性看来是无止无尽,源源而来。船主马提的穿制服的侍从们端着托盘四处游走,一些托盘上竟放着性玩具和避孕套。船上有一个迪斯科舞厅,里面有个乐队。已经在那里的一伙

---

① Anton Webern(1883—1945),德国作曲家。生于维也纳,是二十世纪表现主义音乐流派的三位主要代表人物之一,有"新维也纳乐派"之称,热衷于勋伯格的"十二音体系"音乐。

人看上去像来自英国、美国和欧洲的花花公子、模特儿、演员、歌手、寻欢作乐者、好吃懒做的贵族。在场的甚至还有一些我从英国报纸上认得的大明星、他们的伙伴、肥皂剧演员等等。那是些戴着高档墨镜、身段完美的家伙——我猜想他们身上不同的部分有着不同的年龄和不同的材料吧——他们明确地表示对这场景他们早就见识过,而且他们喜欢接受别人的注目礼。

阿丽霞用手肘轻轻碰碰我,"有人在盯着你看。"

的确有个年轻女子在看我。我微笑了一下,我收到一个羞怯的摆手。

"你总是到处受欢迎。"阿丽霞说,"我能不能问一下,她是谁呀?"

"我不知道。她看上去像个电影明星。"

"你认识电影明星?"

"当然不认识,可他们都认识我。"我朝那女子摆摆手作为回报,"那还用说?!"

我们大家都到处逛来逛去。派翠西娅俨然黄金时代的玛格丽特公主的样子。而阿丽霞和我,面对如此巨多的宝贝,吃不准应当抵御诱惑呢,还是应当欢喜得晕头转向。阿丽霞说她欣赏地道的伦敦人的那种讥诮冷峻,讨厌率直轻信,而我现在觉得这种讥诮冷峻太累了。我这回做人,可是想要喜欢些东西了。

阿丽霞去拿饮料,一会儿,那早先向我摆手的"电影明星",裹上衣服,匆匆走来。

"在此地遇见你,真是有趣。"她说着,吻了我。

我还给她一个吻,我是非得这样做不可的。可我担心她会不会把我认作"马克",说不定我们还结过"婚"。我发誓下回再见到拉尔夫,非得结果了他那条不朽的生命不可。

"你不认识我?"

我看着她,直到一幅画面在我脑子里浮现出来。画面里是个穿粉红法兰绒睡衣坐在轮椅中的老女人。这女人和我在同一天变成了新身。从某种意义上来说,我们一般年纪。

我说:"很高兴见到你。享受得如何?"

"我说不清楚。我随便走到哪里,别人都想要碰我,占有我。如果我不顺从,他们就气急败坏。可是,"她说,"如果我只是一堆灰,男人是不会为我打破头的。"

"噢,我说不准。你还打算干什么?"

"我拿到一个灌制唱片的合同,"她说道,"你感觉如何?"

"怪,像是做一个鬼魂。"

她环顾四周。"我明白。放松些。这里还有像我们这样的人呢。这地方其余的人都又蠢又瞎。"

"有几个像我们这样的人?"

我看了看她身后那些脸和身体。我怎么知道他们谁是谁呢?

"比你想象的要多。我们打网球,我们通宵玩牌,谈论人生。你瞧,我们有足够多的时间。像那些大明星,皇族成员,我们也拉帮结派,同进同出。"

我想起他们,一群漂亮人儿围着一张桌子,像一组会动的雕塑,一件艺术作品。

我说:"不久,全世界的人都会知道。"

"噢,是的,我想是的。那又怎样?等会儿过来聊聊吧。"她低头看自己的脚,"现在你喜欢你的身体了吗?"

"我为什么不喜欢呢?"

"我个子太高了点儿,腰身太粗了点儿。我脚太大。总的来说,我不太舒服。"

她离开后,阿丽霞又回到我身边。"你说你不认识那女人的。你会和她一起走掉吗?"

"去哪里?我不明白你在说些什么。"

"要是你想走,你就走吧。"阿丽霞说,"时间够的。我们已经起航了。"

"起航去哪里?"

阿丽霞开始笑我,"我不知道。但是我知道船本当航行的。我们要在这船上待到天明。"

我跑上甲板。船已经动起来了。我先前一直没有意识到现在任何时候我都无法逃脱了。我想要不要跳进海里去,可又不敢保证我能游那么长的距离。不管怎么说,派翠西娅就在我边上不远处。她好像非要我整夜守在她左右。事实上,她非但要我待在旁边,而且近到伸手可及。

她摩挲着我的肩膀。"我以前从没见过像你这样的。我以前从没想一个人想得那么厉害。我以前从没允许自己去接触像你这种人。"她的手在我的头发里穿梭。"你从哪里弄得这一头好发?"

我几乎要脱口而出:"我从某个冰柜里看见这躯壳,买了下来,还买了其余你所喜欢的身体部件。"我以前搞不懂这有什么大不了的。现在至少我明白了一些道理。对俊美倜傥的人来说,这世界是不同的。那些人儿是被渴望的,噢,是的。其他躯壳都围着他们转。然而，他们不一定会喜欢上那些人。

我飞跑出房间，穿过过道、甲板，想找一个她一时发现不了的地方。好一阵子，我听见她在叫唤我的名字。

我找到一个小船舱。里面燃着蜡烛，放着北非音乐。里面还有东方靠垫、墙饰、挂毯，到处是丝绒织品。这风格迷住了我，使我想起六十年代来。

我喜欢这游艇。为什么不能权且充当个下级水手？但是我又苦于得离开中心，我本打算在那里度过我新身的余日，可是我已经和那里的人交往太过密切，我便不再从容自在了。不管今晚发生什么，我早晨得离开小岛，搭上第一班船，无论它驶向哪里。我要去另一座岛屿，在那里的酒吧或迪斯科舞厅里混份差事干。

我听见有脚步声。那不是派翠西娅，而是马提，那拥有游艇的家伙。他穿着短裤、浅色T恤衫、人字拖鞋。

"你他妈的在这里干什么？"

"我待错地方了吗？"我起身，"你忘了留出一间安静屋子。到处乱糟糟的，我得躲一躲。"

他直直冲我走来，盯住我的眼睛看。"你事先得问一声。"

我说："要是我有自己的屋子，它就会是这样的。六十年代中期一直是我喜欢的年代。"

"是啊。要不要来一杯葡萄酒？"

"要是你喜欢。我们相互介绍过的。不过万一你记不起来，我的名字叫里奥。"

他说道："我是马提。为什么你这年纪的人会对六十年代感兴趣？"

"准是和我父母有关系。你觉得呢?"

他在倒酒。"那年头人们知道怎么面对事情付之一笑。只是我生不逢时。"

他说话的样子给我一种印象,英语并不是他的母语,然而我又无法断定他到底从哪里来。如果问我,我可能倾向于说"不知从什么地方冒出来的"。

"这船是你父亲的?"

他身体僵硬了,"见你的鬼,为什么是我父亲的?"

"我只是问问。是不是一笔家族财产?"

他说:"我很讨厌人们话里话外暗示我不劳而获,认为我只是个有钱的花花公子。我的确不把很多事当回事——我也不在乎是不是花花公子——只不过给自己放放假而已,并非我的职业。"

"对不起,"我说,"你不是第一个把我看成笨蛋的人。我要走啦。"

他跟着我,粗鲁地一把拖住了我。"等等。你给我站住。"

"怎么了?"

"我好像认出你来了。"

"我们怎么会见过呢?在岛上的中心里我既不是老师,也不是学生,只是一个扫垃圾的。"

"你做过健美师吗?"

"没有。"

"大客车司机?"

"没有。"

"我见过你。"他眯细眼睛继续说。"让我想起来的并不单是你这张脸。"他绕着我转圈子,好像我是个雕塑似的。"我会想起来的。"

"你敢肯定?"

"我或许看上去很蠢,可我视力很好,记忆也不坏。"

他使我紧张不安,这紧张不安甚于派翠西娅给予我的。他倒出好大几堆可卡因,递给我一撮。

"谢谢。"我说。

他往鼻子里吸时,有人来敲门了。来者是他属下的一个泰国人。马提走向他,然后,令我吃惊的是,马提竟转向了我。

"我刚听说一个叫派翠西娅的人正在找你。"

"噢,上帝啊。"

马提笑起来,跟那男人说:"一时半会儿找不到他。他不舒服。"他砰地合上了门。"她在追你,呃?想要你的身体?"

"或许我应当更感激她对我的赏识才对。有朝一日,没有谁会对我这把老骨头有兴趣啦。"

"变老是一件我从来不希望发生的事情,你眼看着自己的皮肤斑斑点点,皱巴巴枯下去。"

"怎么讲?"

"我来自一个大家庭。小时候,我讨厌祖母姑妈、老男人老女人亲我。他们把嘴唇、口腔和里面哈出来的气息弄在我脸上——我一想到这个,就差一点连午饭也咽不下去。"

我说:"我还记得我祖母的脸和手、她的毛衣、她的气味,只有爱心,别无其他。她很有教养,让我觉得安全。不管怎么说,你还没有老呢,你怎么知道你不会喜欢做个老者?"

"我还没死,也还没有访问北安普顿呢。我只是知道他们不会同意我的说法的。"

他不断地注视着我,仿佛他想知道或者问我些什么。

我说:"我在此地只待一小会儿。我只是需要休息。"

"你休息吧。我要照管一个晚会呢。"

"行。"

不知何故,我有意识地扭头去看黑暗的海洋,希望等我转过头来,他已经离开。我听见他锁上门。还不等我说一句话,我就猛地挨了一记,一时给打闷了。

我本能地想到马提在背后袭击了我,他拳头颇有力量地砸在我后脑勺上。我就是这么感觉的。他用手臂勾住我脖子,踢开我双腿,使我不得不下跪。我想,现在他该要朝着我后脑勺开枪了吧。这当儿,我想起韦伯斯特①的文字,没准还记错了:"所有的死亡之中,横死当场是最好的了。"

"你干什么?"

"里奥,闭嘴。不乱动我就不伤你。"

"不乱动,为什么?"

他在我的头发里搜寻,有点像我把孩子们揪过来翻开头发寻找虱子卵那样。我说:"我可从没把你当成疯子啊。"

"什么?"他说,他松了手,"我找到了码号②。"

---

① John Webster(1580?—1625?),英国剧作家、诗人,著有《白魔》《马尔菲公爵夫人》。他的语言诗一般优美,而他的作品却满含人生痛苦和罪恶。T. S. 艾略特曾评论他"被死神所纠缠,在他眼里人人都是骷髅"

② 此处作者用了 mark,既是人名,又可作标码、记号解。

"马克?"

"你不知道吗?我猜他们还自以为手术做得天衣无缝呢。你可以起来了。你到底多少岁?别装蒜。我快八十了。男人活到这岁数不错了,你不觉得?"

我嗳嚅道:"你气色很好。"

"谢谢。你也不错。"

第六章

他说:"Senex bis puer. ①"

"人老胜似童?"

"正是。我在练格斗,还练拳击。"他举起手来,"很过瘾的运动。我日后亮几招给你瞧瞧。"

我擦了擦脸。"我已经领教了。"

可接着,我飞快地推了他几下,他往后打了个趔趄。他怒气冲冲,涨红了脸。一时间,我想我们要动拳头了。我们本来会打起来的。可是,在他还手之前,我垂下了手,笑起来;于是,这就变成他是否要发脾气的问题了。

他尽量克制着不发作,为了分散注意力,他打开了一个里面藏有监视屏幕的柜子。他拧开开关,转动旋钮,调到一个监视频道。

---

① 拉丁文,人老胜似童。

我看见阿丽霞一个人在跳舞，一丝不挂。她看上去比我以前所见过的更放得开。

"让它开着？还是你想找个谁进去乐一乐——等咱们的事情了了之后？"

"一个也不要。"

"我也不。"他说，"对我们这样的人来说，还有什么事情没见识过？！要引起我们的兴趣可不是那么容易——如果真的还有什么能引起我们兴趣的话。"

"这世界上还有什么稀罕玩意儿？但我们为什么要干这档子换身体的事情？"

"可还是有些事情没碰见过。你不明白么？"

"不，除非你有耐心告诉我。"我说。

"杀人。此乃最深奥最令人迷恋的事了。你未曾体验过吧。"我摇头。"一个人必须什么事都得经历一遍，你不觉得？"

我说："还从来没有人给我如此闷头一击。"

"真丢脸。"

"你为什么这么干？"

他摸过我的脖颈、胸脯、肚皮。"我原先替自己考虑过这具躯体，可是我想要一具更宽厚、更敦实矮胖些的。我倒是觉得奇怪，它在那地方居然闲置了那么久。当然啦，他们的确有不错的身体可选择。我要了它的话，看上去会很帅气。你附在它上面也不赖呀。感觉怎么样？"

我动动手脚。"感觉不错——直到你袭击我之前。"

"你拥有它多久了？"

"三个月还不到。"

"我不曾伤着你的皮肉吧?"

"我没事,"我说,"只是我有些生气。多谢你问起。"

"我心里想着的是你的躯壳,而不是你。喂,你以为我的躯壳怎样?"还没有等我作反应,他便脱下衬衣。"有时,你所要的就是能从镜子里端详自己而不觉得厌恶。"我表示赞同地点点头;但是,显然我的赞同并非那么强烈。

"我附着这躯壳已经有三年了。你习惯了他们的躯壳,习惯了这些躯壳所属的主人。就像牛仔裤,新身也是用得越旧越好。你忘记了你是附上去的。"他拉了拉肚皮,"瞧瞧,我这里肥大起来啦,我就是不喜欢好得找不到缺点。我认为完美会使别人发疯,或者使他们觉得相形见绌。"

"这么说来,"我说,"只有你的弱点才是人们想知道的吗?"

"可能是吧,"他说,"没有谁能摆脱这些。我想我还要在这具躯壳里再待它十年,要是没什么问题,或者可以更长,然后再换一个体型好点儿的。"他斟满酒杯,端起,"为我们——新领域的先驱干杯!"

"我们有了共同的秘密,"我说,"你和我。你和其他人这么谈论过没有?"

"和他们也聊这些,那些'新的'人。但是,我希望生活,不希望整天饶舌。我喜欢做个又臭又脏的小子。我喜欢绷紧性感的嘴唇,在网球场上一展雄风。我一拍子就可以把你的脸打飞掉!你那时要是见过我就好了。我留着照片呢。如果你一瘸一拐的,或者你长着个兔唇,再富有又有什么意思?要是我那样活着的话,那真是一个笑话,一个错误。这才是真正的我。"

"我想要的是,"我说,"给人提供认识我的愉快。"

他滔滔不绝:"不用多久,谁都会谈论这事情。到时候会出现一代新阶层,一批精英,一个超级躯体的超级阶级。到时候还会有铺子,你可以买到想要的躯壳。我自己就会开它一家,橱窗里陈列着真实的身体,而不是模型。妙哉!今天你想做什么样的人呢?"

我说:"如果死亡这概念本身就要死亡了,那么,自古希腊以来西方文明的价值观,所有这些的意义,都要更改。看来我们要拿美学来替代伦理学了。"

"那就引入新的含义来吧!这么说来,你是个保守主义者。"

"我不觉得。我想我都不知道自己是什么人,有什么倾向。有幸结识享乐主义者,倒令我振奋;这些家伙不在乎陈规旧习,而这些陈规旧习拖累着我们,使我们无法享受不散的欢宴。"

"你还是以为我不过花花公子一个,是吧。看看那些书!"他指着书架,"我正在啃这些书。欧里庇得斯、歌德、尼采。我正对付着那些最深奥难懂的东西。你猜我碰上什么事了?我七十五岁。老婆抛弃了我——倒不是因为哪个操蛋的家伙,而是出家念佛去了。她居然看上那些个大肥肚子,而看不上我了。你知道,不同的文化崇尚不同的体型。"他继续说着。"我的孩子们一般不来打搅我。他们忙嗑药忙得不亦乐乎!我的朋友们都死了。我可以买女人,但她们对我没胃口。我并不是一辈子只是工作,我他妈的用指甲又刨又爬,挖进了世界这石头一样的硬壳!我失去了一切,我要死了,我非常沮丧。你以为我愿意就这副样子死掉吗?"

"也许说来不中听,可我觉得生活就是这样的。生活本来就是由失败、错误、虚掷光阴、不可挽回的误入歧途堆积而成的。"

要是他在酒吧,他一定会往地上吐唾沫了。"你不过书呆子一个,"他说,"我的最后一幕应该更精彩一些。我买到了!告诉你吧,我还在干一些别的有意义的事情呢。说说你自己吧。你换了躯壳后在干什么?"

"我?我不过是中心的一个下人而已。"

他扮了个鬼脸。"你打算一直干下去?"

"我干的事情绝对没什么价值。实际上,我不一定非要去开拓事业不可,因为已经有过事业了。这种轻松实在是无法言说。眼下,我只管享受我的六个月。"

"你真要返回你那松垮垮的破皮囊里去?"

"这是个实验。我只想看看这世界像什么样子。但我还是怕这事儿太……不自然了。"

他一直在踱步。这会儿,他在我对面坐定。他说话十分有条理,他果断却不咄咄逼人,但是,他看来是会变得咄咄逼人的。

他说:"那你可以把它卖了。"

"卖什么?"

"这具躯体。"

"卖了?"

"是啊,卖给我。我会给你个好价钱。你可以从中发一笔大财,你和你家人足以靠这笔钱度过上帝赐予的生命。"

"那我原来的身体呢?"

"我替你把它找来。这不在话下。一具旧的皮囊并不比一只用过的避孕套更值钱。"他热切地注视着我,"这笔生意不错。你觉得呢?"

"我搞糊涂了。你有钱。去买一个就是了。我就去了那地方,像是个小医院。我肯定你也去了吧。"

"我去过。你以为这些地方很容易找到吗?现在可再也没那么简单了。"

"你是什么意思?"

"你不是关系好,就是运气好。"他敲着手指说道,"如今什么都变啦。"

"怎么讲?"他不答话。"就事论事吧,"我继续说,"要是有人很想要弄到躯体,他们可以把别人除掉。我不像你,我不建议这么干,只是我想这事显而易见。我的身体可不是绝无仅有的呀。"

"躯体须得改造过。头顶心上的标记告诉你这过程已经完成了。你附着的这躯体本身并没有多少价值,其价值在于为此付出的工作。完成这工作的人们仿佛是神灵,起死回生。当今世界只有三四个医生能够做这种手术,他们就像造原子弹的人——为人们所憎恨、景仰、畏惧,他们改变了人类生命的规律。"

"你认识这些躯体艺术家么?"

"我至少可以接触到其中一位,"他说,"我有个病魔缠身的熟人,他愿意出大价钱移植到另一个躯体里去。"

"有人愿意倾家荡产买一条活命。我能理解。哇,我这么抢手。"我说,"可我得等六个月满了呀。为什么这么急?"

"或许有人正备受病痛折磨,没几个星期就要死去。他们并不一定能够等到你的'小试验'结束。"

"这个,就像他们所说的,是生活啊。"

"你他妈的放什么屁!"

我说:"那人你认识?朋友?情人?"

"闭嘴!"

我说:"遵命。不过这事情我是决定了的。我不会把我的躯体出让给任何人。我才刚刚适应,我们才刚开始相互依属。"

"可你根本不想要它。你最终要回去的,多几个月少几个月又有何妨?我郑重其事地劝你现在就把它卖了。"

"郑重其事,嗯?"

"我要是你的话,我是不会把自己置于不必要的危险之中的。你不是那种有能力保护自己的人。"

"马提,这是我的决定。我不要你的钱,我不要别人来打搅我的'换身假日'。"

他无法自持。焦虑和狂暴潮水般涌向他。他在客舱里踱来踱去,脸扭到一边,不看我。

"需求就在那儿,"他说,"年轻女子的身体在美国十分抢手;它们总是特别贵重。那些在街头失踪的女子,并没有遭抢劫强奸,而是被无痛谋杀了。有器械完成这活儿,我希望能参与这类器械的制造。那个过程十分漂亮,里奥。装在袋子里的身体冻在冰柜里,等待手术变得简单的时刻到来。到那时,就像把发动机按进汽车那样,而不是每回都要重新设计那辆汽车。人们还有可能分享同一具躯壳,就像现在女孩子合穿衣服那样。他们还会相互询问:'今晚谁穿这躯体?'没回头路可走。永生是我们有些人的方向,不管你喜欢或者不喜欢。可对某些人来说,为时晚矣。"

以前对与我的同类人会面我很感兴趣,我乐意与这伙新身、这伙脸色苍白的老不死,至少共度一个夜晚;围坐在牌桌边,谈论往事;真是往事知多少啊。然而,他的口吻使我有所顾虑。我害怕了,我想离开此地,但他锁上了门。我不愿意激怒他,他看来什么都干得出来。所以当他说:"跟我来,瞧瞧这个——你大概会感兴趣的。"我便尾随他而去。

我跟着他穿过狭窄的、七扭八拐的走道。我们经过一扇门,门前站立着两个身穿白短袖衬衣的彪形大汉。马提朝他们点点头,和其中一个交谈了几句希腊话。我想要问问马提他们守着什么,但我觉得那样太好奇了。

我们又走过另一条走廊。最后,马提敲了敲另一扇客舱的门。一个英国上流阶级的声音说:"进来。"

除了桌灯的一圈光晕以外,屋子幽暗。书桌旁坐着个三十来岁的女子,边写东西,边听着温雅的大乐队爵士乐。她的衣着像是来自其他时代,或许是我母亲的时代吧;而她的头发和牙齿倒不像来自其他时代。倘若说她身上有某种明显的怪异之处,我会说她酷似某部历史片里的女演员,那女演员的体格和外表和她扮演的角色不怎么般配。

马提走近她。他们说了几句,她又继续工作了。

他站到门旁我身边,耳语道:"这女子是儿童心理医生,在她的领域里是个天才。多年以前,做男人的那辈子,她照料过我的一个患严重精神衰弱病症的孩子。关于人的任何事情,她都懂。不久以前,他得病的时候,我出钱让他换了躯体。他有关节炎,腰弯得都直不起来。做女人的这辈子,他需要完成他的书,需要继续帮助其他人。你不觉得这是相当慈善的行为么?"他瞥了我一眼,是一种让我自惭形秽的眼色。"她没有在某个地方拖地板,纵情声色。"他关上门。"你有什么问题要问她?"

"如何寻死。我想。"

"死亡本身已经死亡了。"

"噢,不。谁都会怀念死亡的,到那时,另一种心理医生就应运而生了,"我说,"他们的工作会以她(他)的工作为基础。"

"她自己可以完成这个事情。生命本身会更新。"

"她的书写得怎样了?"

"看来她需要好几轮生命。她是……无所不晓。"

"读过她的书了?"

"一大箱子笔记?大多数时间她躺在甲板上'思考'。她性欲太甚,这不配我口味。我会接受你的一个观点:要是她把这些欲望扼死,她的进步会更大。但愿她的趣味会有所更新。她死守着那些旧日老派音乐听,那些东西让我想起我希望忘却的日子。"

"我觉得你无法强迫别人去喜欢'极速车厂①',"我说,"你孩子知道你的情形吗?"

"他们不知道我在哪里。他们也没跟我联络。等他们老了,要是他们还规矩,我会拿躯体送给他们,作为生日礼物。"

"他们会不会要呢?"

"这些疯孩子会十分喜欢的。他们忙着玩乐队,出入戒毒诊所。你知道,对那种生活方式,他们已经倦怠之极。这样,他们可以继续活下去。我一直没告诉他们,因为我知道他们会马上想脱

---

① Speed Garage,英国近年来流行的乐风,着重低音和快速节奏的制作。

胎换骨,重新做人。"

"这又有什么不对?"

"如果他们还没遭够罪,他们对此不会珍惜的。这可不是对任何人都管用的。"

我不再想听他的话,或者和他争辩。就像和拉尔夫·哈姆雷特那样,我觉得我们的结识相当令人不安。马提和我都是变种、怪胎,不人不鬼的——要是和会死去的正常人相处,我至少不会老惦着这个不放。

我说:"我得去看看派翠西娅在哪里。"

一时间我觉得他不想放我走。可是他会干什么呢? 自然,他在苦苦思索。我们握握手。"这里有好多女人会被你迷倒。"他说,"挑你喜欢的吧。"

"领情了。"

"你得认真考虑考虑出卖躯体的交易。"他递给我他的名片,又从头到脚审视了我一遍,"我认定你了;我排在第一个,提着一袋子钞票。你多保重吧。"

我知道他在目送着我离开。

我走到外面。月明星朗,空气和暖。大多数客人聚在甲板上,呼啸喊叫,尽情狂舞。我早先遇见的那个新身女子在做表演,又蹬又踢,左摇右晃,在吉他手和电子琴师的前面咿咿呀呀唱着,她自我崇拜的同时,还逗引着我们对她的崇拜。

我问旁人:"她叫什么名字?"

"新生小姐。"

我拍了拍派翠西娅的肩,她一把把我揽进她的臂弯里。"我到处找你啊。"

"我和马提在聊天。"

"他想向你讨教对事情的看法,呃?"她说道,言语之间夹杂着没有必要的挖苦。

"我不敢说我对他有多少了解。"

"为什么不敢?"她说,"这里,我一直在追踪有关他的传言和故事。他家很有钱,这是肯定的。"

"就这些?"

"亲亲我。"我照着做了。她开口说:"他有个年长于他许多的哥哥,他十分敬爱他。而这哥哥患了一种不治之症,眼下正奄奄待毙。"

"他哥哥?"

"正痛苦地死去,就在这船上,在一个看守得严密的船舱里。他们都这么说的。"

"真的?"

"我们在这里寻欢作乐,而他就离我们咫尺之遥。"我想起那两个彪形大汉严守的那扇门来,"这事情由你自己去想了。"

"为什么我们不趁现在还有时间跳跳舞?这歌手实在叫人着迷。瞧瞧她的动作。"

"噢,是啊,"她说,"你为什么不早说要跳舞呢?"

"为时不晚。"

"你这小骗子,你根本没有跟马提聊天,"她说道,"你在操。你们都在干。一共有多少人?"

"多得数不过来。"

"我明白要是你我生活在一起,这类事情是我得忍受的。"

"一点不假。"

她头偎在我肩上。趁我们舞蹈时,我重新咀嚼马提所说的一席话。为何他替他兄弟索要我的躯体,这一点现在是不难理解了。然而,他为什么不像我当初那样去买一具来呢?这一点,我不甚明白——为什么他那么喜欢我的?

我想要把这宗事情忘记。我开始醉心和派翠西娅共舞了,抱着她,亲亲她,细看她老脖子和肥臂膀上的皱纹和皮褶,以及活生生的身体上的赘肉。我还握着她麻点斑斑的双手。我回味着马提说的话:"谁会希望这世界上有太多老态龙钟的躯体荡来荡去?他们既丑陋,伺候起来又费钱。不用多久,他们就不再有任何意义啦。"

然而,她身体深处有些东西,使我不想就此放手。她的灵与肉是合为一体的。她是"真实"的;但是,这一念之想又如何能与长生不死抗衡?

马提使我充满忧虑,充满不祥预感。我竟然没有意识到和派翠西娅跳了多久的舞,但我想长夜将尽了。我们肯定已经在岛屿附近,该回到我们出发的地方了。我在那条游艇上混了太长时间了。

派翠西娅的手已经伸进我的衬衣。"你撩得我滑腻腻的。我又想要你。我等不得了。"

尽管与她在一起,我还算愉快;但那宗事,我是再也不想做了。

"你大概要等一等喽。"我说道。

"为什么?"

"噢,我不知道。我累啦。瞧瞧,"我说,"这里男人多得是,还有独身一人的小伙子。"

我至少可以望见三四个体魄健美的男人站在舞池边。

"告诉我,"她说,我注意到她眼睛中闪出一种从未有过的清醒,"你不会跟我说出实情的。我知道。可是不管如何,我想弄明白。你摸我,亲我,舔我……这些事情你是不是不情愿做?我的身体让你厌恶了?"

事实上,对她的外形,她的肉体,我并没有感到厌恶。我姐姐当过护士。她教会我不要讨厌人的肉体,要讨厌的话,是肉体内藏着的那个人。派翠西娅的占有欲令我难堪。我思考着这些时,她逼视着我。

"现在我明白了,"她说,"我想这就对了。我费了点儿时间才弄明白的。"

"对。"我说道,"你对付我,就像你说到的男人对付女人那样,贬低她们,羞辱她们。法西斯的做法。派翠西娅,革命到底革得怎么样了?"

她倒退一步,好像她身体里什么东西爆炸了一般。

我滑脚就溜,动作迅捷。这倒不是因为我要摆脱她,而是因为我眼角扫见马提把我指给另一个家伙看,而那人正张望着我在哪里。还有几个家伙向他靠拢。

我绕到游艇另一侧,脱掉所有的衣服,只剩一条裤子。我把两只鞋子结起来,挂在背上。我可以遥遥望见岸上稀稀落落的灯光。游艇已经开始做登陆准备了,但需要一段时间。我不能等了。我爬上围栏,跳入海中。

我浮出水面,游了几分钟,这时,我听见有响动。我后面扑通扑通溅起了水。她们也来凑热闹,可是为什么?我停了一下,往后一瞥。借着船上的灯光,我看到尾随着我游泳的人不像中心里的女人,而是游艇上的那群家伙。他们既没吸过毒,也没喝醉酒。他们游泳水花很轻,显然是有目的而来。他们准是马提的爪牙。他们个个强壮,游得飞快。我也如此;何况,我还游在他们之前,虽然只隔开短短的距离。

我快速地上了岸,套上鞋,狂跑着穿过沙滩,冲进村子。几爿酒馆和迪斯科舞厅还开着。广场上到处都是人,闹哄哄的。我本可以躲进人群,但接下去又怎么办?不多久,人们会陆续散去。无论如何,我不想冒撞见任何敌人的危险。

我穿过窄小的巷子,一路朝中心跑去。到了那儿,令我宽慰的是,一个人影也看不到。我歇了口气,倒了杯茶。我可以在此地躲到天明。但我越想越觉得不安全。紧追我的那伙人看来是不达到目的誓不甘休的。马提要找到我的藏身之处不是难事,何况他又心狠手辣。

我在楼顶把衣物和一些其他东西收进洗漱包,我想我听见了墙壁上传来急促的咔嗒声,有人在使劲转动门把手,但我没有听见女人的喊声。得赶紧了,我顺手拿了几件晾在晒台上的女人衣服,胡乱塞进背包。

这时,我听到楼里有人声,看见手电光晃动,我纵身一跃,从宿舍楼顶跳到伙房屋顶。我从屋顶边缘跳将下去,跳上下面狭窄的水泥棚。我知道眼下唯一可逃命的路是顺山壁而下。我不清楚那山到底有多陡峭,但这山壁的险峭陡峻,我是绝对知道的。

不仅如此,地形也十分崎岖。当我步履维艰走到那儿,思忖着如何行动时,我意识到求生之欲是何等强烈啊。真的要是无路可行,我也会一直站在水泥棚上好多天。我的人生曾经阴郁消沉,我有时甚至还动了自我毁灭的念头。然而,放弃我的灵魂和肉体,这个准备我还没有做好。我要活下去。

　　我奋身一跳,肯定有二十尺高。着地之后,每踉跄前行一步都是凶险。这地方既乱石嶙峋,又沙尘满目。我无法歇足细想。我一路连滚带爬,要稳当站立不太可能。我遍体伤痕。那些树叶是拿什么做的? 铁皮? 刀片? 我像是在碎玻璃上跌撞爬滚过去似的。然而,就我所知,后面已没有了追兵。

　　到了山坳,我停了脚。我听不见任何人跟踪我了。我等待着余夜过尽。我步步为营地向海滩靠近,这时分,即便是偷欢男女也撤离了。

　　我翻入一个无人的餐馆,在厕所里我把自己洗了洗,剃光了胡子。然后,我找了条长凳躺下,弄来块涂油防水布往身上一盖。我身边出没着滑溜溜的条虫、甲虫、狗儿,还有要我身体的人。我无法成眠。

　　天明之前,我到了海港,等待第一班轮船把我载回比利亚斯①。我要去雅典,再作下一步打算。我拿了条长而轻飘的围巾兜住了头,穿了条筒裙,还戴上墨镜。不到最后一刻,我不会上船。

　　我面朝海港,坐在一爿餐厅最靠里的地方。这时,有人轻声呼唤一个名字,一个我在自我感觉良好时给自己取的名字。我正要

---

① Piraeus,希腊主要海港,位于雅典附近。

再次逃跑,一看便惊讶得发抖。

阿丽霞,毫无疑问,她寻寻觅觅,找我而来。

"你怎么找到我的?"我说。我暗指我的装束,"这些颜色配不配我?"

"不错。不过也不必一股脑儿都穿戴上去。"

"岛上那些家伙又在恐吓我了。我知道他们追到这里了。"

她说道:"我在想:我要在此地干什么?我要躲到哪里去?嘿,你就出现了。"

"是啊,"我说,"我看上去惹人注目么?"

"只有我才觉得。有人来找你搭讪吗?"

"我实在是个太悲剧性的人物了呀。"

"长着非女性的毛茸茸耳朵的悲剧人物!"她说道。我们一起喝了咖啡。她说:"你在逃跑。"

"是该走的时候了。你昨晚玩得开心吗?"

"发生了一些怪事。我以后再跟你细说。"接着,她又说,"我不会在中心待多久了。要是派翠西娅发觉你跑了,她会找我算账。我很失望,你就这样逃走了。"

"如果我给你惹了麻烦,我真是难过,要知道,她是不会放过我的。"

"这就是漂亮人儿要付的代价。难道对此你还没有习惯吗?"

看着船上乘客渐渐上满,我紧张起来,我问她是否介意到票房给我买张船票来。我可以感觉到好几个人很可能是马提的爪牙。

到了船上,我躲进女厕所。直到有人开始使劲敲门,我只得出来。我想,这下我可完蛋了。我设法溜到泊车甲板上,找了一辆老奔驰,盖一条毯子蜷缩在后座。船靠岸时,开车的家伙坐进车里,居然没有注意到我。到了外面,车一辆接一辆排着队等着离开,我跳出老奔驰,撒腿就跑。我飞也似跑出去,钻进人流,跳进了出租车。

第七章

我不明白怎么回事,反正,我知道自己又回到了伦敦。在一个熟稔的地方,我觉得安全些,心里放松了好多。在你自己的城市,你不需要思考你身在何方。被追拿,吓得够呛,我至今惊魂未定。马提是否还会跟踪我,我不知道。我似乎已经认定他对我失去了兴趣。或许他的兄弟已经呜呼哀哉了,或许他发现了另外的躯体。无论怎么说,到我这把年纪,我还是知道我们的愿望和实际之间有多么不同的。

我又回到原来待过的那爿暗旧旅馆登记了住房。缺钱时,我就去一家包装圣诞玩具的工厂打工。或许马提是对的,"租用"一具身体六个月,是个错误。做一个新人,而心里却惦记着要回到老套子里去,我根本不会有时间开始新生活。我是进退两难,像是等在候诊室里,那里没有真实世界,只有太多的焦虑。

一天早晨八点,有人敲我的门。

这个客栈,总是敲门声不断——难民、窃贼、娼妓、毒品贩子——那些永远置不起新躯壳,甚至连喂饱现有的皮囊都成问题的人;那些指靠别人而不想施惠予人的人,要是他们给你好处,那是为了从你这里换得好处。通常,他们会自报家门。然而,这回却不见回答。

大概是马提来擒拿我的身体了。我看过一部电影,一群黑衣男人守在门外,他们踢门而入时,我便握枪躲在浴罩后,或者从浴室窗户爬出去,顺防火道逃走。这是小伙子的套路,我的意识里,我已经不是小伙子,不论我的躯体如何轻捷。因为我还有另外的一部分,随你怎么说,我旧的脑筋吧,现在被马提的侵犯以及这侵犯的厚颜无耻所激怒。我不会拿我的躯体去变卖,虽说这也是我自己花了钱买来的。

"你怎么找到我的?"

阿丽霞坐在床上,我站着注视着她。她剃光了头发,人长胖了。她穿着一件前面带领结的上衣。

"你为什么留大胡子?"

"阿丽霞,我希望别人认认真真对待我。"

我忘了她有多么紧张。"里奥,看见你很高兴。我来看你,你很介意吗?"

"没有你想象的那么严重。不过我确实很想知道你怎么跟踪到这儿来的?"

"我没有告诉派翠西娅——她不在楼下,要是这个让你担心的话。我翻过一遍你的东西……想要……我想要知道你到底是谁。你肯定知道,我猜,你像密探那样难以捉摸。这把我也弄成个探子了。我发现一张这个客栈的发票,我把这儿的地址写在一首诗里了。当然,"她说,"要是你希望一个人躲起来,那有什么不可以呢?你希望我离开吗?"

"我和你一块儿走。我们离开这儿。白天我从不待在这里。"

我正穿着外套。

她说:"你在写东西。"

屋子一角的小桌子上,有几页纸。

"请不要看。"我说道。

"为什么?"

"别动。我在试着……写一个附着在年轻人身体里的老人的事情。"

"你已经写了好多啦。是电影剧本吗?"她翻动纸页,"这里有对话。布局很专业。你以前写过东西吗?"

"是你鼓励了我,阿丽霞。"

"刚巧相反。你要把它换钱吗?"

"谁知道呢?拿来给我。"

"你真是个古怪孩子。"

我从她手上拿过纸张,塞到床下。

到了小餐馆,我问道:"我的朋友派翠西娅还好吗?"

"你真是个捣蛋鬼。人家花了钱去上她的课,而她竟赖在床上不肯起来。你让她尝到了一点滋味,一种和男人在一起的强烈感觉,可你又把这种感觉夺走了。她把我找去,我们几小时几小时地谈论你,猜测你是什么样的人。她一会儿哭一会儿怒。她唯一的安慰是游艇上那男人去看她。"

"男人?"

"那花花公子,马提。"

"阿丽霞,发生什么事了?"

"他们让我离开屋子。我在外面窗下偷听到了一切。"

"后来呢?"

"他说你欠他什么。他没有说出到底欠他什么。你没有向他借过钱吧?"我摇摇头。"他想找到你,想知道有谁知道你的底细。"

"他要挟了派翠西娅吗?"

"他不必这么干。她热衷于谈论你复杂的性格,一谈就是几小时,当然都是按她的理解啦。她的话并没有引起马提的兴趣。因为她不知道你的下落。我几天以后就离开了小岛,去了雅典。"

"有人跟踪你吗?"

"为什么要跟踪我?怎么回事?"阿丽霞说道,"你知道派翠西娅想要什么?她要你和她一同经营那地方。"

"我当时一定会觉得这样很不错的,"我说,"干他一段时间。准会挺好玩的。不过,这肯定不可能,就凭她对我的那腔调。"

"你会去做?"她说,"你难道一点疑虑也没有?"

"疑虑什么?"

"你自己呀。想想你到底能干什么?这是你与许多人不同的地方。事实上,与绝大多数的人不同。"

"是啊,"我说,"我的确有疑虑。只是我不想别人掺和进我的错误中来。"

她说:"还发生了别的事情呢。我没有把整个事情告诉你。你从船上失踪的前一个晚上……"

"嗯。对不起,我真受不了——"

"有些人回到中心。可是我还在那里晃来晃去,看看你是否可能会回来。我们许多人吃了早饭后才下船。黎明是那么迷人。马提来找我。他看出我是中心的人。我跟他所认识的其他身材漂亮得无可挑剔的人看上去不同。他把我领进他的屋子。他想打听关于你的情况。"

"你怎么说的?"

"他坐在我对面,双腿不断岔开又并拢,像一只夹子。他看上去跟你差不多英俊。我许诺说,要是他跟我干那事,我就把所知道的关于你的事情全部抖落给他。我跟他说我是一个没有性欲的处女。你瞧,正是时候呢。他感到有趣,好像想对此探个究竟。他告诉我,'显然,使用处女有延年益寿的功效。罗马一所女校校长活了一百又五十岁。这可比吞服干巴巴的猪胎,或者喝蛇油管用得多。'他好像认为这是一桩相当合理的交易。就在地上,他狠狠地操了我。感觉好极了。是不是都那样的?我怀孕了。"

"他干的?马提?"

她拍拍腹部。"别问我要不要留着它。"

"这世道,到处是单身妈妈。现在这时候,也只有这样了。男人顶什么用?不过他可不是个好男人。"

"我不说你也知道,好男人不好找。问问派翠西娅吧!"

"阿丽霞,这有些疯狂。你不了解他。"

"总有一天,我要向他开出账单的。"

"可为什么是他?"

"是你撩拨起我的,我就再也耐不住了。船上其他人似乎都没有什么兴趣占有我。我知道我不漂亮,而作为女孩,我就想有一张漂亮的脸。马提看着我就像饿狼一样,我无法逃脱。"

"这像是跟魔鬼生了个孩子。"

"如果他真的那么坏,你最好把具体情形告诉我。不知道实情,我怎么能够考虑我的处境。要不然的话……我就继续怀着它。"

她等着,她好像意识到我知道更多的底细。

"我只见过他一次。"我说。我亲了亲她,又抱了抱她。"祝贺你呀。"

"谢谢。"

"你接下来做什么呢?"

"我回家和母亲一起住。这世道黑得很。我得告诉你,我不知道将来会怎么样。"

我注视着她。"有人巴望长寿,有人但求马上就咽气。"

"你能不能想出几条活下去的理由呢?"

"多啦。快乐呀。"

"就这个?"

"孩子,"我添了一句,"要是你喜欢。孩子们总是给我比其他任何事情多得多的快乐。"

"好!好!"她说道。

和她在一起,我总感到,即便是再简单不过的事情,我都得申明一番,这令我不爽。但我仍然喜欢她,我一直挺喜欢她的。我想要帮帮她。我有主意了。我跟她说,我有些事情要处理,我们说定待会儿再见。

分手后,我去了家网吧,用我原先的名字给一个编辑朋友发了封电子邮件,他在一家文学杂志社干编辑,他们还出版小说、新闻和摄影刊物。我催促他尽快见见阿丽霞。我对他说我不希望他提及我的名字。而后,我打电话给阿丽霞,告诉她吃了午饭她得去见见这位先生。争论了一番之后,她同意去他办公室,给他念几首诗,谈谈她自己。

那天下午,我们在附近的酒馆再次碰面时,她告诉我他安排了她一个活儿,一周三天看手稿,整理办公室。

"很好啊,"我说,"你高兴吗?"

她亲了亲我。"我知道这事多少是通过你,里奥。可怪就怪在他居然不知道你的名字。"

"对呀,"我说,"他不会记得我的。不过我父亲和他很熟。"

"你父亲是谁?这是你的秘密,是不是?"

在酒吧里,我们靠窗坐着,我可以监视路上的杀手。我认出了几个本地佬。他们个个都一副杀手模样。不管怎么说吧,这几天来,有一个人我是特别留神的,尽管我自己不怎么承认,此人我不能去找,只能守株待兔。

说来就来。她就在那儿,我妻子,正在过马路。她购物推车的轮子滚了出来。她在把弄着车轮,但这得好好修理才行。她站立在那里,四下张望,若有所失。推车很沉,载满食物。她既不能把它留在路上,也不能推着回家。

我让阿丽霞等我一下。我穿过马路,走向我妻子,问她是否需要帮助。

"亲爱的,我动不了了呀。"

"小故障会把人弄得很狼狈。我能帮你么?"

我把车拉到了一条门道边,检查了一下。机械这玩意儿,我不在行,不过,我看见一只轮子脱落了出来。

"你住得远吗?"

"走路十分钟。"

我说:"让我来做一回善良的撒马利亚人①。请稍等。"

我回到阿丽霞身边。

"这是我本星期、说不定是本世纪做的积德事。咱们三小时后在街角那家酒馆见。"

她盯住我看。"你会随便跟哪个女人回家,只除了我。"

"好像真像是这样。"

"我们不能一起把孩子养大吗?"

我亲了亲她:"以后吧。"

我又穿过马路,双臂提起了推车。

"怎么走?"

这东西又笨又重。我走得慢吞吞的,一路夸张地抱怨着,为的是和我妻子有多几分钟时间在一起。

"你没有谁可以帮帮你吗?"我问。

"眼下没有。"

我们走近我的家。我注意到大门摇摇晃晃的,需要修一修了。

她打开前门。"你要不要进屋来啊?"我迟疑了一下。"就一

---

① The Samaritans,1953 年创设于伦敦,以救助精神上的苦恼者为其宗旨的团体。

小会儿。"她说。

"要是你不介意的话。我能不能要杯水喝?"

到了屋里,她说:"我能不能问一下……你是做什么的?"

"我到处旅行。眼下正歇着。"

她走进厨房,我瞧瞧四周。什么都没变,但什么都变了一点点。

我那现在年纪和我一般大的儿子,走下楼梯,头伸进门来。我几乎要给他让路了。是他,是他的手,他的脸颊,我想要摸一摸的。最近这几年,我们彼此之间的抚摸变得越来越不容易了。他觉得窘迫,或者他不喜欢我的身体。而我仍然喜欢亲他的脸颊,虽然我得逮住他,把他拉近我。

"你怎么样,妈?"麦克说。"你好。"他跟我招呼。

我准是瞪着他看了。

"我的推车坏了。"她答道。

"你的心脏①?"

"小车。你真笨。"

他走进屋子。他看上去机警、快乐而健康。从某种方面,他举手投足之间我可以看见过去的我自己。我想念我自己。我也想念由于他而得到的愉快,想念由于生活在他的身边而得到的愉快;想念知道他干了什么、去了哪里的愉快。

我沮丧地瞧着他拿着我的新手提电脑,那银色的又小又轻的漂亮东西,我决定变成别人之前不久才买下的。我本打算在床上

---

① 英语里 cart(推车)和 heart(心脏)读音相近。

用的。我总是对我的职业器具着迷。有时,仅仅买一支新的笔或一个新电脑就足以使我重新投入工作。

"那玩意儿看上去不赖。"我说。

"是啊。"他对他母亲说,"我借去用一阵子。爸回家之前我会拿回来的。你有他消息吗?"

"他说他爱你。"她嚷了一声。

"就这个?"他说,"他是不会介意我借这用用喽。顺便说一声,祝你周年快乐。可惜只有你自己一个人过。"

"待会儿我会倒杯酒自己祝贺祝贺。"她说。

我说:"我能不能问一下是什么周年纪念?"

"不是我的结婚纪念。"她说,"只不过是我跟丈夫认识的纪念日。他眼下出远门去了,那傻瓜。"

"为什么傻?"

"他呼吸困难。他走不了多远。我从他的脸上可以看出他的病态,但我想他却不知道自己已经病得多厉害。他开始徒步跨欧洲大陆旅行之前,我想好了我们应当好好享受剩下在一起的日子。当然,他要找乐事,我不想拖他的后腿。"

麦克说:"妈,你行吗? 我可以走了吧?"

"当然。"

他"呼"地关上了前门。

"我也要走了,可以吗?"

"可我得请你喝杯茶。要不,我过意不去,你帮了我忙啊。"

"你非常信任别人。"

"我注意到你刚才在看着那些书。没有哪个小偷或疯子会那样的。"

"你孩子长得挺英俊。"

"他不错。他女朋友怀孕了。"

"真的？多棒啊。祝贺你。"

"孩子出生的时候，亚当会回来的。我知道他肯定会的。"

我到楼上用厕所。出来时，我注意到我的书房门开着。我走之前用的书都堆在茶几上，边上是我买了还来不及听的小唱碟。我忍不住在自己的书桌前坐下。我看着孩子们不同年龄拍的照片。我知道什么东西放在什么地方，只是我的手比以前更大，胳膊更长罢了。我喜欢的自来水笔里的墨水依然流得通畅。我写了几个字，把那张纸胡乱塞进口袋。我得将自己拉走了。

我下了楼，坐到玛戈的旁边，斟了杯茶。我瞥了一眼我买给她的婚戒，说道："你是哪里人啊？"

"我？你问我？"她问，"你想知道？"

"为什么不呢？"

"我这样岁数的女人，谁也不会太有兴趣的。"

她告诉我她在哪里出生，略略提到她父母，我还问了一些有关她早年生活和成长的问题。我倾听着，鼓励着她，想到什么就问什么。

其中一些事情，在我们彼此开始了解的那几年，我听她之说过。当然，后来很长一段时间，我再也没有问起过。你可以有多少次"同样"的对话呢？虽然如此，过去的鲜活生动却一点也不输于现在：只是有着不同的氛围、角度和细节而已。她提到一些我从来没有听说过的人：她说起一个情人，她对那人的恋情比她以前承认的更深。

她的故事我现在更听得懂了,换句话说,我更能让它们走进我的内心。我们喝着茶,饮着酒。她很受鼓舞,由于我感兴趣,也惊讶于有那么许多事情可以诉说。她想诉说,我想倾听。

我只是询问她遇见我之前的经历。我的名字出现时,她说起有关我的一些事情。我没有进一步追问。我但愿有胆量去倾听每一个字——我妻子对我一生的裁决,一纸结论。但那会把我搅得心神不宁的。

她是如何地打动了我啊。倾听着她的叙说,我不知道我为什么爱她,我只知道我确实爱她。我希望能给予她所有这些年来我疏忽了而没能给予她的东西。我以前是何等地冷淡而孤僻。等我再回到我自己时,一切都会不同的。

两个小时过去了。终于,我说:"我真得走了,你也要忙你自己的事情了。"

"不知你觉得怎样?"她说道。她摇摇头。"我感觉好像访问了一回梦境。我们在一起干了些什么?"

我走近桌子,桌上有一个立体声音响,还有一叠小唱碟。

"我可以放一支曲子吗?"

她说道:"噢,告诉我,你为什么要问我这些问题呢?"

"我的问题使你难堪吗?"

"不,恰巧相反。它们提高了我的情绪……它们使我想起很多……"

"我对过去有兴趣。我打算去做个研究中世纪的历史学家。"

"噢。很好。"她又加了一句,"但是,你问的都是有关个人的,不是历史的。你是个好奇心重的年轻人,真的。"

"我经历了一些事情,"我说,"我被某些东西改变了。我……"

她等着我往下说,但我自己住了口。有时,没有比深藏一个秘密更坏的了;而有时,没有比深藏一个真实更坏的了。

她说:"发生了什么?"

"没什么。我女朋友在街上等着我呢。"

我放上我妻子最爱听的小唱碟。我吻了她的手,我们跳舞的时候,我的身体感觉到了她的身体。我知道我的手该放在哪里。在我心里,她的身材跟我般配。我不希望我们的时间结束。对于我,她那张脸是永远的。她的嘴唇掠过我的,她的呼吸渗进我的身体。一时间,我亲吻了她。她的视线追踪着我的,但我无法正视她。如果说,我惊讶于我妻子的轻易被诱惑,那么,我则是震惊于我看来是何等容易被忘却,或者说被抛却。多少年来,作为孩子,我们的长辈们要我们相信,失去了我们,他们活不下去。然而,这种必要性,再不会同样地奏效了,虽说,我们或许还在不停地寻求它。

到了门口,我妻子说:"你会再来喝茶么?"

"我知道你在哪里,"我答道,"为什么不呢。"

"我们可以一起去看展览。"

"对。"

我道了别,不情愿地离开了我自己的家。玛戈将一袋子垃圾放在大门外,等着扔去垃圾箱的。我对孩子没做这事情感到生气,他准是双手满满当当,捧着我的电脑。

我提起垃圾袋子,绕到房侧。从我所站的地方,透过篱笆上的一个洞眼,我可以望见街道。对街有一辆并排停靠的车,里面坐着两个汉子。那是一条狭窄的街道,双泊车的后面跟着一串等得不耐烦的车。这些车为什么动也不动?因为那辆车里两个汉子正监视着这栋房子。

我溜出大门,留心着街道,躲避着他们。这是真的:他们在跟踪我。我拐进常去的纸张铺子,外面那两个汉子等候在车里。我继续上路,他们便尾随着我。跟踪男人的男人,他们是什么人?

我熟悉街巷。铁道线下面,停车场边上,有一条窄窄的巷子,几年前我送孩子们上学走过那条小巷。我拐上小巷,撒腿就跑,他们在车里,不能跟上我了。

当然,他们太想拿住我了,他们堵在小巷的另一端。我不想就这么死掉。我飞快地走。远处街上,那三条汉子钻出车子,终于把我包围起来。他们把脸凑上前来,我可以闻见他们刮胡水的气味。街上有许多行人。

"要把我弄哪里去?"

"你会知道的。"

另一条汉子低低咕噜一声:"我带着枪。"

其中一个把手搭到我臂膀上。我被激怒了。我不喜欢别人强迫我违拗我的意愿。这时,我有了信心,那把枪,如果那真是一把枪,它增加了我的信心。我不相信他们会毙了我。他们最不想做的就是一枪崩了我的肉体。

我于是开始大叫大嚷:"救命!救命!"

人们回过头来瞧着,汉子们想把我拖进车子,我乱踢乱打。我听见了警笛。一条汉子着了慌。人们在看。我脱开身,窜进一个紧挨一个的货摊。那三条汉子不会端着枪冲进人群追赶我。

我一有机会,马上从电话亭子给拉尔夫挂了电话。

他说我们不可能见面。他"陷在文学"里了。可那笨蛋真是不幸,他已经告诉我他在哪里了。

半小时后,我推开酒馆的门,走了进去。我是个多愁善感的人,总希望下午在一家伦敦酒馆拥有一片无言的漫长的沉闷,那里粗汉们玩着台球,其他人坐在那里闷头抽着烟。我没有看见拉尔夫,但见到一个标牌,上面写着"剧场和厕所"。我沿着窄小的楼梯往下走,到了一间一股潮霉味憋得人透不过气的屋子,四壁漆得乌黑。里面放着一些电影院的旧座椅,一角有一间碗柜大小的售票房。几根梁柱看来挡住了每一个能清楚地观看小舞台的视角。从海报上,我看见他们在演出《玻璃动物园》、《道连·格雷的画像》。

有个女人急急忙忙奔过来,自我介绍说是芙罗伦斯·欧海勒。她想知道我要几张《玻璃动物园》的票子,她在剧中扮母亲;还是要《哈姆雷特》的票子,她在里面演葛楚德。也许两场戏都看,价钱特别优惠。

她说话时,我惊讶地看见大名角儿罗伯特·麦尔斯坐在暗处,兜在一件大外套里,胡子拉碴的。他曾在我七年前写的一个电影剧本里演过角色。那电影开拍之前,我和他一起喝过好几回茶。

我凑近芙罗伦斯看。我回忆起罗伯特曾想替她在电影里弄个小角色。他们那时是一对情侣,至今还没断关系。

要是我不披着这具讨厌的躯体,毫无疑问,罗伯特和我会彼此打招呼、聊聊天的。然而,他见我既紧张又傲慢地看着他,他站起身就走。

与此同时,拉尔夫出现了,穿着不知是维多利亚时代绅士还是花花公子的戏装,手中捏了顶大礼帽。我们握握手,我在他后面的戏座坐下。

"我只能聊一小会儿。"他说。

"我也是。"

"待会儿有场戏。白天,我和罗伯特·麦尔斯一起弄一出新戏。他在尝试做导演。我现在和最优秀的人合作。"

拉尔夫面带倦容,他的脸比以前多了几道皱纹。

他说:"我还扮演道连·格雷呢。芙罗伦斯演西碧儿。我把我这辈子的时间都耗在这里了。"他瞥了我一眼。"怎么回事,我能为你效劳么?"

我告诉拉尔夫,马提"认出"我来了,他自己是个新身,还要替他哥哥找个躯壳,找到我头上来了。拉尔夫怎么可能对此无动于衷?再说了,从理论上讲,他难道不也是处于同样的境地?

"你把这些问题带到我这儿来,但是,哪一个我能想出办法对付?"

"拉尔夫,谁都能认识到这一点,就像对任何特别值钱的东西——金子,毕加索的画——恶鬼都会抢得鸡飞狗跳,打出性命来。他们怎么可能不抢?可是我不能像摘项链那样除下我的躯壳来。"

"至少,现在还不至于吧。"拉尔夫说。他不耐烦地看看四周,"你这蠢货。为什么跑这儿来?你要把他们引到我头上来的。他们会趁我在台上的当口,把我逮住,把我扒得只剩脑子!"

"他们怎么会知道你跟我一样,也是个怪物?"

"别他妈叫我怪物!除非你他娘的非要告诉他们不可。我总担心我的老成会把我自己出卖掉。你到底干了什么事情,招惹起他们来的?"

这时,我大叫大嚷起来。我的嗓门大得很。

"要是你以为这不是人人都想知道的事情,你就是一只傻蛋!"

他凑近我。"你找全日的保镖去。一天二十四小时,周围都是大块头。想要新鲜的大屌和干净的肝儿,是要付代价的!"

"我怎么负担?"

"你可以干活儿!"

"干什么?"

"你以为呢?你从前是作家。你可以重新做一回,换一种风格。你可以变成……打个比方,一个魔幻现实主义写手!"我可以看见芙罗伦斯在更衣室门口朝他挥手。"想想看,十年,十五年,二十年,我会在哪里!你怎么知道我不会操管世界上最伟大的剧院?"我坐在那里,脑袋埋在手心里。"我还没有告诉你,不过我现在要告诉你。我和奥菲丽娅——当然,演那角色的女孩——要结婚了,我也没有告诉你,我们有了小孩。才几天,好得没挑。我原来担心小孩会是个怪胎呢。"

"干得不错。"

"你要看演出吗?要是你被人追踪,你或许最好别在这里晃悠。"

我指着自己的躯体。"我想做的,"我说,"就是要摆脱这个。从这肉堆里滚出来。我想今晚就做,要是可能的话。"他不无同情地看着我。"我想我自己可以找到那家医院,可我很急。你带我去的那地方的地址是什么?"

"你自己看着办吧。"他说道,一脸狐疑。

他告诉了我地址。我当然不会忘记的。他很高兴把我就这么给打发了。

我说:"祝你演出成功。过几天我会来看的,带我老婆一起来。她和我准备好好过一段相聚的日子呢。"

从我背后,楼梯的最高处,我听见芙罗伦斯的声音。

"什么名字?"她嚷道。

"什么?"

"戏票上用什么名字?"

"我会告诉你的!"

"你连自己的名字都不知道?"

一个年轻女人走进小酒馆,吊袋里兜着个小婴孩。拉尔夫的小孩,我想。可我那么急匆匆的,停步不得。这条街走到底,有个破旧的出租车办公处,在我以前那把老骨头里的时候,我跟那些出租车司机很熟,还听他们讲他们的事情。

我跟出租车司机说让他快开。一路上,我不停地四处张望,朝每一辆车里看,看每一张脸有没有可能像杀手,不住地想。我确信仍然被人跟踪着。我要去的地方并不太远,但我得小心着点儿。

出城不久,我突然跟司机说:"这儿放我下车。"

"我想你要……"

"不了,这儿就行。"我们驶近一片低矮的新近建起的工业建筑区。"听着,"我说,举起我最后几张钞票,"把你汽车后仓里备用的汽油罐给我。我的车在附近出了故障,我得赶紧。"

他同意了,我们绕到车行里仓那儿。他把油罐给了我,我把它包在黑塑料袋里。我提起袋子,就朝我留意到的一家酒馆走。到了酒馆,我喝了几杯酒,去了厕所。我闩上小隔间的门,把衣服脱个精光。

一会儿工夫,我干得既仔细又彻底。做完之后,我穿上衣服,离开酒馆,穿过荒凉的街道,朝那个我记得的号称医院的建筑走。不一会儿,我就迷失了方向,但地址没错。街道的布局和其他的建筑都一样。我终于看见它了。那地方竟变了样子。上次来这里好像是隔了好些年似的。我认为是"医院"的那所房子被长着倒钩刺的铁丝网包围了,蔓草从水泥板块之间刺刺地长出。建筑的正面,一口废弃的柜子歪倒在一边。这是何等煞费苦心的伪装?

我翻过篱笆,设法爬过安装了好几道的铁丝网。好像没人在为安全操心。"医院"正门连锁都没上。不管怎样,天色渐暗。我试了试电灯开关,但电源被切断了。流浪汉们或许正在霉烂发臭的床垫上闷头睡觉呢。这地方好像还被当地孩子糟蹋了一通。我想重要的东西早在这之前就被搬走了。周围没人,没有新的人,没有旧的人,没有一个人。我不知道该怎么办才好,但此地非久留之地。

我听见有响动。

第八章

"我们并不急于早点逮住你。我们吃准了你最终要跑这里来。"

马提从黑暗里冒出来。火把照亮了我的脸。我遮住了眼睛。

我问道:"你早就知道这地方?"

"我早就知道这帮旅行队会走的,但是我估计你跟他们的联系不如我。我仍然要你的身体。"

"看来我得给自己留着了。"

"你不是已经说服自己不要那东西了么?别人的需要更迫切。"

"你哥哥?"

"什么?还是由我来为他操心吧。"

我说:"你可以把身体拿去。里面还有活蹦乱跳的生命呢。我想要的就是还我旧身。"

"这边来。"他指指门口,又加了一句,"这地方臭得很,还是因为你臭啊?"

"这地方也很臭。"

他说:"上帝呀,他们他妈的干了些什么,焚烧身体?"

被他那三条汉子挟持着,我跟着他,到了另外一间屋子。我注意到里面没窗户,硬水泥地,地上散乱着玻璃碴和乱七八糟的碎片。地砖被撬起,砸烂。氖气灯横七竖八。有个穿着蓝色医生服的男子正站在那里,边上还有两个助手,每个人都戴着面罩。屋子中央,架着一张像是战地用的临时手术台,钢盘里放着医疗器械。我四下寻找我的旧身体。或许它被存放在另一间屋子,他们会把它推进来。我真是太想看看它了,不管它看上去会是如何皱皮疙瘩,僵尸似的。

"我的老身体呢?"我对那个我估计是医生的人说道,"没有我的老身体,我不干。"

他看看马提,他们俩谁也不说一句话。

"我明白了,"我说,"老身体没有了。它没了。"我嗟叹一声。"浪费!"

"你真倒霉,"马提说,"你要永生啦。等我把这事情解决了,我和我哥哥要到火奴鲁鲁合家团圆去了。唯一遗憾的是,他会让我想起你来。"

我注意到地上横卧着一口像长冰箱似的东西。那东西长到足够把我这样尺寸的身体装进去。那里还放着一个木盒,盛得下一只死人脑。脑子不需要多少地方,我猜想,并且不难处理掉。

"我可以抽根烟吗?"我说。

"抽烟正是我兄弟喜欢的。"

"我最后一件事。"我说,"然后就由着你了。保证。"

"听到这话,我很高兴。"马提说,"得啦。去抽吧。"

有条汉子递给我一支烟,"给。混蛋。"

"彼此彼此!"我回敬道。

那汉子冲我靠近,马提说:"不准打坏他!不能有乌青,别惹他。"

我说:"现在,我得脱衣服,抽根烟,马上就准备好给你啦。"

"好孩子,"马提说,"你要寻死,好,你要如愿以偿啦。"我除下夹克和衬衫,马提称许地看着我。"你看上去很棒。你体型保持得不错。"

"瞧瞧我的屌,伙计们。"我捏着那玩意儿朝他们甩来甩去,"你们不想也来这么一条?"

马提说:"你他妈的用了什么刮胡水?"

我点亮打火机,朝后退了退。

"汽油,"我说,"浑身都是。我头发还是第一次浸汽油呢。你过来呀,伙计,你要的这身体我就一把火烧啦,烧成一堆圣诞布丁。还有你,肯定也逃不了!"

我把打火机凑近胸口。我不知道再靠近多少我就会变成一团火球。如果我的命运就是为他们所鱼肉的话,那我宁可自寻了断。我会轰然撞出门去,燃烧成一把火炬,一路呼啸而去。

除了马提以外,每个人都退缩了。医生也缩起来。马提想逮住我。说实话,他真是有得手的机会。但是,其他人的畏惧似乎影响了他。他不知该做什么,只能僵持着。

我背后什么也没有,只有一扇门,而且还开着。我抓过衬衫裤子,转身就逃。我在飞跑,想必,他们也在狂追,但我跑得更快,何况,我知道逃跑的路。

我爬过篱笆,穿上衣裤,继续奔跑。天色幽暗,但我健壮,我大概知道我要怎么走。他们钻进车里,开车追我,但我现在放聪明了。我跑得远远的,他们永远找不到我。

好一阵子,我都无法考虑自己到底往何处去。当我觉得安全时,我就在路人的院子里歇歇脚。我想喝点儿东西,汗水和汽油混杂在一起,气味实在不好闻。我最不喜欢的便是形迹可疑鬼头鬼脑的模样。我带着我的信用卡,但我意识到我已经无路可行了:回不了妻子身边,回不了我的客栈,不能和朋友在一起。马提的哥哥不死,我就没有安全可言,除非他转移注意力。即便那样,还会有其他恶人来追逐我。我好像是穿着名画《蒙娜丽莎》。

我是大地上的一个陌路人,一个一无所有的、什么也不是的、没有归宿的孤独者。在永生的梦魇里,作为惩罚,得重新开始人生。

树间喧哗

—Hullabaloo In The Tree—

"走啦走啦!"

父亲在儿童游乐园待了太长时间,想着是该离开的时候了。

一星期前,也在这个公园,他们碰上了一个行医的印度朋友,那朋友被孩子们的无法无天、没大没小吓坏了。七岁双胞胎中的那个小的,顶着印第安纳·琼斯礼帽,对这个医生朋友说:"你是什么——笨蛋?"

父亲不得不跟着赔不是。

"他们对谁说话都这样吗?"朋友对父亲说,"我明白我们的确是在这里过着日子,可你听任他们学西部片里最糟糕的东西呀。"

没有哪个英国朋友会愿意说这种话的,回到家里后,父亲评论道。

"问题是,"小男孩回答说,"他长着一张咖啡兮兮的脸。"

父亲从没这样焦虑过,他觉得应该开始树立威信才对。

"我们走了！"现在，父亲用他认为是最最"严厉"的声音说道。

他捡起蓝色塑料皮球，大步跨出游乐园，走进公园。七岁双胞胎拿着树枝打来打去，两岁男孩从旋转木马上跳下来，挠着腿。

他们要穿过樱草山，去那边的小咖啡馆。孩子们早就嚷着要喝饮料，而他想着一杯咖啡。在成年人的世界里，还能有什么比这样更好的度过星期天早晨的方法呢？

令他惊讶的是三个儿子居然没有抱怨地跟着他。要是他的朋友在场就好了，他就会亲眼看见孩子们令人难忘的听话乖顺了。他的未婚妻刚巧碰上了个熟人，他见她还在秋千架边上聊着。他已经打断过她一次了。她为什么总是在他最想跟她说话的时候跟别人说话？

走出游乐园，看见一个开阔的公园。他面前是上行的山坡，而山坡背后是天空。他想闭着眼睛一直朝前走，把别人都甩到后面去，为的是让脑子什么都不想。在孩子们出生前的好多年里，他好像放走了所有的星期天。而现在，他的行止、想法、他所醉心的一切，最糟的是，他那无牵无挂的时间观念，都已经被令人心力交瘁的混乱，还有在他看来是必须履行的、为了使其他人满意所作的挣扎取而代之了。

可是，他并没有往山坡方向走，而是站在那里，伸出手托着皮球。

"看着，伙计们，注意啦。"他说。

父亲嘛，就是要把球踢上高空，让儿子们仰着身体，大呼："哇，快踢进云里去啦！怎么会这么厉害。爸爸。"

他喜欢这么表演一番后，看着儿子们你争我夺，学他的样子踢皮球。两个七岁的双胞胎和他们的母亲住在几条街外不远的地方,他们只是来和他一起过周末的,他们开始在许多事情上模仿他,有些动作令他得意,而有些则荒唐而毫无意义,比如晚上戴墨镜。这对双胞胎一起出去,他们活脱脱就像布鲁斯兄弟。就连那两岁小孩,也开始模仿他说话时懒洋洋的腔调,模仿他躺在沙发上翻看报纸。他就像是被一群恶意的漫画家包围起来似的。

父亲松开手,皮球掉了下去,他一脚踢歪了。

"爸爸,高一些。"两岁的叫道,"高些啊,高些啊,踢到天上去。"

两岁男孩长着一头金发,被他妈妈剪得锯齿似的。她趁他睡着时捏着电筒剪刀在他的儿童床前弯着腰剪的。男孩穿着起球的袜子、T恤衫和鞋,但闹着不肯穿裤子。父亲不忍心硬逼他。

父亲跑过去,捡起了皮球。他举着球,为引起他们的注意,他高叫:"杰格斯,休勒,贝肯海姆,爸爸,爸爸,爸爸——球来啦!"他拼尽气力把球踢得又狠又远,自己滑倒在泥地里。

一时间大家都没了声音,少有的沉默笼罩了每一个人,谁也不想打破这沉默。因为这场景令人迷惑又难以置信。

大的那个双胞胎坐下来,打开他的小手提箱,里面放着枪支、他写的书和一张帝国大厦的照片。他拿出新的双筒望远镜,透过望远的一端冲着那片树窥看。

"很远很远,差不多在天边啦,"他说,"这儿,来看啊。"

父亲站了起来。摘下他的墨镜,他已经发现那皮球了,它卡在游乐园进口不远处一棵树冠上的枝杈间,像颗晃来晃去的脑袋。

两岁男孩说:"卡住啦。"

"真糟糕。"父亲说。

"糟糕,糟糕。"两岁男孩跟着重复。

父亲朝游乐园瞥了一眼。他的未婚妻还没有出现。

"朝它扔东西!"他说。大男孩捡起一枚树叶,把手举在脑袋后面,然后扔了出去。父亲说道:"硬的东西,伙计。来啊。我们一起干,准把它打下来。"

两个幸灾乐祸的双胞胎,开始奔跑着收罗石块儿和坚果。父亲也跟着他们那样做。最小的男孩跳上跳下,扔了几片树皮儿。不一会儿,天上布满了硬东西,一块硬东西击中了一条狗,另一块击中了一个骑车路过的孩子的腿。父亲拿起双胞胎的一把金属枪,使劲往树上掷去。

"你会把它砸坏的!"儿子用责备的口吻说,"我昨天才弄来的。"父亲跨着大步走开了。"你去哪里啊?"男孩嚷道。

"我可不愿整天守在这儿。"父亲回答道,"我想喝咖啡——现在就要。"

他可以不管那只廉价塑料皮球,如果需要,回家路上再买一只就是了。

但是,他希望儿子们把他看成那种把球踢上树去,然后就拍拍屁股走掉的人吗?他接下去又会做什么呢——掉了二十英镑的钞票,就把它留在地上,因为他懒得弯一弯腰?

"你在干什么?"他的未婚妻已经从游乐园走了出来。她抱起小男孩,亲了亲他的眼睛。"爸爸做了什么啦?"

那俩双胞胎还在扔东西,好像在朝着彼此的脑袋扔了。

"住手!"父亲走回来,命令道,"你们规矩些。"

"你要我们这么做的。"大的双胞胎说。

小的那个说:"别担心,我爬上去。"

双胞胎里的那个小的大概是两个里更勇敢的,他跑到了树下。他戴着印第安纳·琼斯硬礼帽,腰间皮带上绑了"套索",不过被他套住的是那两岁小孩的脖子,其实大多数时候,他还是挺喜欢小男孩的。

那男孩说:"推一推我呀,爸爸。推,推,推!"

父亲一下把他推上了一支树杈,他既跃跃欲试又不敢大胆妄为,像是第一回被撂上了马背。

"把我也弄上树去,"一个约莫九岁的女孩说,她已经在一边看了些时候,现在在他身边上蹿下跳,"我会爬树。"

正长出一粒牙齿的两岁男孩说:"我上树。"他的脸蛋总是红扑扑、湿乎乎的。

"我没法子把你们都弄上树去。"父亲说。

最小的嚷起来;"爸爸上树去。"

"好主意。"未婚妻说。

"我会飞一样'嗖嗖'就上了树,"父亲说,"可不能穿着这身新衬衫呀。"

未婚妻在笑。"也不能在任何一个带'r'字母的月份里。"

不像他的父辈,父亲从未当兵打过仗,也从来没有任何场合要他显示勇武。他总在想,要是在那种情形里,他会是怎样一个男人?

"好啊,"他说,"瞧着吧。"

父亲帮着孩子们从树上爬下来,自己爬了上去,大家都看着。

他那年轻他十岁的未婚妻从底下过猛地推他,直到够不着他。

父亲在树上,觉得高得不得了,他堂皇地挥了挥手,像总统先生在登机口那样。他的一家子也朝他挥手。他把一只脚伸向另一根枝丫,将整个体重移了过去。枝丫马上"咔嚓"一下压断了,他保命地缩回来,希望没有人注意到他脸上一阵红一阵白。

这个星期天的早晨,他正踮着脚尖跨在树杈间,也许与住院和长年的伤痛仅咫尺之遥,但他确实感到他得到了一家人的深切关注,而今天这份关注没有像往常那样跟着一摞摞的要求。他想无论自己是如何留恋他过长的单身汉日子里的那种安闲和无责任感,他还是懂得至少一个人的日子并不好。而下星期,他要去美国五个月做研究工作。他会打电话给小孩们,他知道他们话讲到一半就会说"拜拜,我们要去看《石头城乐园》啦",说着就把听筒摁上座机。等他返家时,他们又会变得怎样呢?

眼下他听见未婚妻的声音在叫喊:"摇一摇树呀。"

"摇一摇啊。"其中一个男孩嚷嚷。

"快,快,快!"女孩子叫喊。

"好,好。"他咕哝道。

在他们的鼓动下,他朝面前一根粗大的枝丫倾过身去,咬紧了牙,一把抓住并且晃动它。出乎他意料,头顶上的树叶竟有了些响动,他松一口气。可他又觉得他的动作和那只皮球的状态之间并没有什么直接联系,离得太远了。

九岁女孩已经攀上了树,伸出手拽他的皮带,借一把力。他盘踞的树杈变得那么窄,可她转眼之间上了上面的树丫,爬上去时还踩着了他几根手指头。

不一会儿,树猛烈地抖动起来,比他的晃动可猛多了,树皮叶子、嫩枝小丫都雨点般地落下,打在慢跑的人、孩子们和一个拴着拐棍站在树下看热闹的老妇人身上。

这可是放弃阵地的好时候,他盘算着。女孩子把皮球摇下树时,他可以把它捡起。再过十五分钟,他就可以吃上抹了奶油的羊角面包,啜几口无咖啡因的半脱脂奶咖。他或许还能翻翻报纸呢。

"这儿怎么回事?"

有个手里牵着两个小女孩的男人加入进来。

双胞胎中的弟弟说:"笨蛋爸爸在表演,还有——"

"得啦。"父亲说。

男人已经脱下外套,递给其中一个女孩,说:"别担心,有我在这儿呢。"

父亲瞧着那男人,他三十七八的样子,一张红脸,胖胖的,戴了一副厚眼镜。他穿着熨过的粉红衬衫,一双人们通常穿去上班的鞋。

"不过是一只不值钱的皮球而已。"父亲说。

"我们正要走呢。"未婚妻说。

男人朝巴掌里吐了口唾沫,双手搓了搓。"很长时间没有这么干啦。"

他飞跑近树,攀了上去。他没在分岔的地方停脚,继续往上攀,和上面的女孩打了个招呼,然后手脚并用,超过了女孩,爬上更容易折断的树枝丛。

"我来逮你啦,皮球……你等着,皮球……"他边爬边咕哝。

就像父亲和女孩子所做的,他也不住地摇动树枝。他气力出乎意料地大,这回那树好像要倒下来似的。

树下,人们有的遮挡着脸,有的从纷纷扬扬的碎叶片里后退出去;可他们并没有停止观看,停止鼓励性的嚷嚷。

"要是他折了脖子怎么办?"未婚妻说。

"我会想法子接住他。"父亲移动了一个位置,回答道。

父亲想起他自己的老父来,有个傍晚,已经喝过了茶,老父站在家门前的街上,那时他们第一次买汽车。像许多人、特别是那些自以为有学问的人那样,老父对自己没有动手能力相当沾沾自喜。话说回来,老父至少能够打开自己汽车的引擎盖,把盖子支好,对着引擎一脸迷惑地瞪着眼。他明白这举动足以把邻里许多刚喝完茶的男人们引诱出来。客居他乡、充当着好奇的议论的对象、有时甚至是受气包角色的移民的老父,马上就使那些男人——公务员、职员、店铺老板、印刷工人和送牛奶的——卷起袖管,点上香烟,发几句牢骚,指点他有关汽车方面的问题。他们待在街上,天黑了好久还不回家;他们躺在地上,背蹭着油迹斑斑的地面,传递着工具,老父客居的无援引来了他们的帮助。父亲那时喜欢和来自印度大家庭的老父一起待在街上。老父从来不把孩子看成碍手碍脚的讨厌东西。孩子到处都是,他们是生命的一部分。

老父的孙儿,这三个在他故去后才降生的浅肤色男孩,抬头望着树上那个来助一臂之力的男人和还卡在那儿的皮球。要是皮球长了一张脸,那张脸肯定笑嘻嘻的,因为男人摇树时,它滚上滚下,左晃右晃,就像是微波上一只小小的船。

这男人正跨坐在一棵大树枝上,折断了一根细长的枝条。他使出浑身解数,用树枝去捅皮球,球儿开始上下跳动起来。最后一击之后,它滚出来,掉了下去。

孩子们朝皮球奔跑而去。

"皮球,皮球!"最小的男孩哇哇叫。

未婚妻开始收拾孩子们的物什。

男人跳下树来,得意洋洋地高举双臂,他的衬衫拖在外面,沾满黑乎乎的斑点,他双手肮脏,鞋子磨破,可看上去开心得很。

他女儿把外套递给了他。父亲的未婚妻想帮他掸去身上的尘土。

"我喜欢这样。"他说,"谢谢了。"

两个男人握握手。

父亲捡起皮球,朝最小的孩子扔去。

不久,这家人的活动房车载着自行车、枪、帽子、幼儿车座、尿片儿、双筒望远镜(装在箱子里),还有一只完好无损的塑料球儿,驶过公园。孩子们嘻嘻哈哈,你推我搡,述说着他们的"历险"。

父亲看看周围,既担心又盼望他的印度朋友今天会来公园。现在他有话要说了。要是孩子们打破了那些看来已经确立的规则,就像欲望会打破那些规则那样,那真是件好事。尽管他那么希望,但他不可能以严厉的准则和规范来教养孩子。他只能以身作则,以自己在这个世界上的生活观作例子和指导,就像最终人们所做的那样。这比装作有威信更困难,但更真实。

现在,当孩子们走出公园另一端的大门时,父亲回头看了一眼远处那棵被他们摇乱的树,此刻它看起来多么小啊,它被打扰了,但没被折断。以后每次回到这个公园时,他都会想起这棵树;日后走到异乡别处,他都会记得今天发生的这令人感慨的一幕。

与你相视

—Face To Face With You—

埃德在窗户那边嚷起来时,安正在准备早餐。

——快来看!搬来新的人家了!

安赶忙走过去凑到埃德身边。他们一起从自家一楼的窗户往下看,这里可以把巷子和他们的院门看得一清二楚。

一辆小面包车停在外面。埃德和安瞧见两个男工扛着家具进了公寓楼,一对三十来岁的男女监督着他们。这对男女的岁数与埃德和安差不多。

他们看上去还行。埃德说。松了一口气啊。你不觉得?还算体面的平常人。

等着瞧吧。安走回位于起居室另一端的逼仄的厨房。他们会把一家人全部的生活都搬来的,不是吗?我们就可以知道我们喜不喜欢他们那种生活了。

楼上的公寓已经空关了一个月了。对埃德和安来说这份安静真是享受。上床睡觉又成为一件乐事。前任房客,一个弄音乐的,不仅凌晨三四点才下班回家,放音乐;而且喜欢深更半夜搬动家具,打小动物,弄出许多来历不明的声音。那些声音从他们刚搬进来的第一天就搅得他们不安宁。音乐家搬走的时候,他们都打算另谋住处了。要是那样的话,真是可惜了,因为他们很喜欢这公寓,喜欢街坊邻里,还有路上人们的神态样子。

埃德,早饭好啦。安说。

他们很快就吃完了,为的是回到他们的阵地上去。小面包车上的东西不需多久就会搬完的。

两只旧得要命的扶手椅。安说。

瞧,一把带把儿的水罐子。埃德说着从她肩后使劲伸出脑袋去看。一只插了几朵花的破玩意儿。

——说不定跟我一样,她喜欢看东西倒出来。牛奶、水、苹果汁什么的。

——嘿,一把吉他。

——地毯。颜色倒不坏。但有些寒碜,跟其他家什一样。

——就是做学生时候用的东西。不过那只新的烤面包炉准花了他们不少钱,还有那套音响。就像我们,他们新近开始买上档次些的东西了。瞧瞧。

两个小工和这对夫妻搬来的有些纸板箱敞着盖子,另外一些东西连箱都没有装。在埃德和安看来,那两口子在音乐、书籍和绘画上的趣味和他们倒是很投合。

——我们到头来总要跟他们打招呼的。安说。

——我想是的。

——你从来不喜欢结交新朋友。

——那你呢?

安说,以前还行。你想不到会发现什么有趣的东西,也想不到他们会帮助你开始什么样的人生旅程。

他说,什么人生旅程?我们得处处留心才是,要不然,他们会老是在我们的家里进进出出。

你觉得他们像那种人?她说。像那种不停地在别人家里出出进进的人?好一个对陌生人的猜测。

到现在为止他们还没对周围表示兴趣呢。埃德说。即便是我也会瞧一眼自己要住进去的楼房的。

——他们正手忙脚乱呢。他们准紧张得很。说实在的,我想要是你的话,你也不会瞧它一眼的。

安和埃德已经生活在一起三年了。她三十,他三十二。她给一个电影制片人当助手,他在一家计算机公司供职。

埃德和安本打算上街买东西的,可眼下这情景更有趣。这两人煮了咖啡,拖过椅子,坐在窗户边,吃起了巧克力饼干。等到没了动静,这两人相继冲了澡,换上了衣服。

小面包车搬空了。把钱付给两个小工之后,新房客消失在他们的公寓里。埃德和安从没去过楼上的公寓,换句话说,没去过楼里另外三个公寓里的任何一个。不过那几个公寓应该是和他们一样的大小,相似的布局:卧房,客厅,客厅一端连着一个小厨房,还有个浴室。

埃德和安站在那里,听着楼上那对儿走来走去。

安说,我猜他们打算着怎么安置那些东西。家具一旦被安顿好,它们就待在那里不动了。不费一点儿劲儿,什么都不会变的。我们也这样。

也许我们要变一变才是。埃德说道。你觉得呢?

别犯傻了。听着,她说,朝着天花板瞧,好像可以看透似的。他们想找一个办法合并他们的东西,换一句话说,合并他们的生活。

搞不懂我们为什么浪费那么多时间管这事,他说道。我感到受骗上当了。咱们去看王家卫的电影吧。

噢,不,她说。我要看轻松些的东西。

埃德和安刚收拾停当要去电影院,还在讨论到底要看哪部电影,楼上的那对儿急急走出他们的公寓。埃德和安听见不铺地毯的楼梯响起他们的脚步,前门重重地关上。

看看!安说着,跑回窗户那边。

埃德马上凑过去。他们站在马路上。他们不知道上哪儿去。

——有可能他们不熟悉这地方,也有可能他们还没想好去做什么。

——咱们不也这样吗?

——他们终于想好了。瞧瞧。

——他读什么书?你能看清他带的是什么书吗?

——他要去读书!她说。他们难道不说说话吗?你就是那样子。他只不过打开书本。

——他什么都不知道,只知道心里空空的。他想吞食信息。

——他难道不想得到关于她的信息吗?

——那还不够。

埃德和安目送楼上两口子走远,拐过了街角。

几个小时后,埃德和安从电影院回家,他们彼此看了看,好像在问,他们在哪里?几乎同时,楼上两口子也回来了。埃德和安听见楼上公寓门"呼"地一声,一会儿,他们放起音乐来。

啊,埃德说,他喜欢这个。

那是一个现代爵士乐录音,在"融合音乐"迷里很流行;但他猜想,一般人不会怎么知道的。埃德很想再听一遍那曲子。可要放自己家的唱片,他感到窘迫,因为怕楼上两口子把他看成鹦鹉学舌。可是他为什么把自己的生活让给别人左右呢?他放起自己家的唱片,声音低低,他躺在地上,耳朵贴上了喇叭。

你以为你在干什么?安说。

唱片放完了。埃德听见楼上女人打哈欠,男人笑,好像他把鞋子扔得远远的。

接下来那个星期,埃德和安留意到楼上两口子去上班,去酒吧,去超市,去二手家具店买床头柜。那两口子和埃德与安离家上班时间差不多。男的和埃德走到街对面同一个地铁站。安说她看见那女的和自己排在同一条队列里等车。然而,他们并没有面对面撞上过。他们不必打招呼。

但是,就像安说的,免不了的。你难道不希望彼此打个招呼?我不知道有谁会嫌朋友太多。

星期天,埃德和安去附近咖啡店吃早餐。那个店铺很小,只放了八张桌子。刚坐定,埃德就留心到报纸旅游版上有一篇有趣文章,是个和他年龄相仿的人写的。"妈的!"他咕哝了一句,把那页报纸撕下,折起,留起来以后读。

他抬头看见楼上那两口子朝他们走来。他俩跨入咖啡店,选了另一边凹室里的餐桌坐下,点了早餐。他们吃着羊角面包,像埃德和安那样,女的看文化版,男的看旅游版。男的做了个鬼脸,撕下一角文章,折叠起来收进口袋。

　　埃德正要对此议论几句,安先开口了——她吸不吸引人?你喜欢她的腿啊?你刚才在看呢。

　　——我只想看看她架起腿的样子,我还是照样过我自己的日子。她头发太多。要是她把头发剪了,弄成一撮一撮竖着,像朋克那样,咱们就可以领教她什么样儿了。

　　安把自己的头发朝后捋了捋。——你觉得怎样?瞧着我,埃德。你看见什么啦?

　　好像太阳钻出了乌云,他回答说,又去看他的报纸。然后他又低声说,我想咱们应该前去打个招呼。你在乎……过去走一趟吗?

　　——我?我很奇怪。为什么你不去?

　　——你想要认识他们的啊。再说,每次总是我先出头的。

　　尽管如此,埃德还是站了起来。那边凹室坐着的男的也已经站了起来。埃德迎面走去。

　　两个男人握握手,作了自我介绍。

　　我是楼下的埃德,埃德说道。这是安,我妻子。她过来了。

　　安参与进来。对不起,我没有听清你们的名字,她说。

　　埃德说,安,这是我们的新邻居,埃德和安。

　　你好,安,安说。很高兴认识你。要不要我介绍介绍周围环境?

　　我们看你们好像还有些摸不清方向的样子,埃德说。

我们太想了解这方面的事了,楼上的安说。

后来,他们四个一起往回走,在埃德和安的公寓门口分了手。

回到家里,埃德和安两人一时都说不出话来。埃德看着安来来回回地走,她还摇着头,仿佛耳朵里进了水似的。安呢,瞧着埃德盯住天花板看。他们在桌边坐下,凑到一处。

埃德低语道,什么时候他们邀请咱们上去?

——七点半。

——对。你想去吗?

——我在想他们会做什么样的饭菜,他们是不是一起做饭的。

他说,我们会知道的。看看他们的公寓也很管用。咱们已经谈论一阵子了。

我们穿什么呢?

什么?家常衣服。他说。是随随便便、街坊邻居之间的邀请,是不是?

可能是吧,安说。可是,我不觉得随便。你呢?

不,他说。我也不觉得随便。我觉得紧张。我都不知道咱们现在要干什么。

埃德和安刚结识时,养成了星期天下午上床做爱的习惯。现在他们还时常这么做,或者他们躺着,他看书,她写自省日记。眼下他们脱了衣服,像遭了监视一样躺上床去。他们以前从没意识到他们自己弄出的任何声音。他们从没彼此碰都不碰地躺着过。埃德瞥了瞥安一动不动的身体,他知道她在倾听楼上木地板的脚步声。直到他们听见楼上的埃德和安做爱的声音,他们方觉得自己非要做一做不可了,他们在差不多时间里完了事。

他们慢吞吞地爬上楼去,赴埃德和安的晚餐。

十一点半,他们回到自己公寓,彼此瞧着对方喝水——这是他们新的健身策略——然后上床。楼上,埃德和安也上了床。

埃德和安觉得知道楼上埃德和安公寓的布局真是件很惨的事。他们的和他们的一样,而且埃德和安把椅子、书架、餐桌、床和其他家具也都放在相同的位置。凭着楼上关门、抽马桶、用浴室、椅子在木地板上拖过、选放的音乐声、他们说话的方位,以及上床之后的寂静无声,他们可以判断埃德和安在公寓里的什么地方,在干什么。

第二天下班,埃德和安去了附近的酒吧吃东西聊天。楼上的埃德和安已经到家了。他们换下了上班衣服,打开电视。埃德和安猜想楼上那对儿应该要做晚餐了。

但是当埃德和安离开酒吧往家走时,他们转了个弯,迎面撞上楼上的埃德和安。楼上的说,我们正要去你们所说的那家味道不错的馆子呢。

谢谢昨夜的晚餐,他们说,我们相当喜欢。

我们喜欢你们来访,埃德和安说。我们一定要一起干些别的什么。

是啊,安看着安,说道。一定一定!我们会来登门拜访的!你们定一个日子,我们听候吩咐。

我们会定好日子的。另一个安说道。

埃德和安目送另外那对儿走进酒吧。

他们回到家,知道楼上的埃德和安出门去了,现在埃德和安可以用正常的声音说话了。

我们得回请他们。

是啊,安说。我们是得回请他们,要不然,我们会显得相当无礼。

或许我们也应该邀请其他客人。埃德说。比如另外再请一对夫妻。

——那样会减轻一些负担。

——不管怎么说吧,为什么会是负担呢?他问道。

——我不知道。

然而,他俩谁都不认为另外再邀请一对夫妻是好主意。为了某种原因,他们不希望任何其他人见到他们和楼上的埃德和安在一起。这或许意味着他们有必要把这问题探讨一下。

那个星期的一天午饭时,埃德在办公室向一个要好的同事提起这对邻居。埃德没告诉安他会和别人讨论这事儿,但他忍不住了,这处境使他疲惫不堪,且过分猜疑。坐在地铁里,在车厢的另一端他会看见另一个埃德阅读同样一本书。他无可奈何无计可施,只会苦苦地想还有谁被这么影子般地跟着呢。

假如说,他告诉朋友,有对夫妻搬进楼上公寓,他们跟你很像。

埃德解放了自己,他等着朋友的应答。当然,朋友不明白这会造成什么问题。埃德于是试图把这事说得更直截了当。

假如他们不光很像,而且是——我怎么说呢——简直一模一样。就好像他们是原版,而你只是表演一下他们的生活而已。不仅如此,你觉得他们琐碎小气,灰头土脸,他们的生活索然无味,而且他们相互之间也不和谐——他们不懂更多的给予会带来更多的得益——他们的生活也没有什么可以多说的⋯⋯你明白这类事情的。

朋友说,自然啦,他们也准对你们抱着同样的看法。

我想是这样,埃德神经紧张地说。我就这么说吧,要是你碰上了你自己,你感到可怕,怎么办?

我不会感到可怕,倒会觉得有趣,好笑死了,朋友说。我真是那么糟糕的人吗?我们所谓的重要谈话就是谈这些东西?

当然对埃德所描述的情况,他的朋友是不会有任何体验的。他怎么可能会对这事所引起的害怕和压抑有正确认识呢?埃德和安知道唯一有这份体验的是楼上的埃德和安。

埃德和安想要忘却楼上邻居。他们想尽量正常地过自己的日子。但是就在埃德和朋友谈话的那个夜晚,有人来敲公寓的门。埃德去开门,他见那个人是埃德。原来两个安都在上晚间课程,应该就要回家了。埃德要借一张在晚餐时他听埃德提起过的唱碟。他自己的给弄丢了,他要借埃德的去拷贝。

请进,埃德说。随便坐。我正无聊呢。

埃德倒了杯酒给他。安打电话来说她和朋友在外面喝酒。另一个安也如出一辙。埃德把一瓶酒喝光了才起身离开。他给自己斟酒,甚至问埃德是否介意把电视关掉——电视"吵"了他了。他谈论着自己,坐着不挪窝,直到两个安几乎同时回家。

埃德和安躺进被窝时,埃德说,他怎么可以这么干?说来就来,给我施加那么大的压力?要不然我可以……

——什么?安说。

——写一写两年前我在尼泊尔旅行的文字。

——那文章,我打赌你是不会写的,安说。你会吗?

——也许我要用用我最好的自来水笔呢？安，你知道我一直有这个想法。

——我担心你永远不会开始另一次旅行，一次最深刻的、发自内心的。

——我不想听这个！你使我不开心！

她说，我们晚上除了看电视斗嘴，还做什么？告诉我埃德说了什么？

——我了解了很多。他的工作不配胃口。他和同事们相处不好关系。他有一番雄心，然而漫无目标。你从家里走出去，人们总是问——一见面就问——你干什么的？他们以你所获得的成功和你的重要程度来掂量你。对他来说，别人都比他更聪明，更明白事理。他意识到无论他是否觉得自己已经长大，在别人眼里，他已经是个成年人了。

——他知道他发不了财！

——发财！对他来说，什么事情都不顺。他的梦想是成为一个写旅游文章的作家。真是那样！他搞不明白他能否靠那个活下去，搞不明白他会有个开始。他的朋友个个都挣得了些名气。他每个早晨起来，思考自己的人生，不知道怎么改变它。

——这问题，他们讨论过吗？他们对话过吗？

——对话！他抱怨说她搞不清楚要不要继续和他一起生活。她不知道这是不是生命所能赐予的最好的东西。她很想当教师，但他不怎么鼓励她。他觉得她是一个怪人，只对她自己的身体感兴趣，她把他们的钱花费在伪疗法上，她说出来的话毫无意义。她上班的地方有个比她年纪大的男人，他引诱她，他要引诱她离开他。我想他已经和她上了床。

——噢,她希望被激起热情!

——这就是她的说法?

等一等,她说。你可以闭嘴了吗?我要喝水了。

去喝水,喝吧!他说。那两口子的夫妻生活已经很稀少,但他们不知道这是不是自然起落。要是他们有孩子,他们不是这样就是那样,反正是永远缠在一起了。他们谁也没有能力做决定。从很多方面来说,这事儿不足挂齿;但从另外方面来说,这又是人生最紧要的事情了。反正,他们内心很混乱。

这就是某些人的生活!安说。

接着的两个星期,埃德和安下了班就晃在外面,他们有时在一起,但大多数时候是单独行动,直到很晚才回家。埃德开始喜欢在街上晃悠,在酒吧消磨,为的是不回家。他不停地想有些事他必须去做,有些事他不得不去改变,但他不知道那些事是什么。一次在一个挂了许多镜子的酒吧,埃德以为看见了楼上的埃德坐在他背后。他喘着粗气,对着子虚乌有打手势,他觉得见了鬼了。他随即站起来,飞快跑出去。他在附近一个公园的小池塘边铺开报纸,坐在上面,想着什么样的病可以用沉默来治疗。那个夜晚,在一池静水中,他看见自己的脸在黑暗里飘浮,就像是上帝正在拼凑拼图游戏的小片片,他不得不闭上眼睛。

不管池塘边的静谧多么令人沉醉,这并不意味着他们听不见早晨楼上埃德和安发出的声音,并不意味着避免了周末的困顿,并不意味着逃脱要回请埃德和安的承诺,这一关他们一定得过,除非他们有意由着它去,留着这包袱不卸。

其间,埃德和安添置了新衣新鞋;安剪了头发;埃德为了改变体型开始锻炼。一天晚上,安想要养只猫,不过后来决定刺青更省事。比如说大腿上刺一只獾,那会是一个独一无二的标记。

埃德说,这有些太过分了吧,安。

你就是不让我有所不同。安嚷起来。

——他们把你弄疯了。这真的把你给卷进去了。

——难道你没有吗?

没错!他说,抬眼瞧着天花板。他们会听到我们所有的谈话的。

我不在乎!她说。我要把他们请下来,我们就会知道真相了。

她从抽屉里找了一张纸,写了几个字,拿着上了楼,从门底下塞了进去。几分钟后,那张纸回来了,写着感谢的话。

他们想见我们,都等不及了,安捏着那张纸说。

接下来的周末,埃德和安把饭桌搬进客厅,摆出酒杯和餐具;他们买东西,做菜,商量着怎么办。他们两个一致认为这是他们所有要处理的事情里最棘手的一件。

八点差一刻,他们打开了一瓶香槟,每人喝了一杯。八点钟的时候,有人敲门了。

两个埃德和安相互拥抱亲吻。埃德看上去很健壮——他经常游泳。他的安紧紧裹在一条白长裙里。她里面什么都没穿。她的长裙绷得紧紧的,倘若要坐下来,她得把裙子撩到膝盖上才行。她给他们看了她的新刺青。

很晚了,几乎到了早晨聚会才结束。埃德和安走了,埃德和安吹灭了蜡烛,把东西收拾掉,从饭桌下拖出地毯,倒在上面相互搂着开始做爱。

咱们大功告成啦。我觉得今晚不错,安躺在地毯上说。

并不算太坏。他说。

你觉得什么最棒?

我正在想呢。他说。

我来摸摸你的脸,她说,你就在心里想一想吧。

聚会时,两个安讨论着她们的职业。楼上的埃德仰坐在窗户边,望着暗黑的街道,美美地抽着埃德给他的细雪茄。埃德问了他一个问题,而另外一个埃德虽则在心里滔滔不绝地回答着,而他的嘴唇只偶尔发出喷喷的声音。埃德瞧着楼上的邻居抽着烟,他自己的不安平静了下来,他试图弄清楚这陌生的熟人的哪些东西令他喜欢,而哪些令他不喜欢。他想:"我现在不能接受他的全部。我要注视着他,面对着他,不要扭头逃跑。要是我现在逃跑,那会更糟,我也就完蛋啦。"

他继续注视着他,既同情又感怀,还掺杂着好奇,直到他们两个都如入无人之境,埃德意识到自己在这么想——他还算不坏。他只是失去了希望,就这么回事儿。他还拥有其他的一切,他还活着。他也罢,她也罢,都没有什么不对头的,我们这些人谁都没有什么不对头。只是我们要看清楚这道理,从中挖掘有价值的东西而已。

今晚你喜不喜欢她呢?安说。

喜欢。他说。非常喜欢。

——喜欢什么?

——她的爱心、她的智慧、她的活力和她的灵性。她倾听别人。她会从别人身上发现好的品格。

太好了,她说。还有吗?

他又告诉她一些,她跟他谈了她自己的想法。

两星期后的一个周六早餐,安走近窗户。

埃德,面包车来了。她说。

好啊,埃德走到安那儿,答道。吉他,地毯,杂七杂八的东西。

面包车停靠在外面。眼熟的家具被那两个男工搬了出来。楼上的埃德和安不再住这公寓了。他们要去里约半年,他们把家什留在父母那儿。旅行中,他们会考虑回来之后到底要做什么。

面包车装停当了,埃德和安下楼来祝福他们的邻居。他们在路边道了别,希望对方过得好,互相留了电话,他们都真心希望从此再也不见面。

楼上的公寓再次空荡荡无人居住了。埃德和安回到他们自己的公寓。安静显得那么美好。

现在我们做些什么呢?安说。

我还不知道。他接着说,噢,现在我知道了。

什么?

他把手伸给她。在浴室里,她脱去了衣服,站在那里,脚搁在浴缸边,她让他端详,然后坐了下去。他拿了水罐,从洗脸盆水龙头里灌满了水,走向她,由着水流向她的头发、身体和腿。她仰着脸,她的眼睛里荡漾着渴望和快乐,她注视着他,跨进水里,流水哗哗。

再见,母亲

—Goodbye Mother—

要是你觉得活人难对付的话,那死者更难对付了。

这是哈利的朋友杰拉尔德曾经说过的。哈利经常想起他这讲法,尤其是那天早晨他十分疲倦,十分不愿从床上爬起来。那天是他父亲的忌日,记不清是七年呢还是八年,反正哈利不想多费心思。他要接母亲去给父亲上坟。

哈利在想自己的孩子会不会愿意由妻子爱丽珊黛陪着一起去上他自己的坟。他们会怎么掂量他呢?在他们记忆里他会变成什么?他不会让他们安然地过下去,这个他自己深有体会。不像活人那样,死者你无法忘记他们。

哈利的母亲还活着,有两个她纠缠着他——往日的她和现在的她。他每天要在心里跟她讲上好几回话。今天早晨,他得对付作为一个活人的她了。

他已经有一星期自己一个人待在家了。妻子爱丽珊黛去泰国参加"专题讨论会"。即便他们没有"逃走",他们两个孩子——男孩和女孩平时也上寄宿学校。

昨晚真是怪。

眼下穿着大衣的母亲正等在自家房子门口。哈利是在这房子里长大的。

"你晚点了。"她几乎嚷起来,声音很滑稽。

他就知道她会这么说的。

他拍拍手表。"我是准时的。"

"晚啦,晚啦!"

他猛地把手表伸到她面前。"没有,瞧。"

对母亲来说,他总是晚点。他从来没有在该出现的时候出现,他从来没有给过她她想要的东西,也就是说,他从来没有给过她东西。

他不喜欢碰她,可他还是使自己弯腰去亲了她一下。她是一个多么小的女人啊。有好些年头,她个头比他大,当然,比什么都大;在他心里她一直是大的,大到把其他好多事情都挤到一边去了。

如果说她过时、迟钝,气味不好闻,那不仅因为她上了年纪,而且一般来说是由于她自暴自弃。

"我们可以走了吗?"他问。

"等等。"

她咕哝了些什么。她要上个厕所。

她一条腿缠了绷带,蹒跚地走进过道,哼哼唧唧、唠唠叨叨的。他觉得这声音跟他上床时弄出的声音差不多。

小小的房子看起来挺整洁,可他记忆中母亲是个邋遢女人。餐具柜子、杯子和刀叉都污迹斑斑,上面还结着硬硬的旧食物。

母亲不常给他们洗澡。他一个星期才换一回内外衣。他觉得脏乎乎的也挺正常。他怀疑这是不是其他小孩不喜欢他、欺负他的原因。

客厅里电视开着;无论什么时候电视总是开着的。她会一边看一出肥皂剧,一边录着另一个节目,好等到深夜或早晨再看,一个也不拉下。母亲总是在下午四五点就开始看电视,一直看到上床。她不希望哈利、他的兄弟或者父亲说话。倘若他们张嘴,她就让他们闭起来。她一点儿也不希望他们在屋子里。她喜欢面对电视胜过面对家人。

她上了瘾。

关电视,使他获得一种快感。

近来爱丽珊黛开始写"人生日记",这是好几件他认为的怪事中的一件。哈利上班之前,她坐在厨房里,遥望田野,不停眨眼。她会在纸上拼命写,字迹一行行歪歪斜斜往上爬行,她一边从塑料袋子里拿出孩子们做记号用的各种彩色笔,一边又把其他记号笔扔掉,扔在地上。他不留心就踩上了那些笔。

"你干吗写这东西?"

他绕着桌子,用脚踢开那些要命的记号笔。

这就好像在说,你为什么不能干些更有用的事情?

"我决定要说话了,"她说,"说说我的故事——"

"什么故事?"

"我一生的故事——很值得这么做,也许只对我自己有意义。"

"我可以看看吗?"

"我想不行。"她停顿了一下,"不行。"

他说:"你这话是什么意思?有人想要说话。"

"他们想说对他们来讲幸福是什么,还想说其他事情。他们想了解自己,也想被别人了解。"

"是啊,是啊……我明白了。"

"哈利,你会理解这个的,"她说,"作为一个记者。"

"我们忠实于事实。"他一边朝门边走一边说。

"是吗?"她说,"生命和死亡的事实?"

或许母亲已经准备好要说话了。这大概是她邀请他同行的原因。

要是生命里她几乎不接纳或付出什么,那么她要说的或许就会很令人惊诧。

他怕得很。

这是最糟的一天。

楼上有两间小屋,他没有上楼,只在门口等着她。

这房子里的每一寸地方,他都熟悉得很,可是作为真实存在,这房子已经被他遗忘;它只存在于他记忆深处,如一艘沉船。

整条街上,这是唯一一栋还没扩建或者推倒重修的房子。母亲不想听吵闹声,也不想"费神"。院子边上,那堵挡风板还在,那是他小孩时的"营帐"。院子里还有一个废弃的户外厕所,至今没被拆除。厨房极小。他想不明白那时这里怎么能容纳下他们一家。他们彼此是过于接近了。大概这就是为什么他坚持要和爱丽珊黛在乡村购置大房子的原因,哪怕离开伦敦那么远。

他想他会和弟弟一起继承这栋房子。他们得把房子收拾干净,把部分家什卖了,把其余的烧了,然后卖了这份财产。他们不得不再一次去碰父母的遗物,再一次去碰自己的记忆,最后一次。

餐具柜子里有一张他还是男孩时的照片。他穿着西装短裤,威灵顿靴子,苦恼和害怕使他扭曲着一张脸。

去拜访父亲的墓地,哈利感到宽慰。他把这看成是对父亲去世前不久他说的一番"蠢话"的补救,那蠢话他仍然会时时想起。

他牵着母亲走过小路到汽车那里。

"是不是一直很冷?"她说,"雨也下个不停。好在现在雨停了。今儿早晨我从窗户里望出去,心想老天爷给我们一个好天气吧。雨一直下得那么凶——你没有注意到?对院子里的花草倒是好!可不会使我们再长高。就这么高矮啦,可怜!"

"的确。"

"你住的地方没下雨?"她指指房前一簇簇高低不平的草坪,"我的草地要剪一剪。找不到谁来干。街上住着的那个老女人钱给人偷了。男孩子们上门来,说是为瞎子筹款。你不需要管这档子事情……"

哈利说:"我有别的事情要管。"

"哪儿都会有事情的。从来就没完没了!除了我们要去的那地方!"

他帮着母亲坐进汽车,靠近她替她系上安全带。

"我觉着像被套上了,亲爱的,"她说,"被套在这圈绳子里。"

"你得系安全带。"

他打开车窗。

"嗨,我要着风寒啦,"她说,"风要把我割成两半儿。"

"风真会就这么刺穿你?"

"就这么刺穿我,像把刀子。"

他关上车窗,碰到了仪表盘。

"那又是什么风?"她说。

"暖气。"

"像个电吹风,朝我劈头盖脸乱吹。"

"那我把它关掉,不过你会冷的。"

"我老是冷。我这把老骨头都冻住啦。别变老。"

他开动了引擎。

车猝不及防地动起来,她头往后一颠,又把自己撑起。她手指抠进车座边缘。她的短腿和肿胀的脚硬硬地僵在那里。

在他小时候,一天只有某些时间她才会坐车外出,因为她怕醉鬼把他们撞死。他记得一家人都穿好大衣,坐在前屋里,瞧瞧挂钟,再瞧瞧母亲,等着那个时刻母亲说可以走啦。在那时哪怕他们表示喜欢出门,一般也很少会受罚。

对她来说,眼下这引擎声音大得吓人。他开始使她害怕了。

"别开太快。"她说。

"限速以内。"

"噢,噢,噢。"车离开时,她哀哀地低声叫唤。

前一晚有很长时间,哈利睡不着觉,他想她真的是疯了、错乱了。这想法给了他一些安慰。

"她脑子坏啦。"他在屋子里转来转去,对自己重复着。

他双手合拢跪下,对天下所有的人和鬼神念叨着他的想法,不管他们有没有兴趣听。

要是她"病"了,那不能怪罪他。他不必去迎合她,也不必硬要弄清楚她为什么要那么干。

如果说现在他才明白这道理,那是因为人也跟相片一样,需要很多年来冲洗显影。

哈利的聪明能干神气活现的朋友杰拉尔德最近摇身变成了杰拉尔德爵士。十五年前有那么短短一段时间他们一起工作过。后来他们一起周末玩板球玩了很长时间。

杰拉尔德成了个有名望的人物,电视台的总经理,理事会里占一席之地,把自己变成城中不可缺少的人物。他喜欢权力和政治。你可以说他拿着机密做交易。他网罗、收藏、运送这些机密,好像那是金币一样。

哈利以为对杰拉尔德来说自己是太微不足道了,然而杰拉尔德总是过六个月就挂个电话过来,说该碰个头了。

杰拉尔德把哈利带到他经常出没的地方,那里的人都和他差不多。他老是挑角落的火车座坐着,那座位别人可以看见他们,但听不见他们讲什么话。杰拉尔德喜欢说话随心所欲,有时零零碎碎不连贯。哈利不能想象杰拉尔德和其他人也能这样说话。

最近一次见面时,杰拉尔德说:"哈利,我比你年长,我这辈子活了六十年了。要是你问我有什么聪明法宝可以传授的话,只有一句话:自己不走运,别赖别人。还要香槟吗?好,老伙计,有什么想法?"

哈利告诉杰拉尔德说是爱丽珊黛开始对一名女催眠师,一个催眠治疗师发生了兴趣。

"她这是干啥?"杰拉尔德说。

"真是这样。"

杰拉尔德嘿嘿地笑。

哈利留意到母亲在发抖。

在去看她的路上,哈利担心她是否会喜欢新的奔驰车,他把这车称为"上帝的战车"。

她对这车和这车所意味着的东西不感兴趣。她闭上了眼睛。

他试图把持住自己。

一年前,朋友给哈利和爱丽珊黛两张去西区看"催眠"演出的票子。他们疑惑地去了。她喜好严肃戏剧,而他什么都不喜欢。他觉得易卜生没意思,他从头睡到尾。但不论怎么说,他记得易卜生还是有这么一出戏让他看下去了——里面的主角把实情告诉他最亲近的人,把他们的生活搅得一团糟。

催眠师年纪轻轻,他的饶舌既有趣,又笃定。观众蜂拥到台前让他的手摸一摸。主持人念着咒语,他们跳舞跳得就像猫王爱尔维斯,拿着扫帚柄当麦克风。有些人戴上大得出奇的眼镜,透过这眼镜他们可以"看见"人们一丝不挂。

演出完了之后,他和爱丽珊黛去柯芬园的一个意大利餐馆吃晚饭。她喜欢别人带她上馆子。

"你觉得这演出怎么样?"她问。

"比话剧要好看些。好在我没上当受骗。"

"上当受骗?"她说,"你认为这是假的?大家都在佯装?"

"那当然。"

"天哪,我可一点儿都不这么想。"

她不住地谈论这场演出,叨叨人心的"深度",叨叨"心灵深处"可以"释放释放"的东西。

第二天,她跑进城去,买了几本有关催眠术的书。

到了晚上,她用催眠术把他弄睡。那倒是一点儿都不难。他爱听她的声音。

父亲撞车时哈利才十三岁。他们要去海边住大篷车。整个夏天,他都期待着这个假日。然而汽车一离开家,母亲不但哇里哇啦乱叫,而且还不断死死拽住父亲的手臂,甚至还去抓方向盘。

最终她是得了手。他们撞进近旁一辆面包车里,在医院里过了两夜,然后就回了家,也没有看见大海。哈利的脸看上去就跟用铲子从泥里掘出来似的。

他扫过母亲难看的、藏在马球衫下的胸脯。她衣服下面,双乳之间垂挂着一只足有半个盐水瓶大小的、包着珠宝的物件。

最后,她睁开眼睛,开始扯着嗓子念广告墙上的话语,念交通标示,念路牌。她还从身体里制造出许多吓人的声音来,她呼噜呼噜喘着,他觉得就跟格兰·古德弹巴哈时发出的声音那样。

替父亲扫墓是她的主意。"是得再去看看他了。"她说,"那样他就晓得我们没有忘了他。他会听见有人念叨他的名字的。"

然而,她好像是被拖着去送死似的。

要是他什么都不说,她或许会太平些。他小时候就已经对她的惊乍有所警觉,那她现在怎么会不嚷嚷?她的喋喋不休驱逐了所有东西,保证了车里不存在其他话语。

他意识到怎么回事了。要是她不能把电视机跟着她一起搬进车里,那她自己就成了一架电视机。

爱丽珊黛对食物史、园艺、孩子和小说感兴趣。她在本地唱诗班里唱歌。近来她开始摆弄摄影,还学大提琴。她在本地一所小学里教书,教孩子读读写写。她说简直想不通,孩子们是那么不求进取,部分是由于"阶级",但她怀疑有其他原因,"内在"原因。

她对催眠术的好奇有增无减。

有个朋友把爱丽珊黛介绍给一个本地女人,一个催眠治疗师。哈利叫她"奇人奥尔嘉"。

"她干些什么?"他一边问,一边想象着爱丽珊黛闭着眼睛伸出双臂走路的样子。

"她会给我催眠。我一下子就成了五岁小孩,爸爸抱着我。哈利,我们探讨那些最最古怪的事情。她听我讲我的梦。"

"这是干什么?"

对哈利来说,跟别人讲你的梦,就好像是跟他们一起上床似的。

"了解我自己。"她说。

奇人奥尔嘉肯定会跟爱丽珊黛说哈利认为她们在合伙谋反他。

她摸摸他,说:"你自己把自己批评得最糟、想得最坏的东西——你认为这就是我们在那边屋子里聊的事情,是吧。"

"差不多。"他说。

"这不对。"她说。

"多谢啦。你们难道一点儿都不谈论我?"

"我可没有那么说。"

"没有谁愿意被别人嚼舌头。"他说。

"好像这并不是不能避免。"

坐在去上班的火车上,或者傍晚喂动物时,他思考着这事儿。下一回,他要拿它跟杰拉尔德探讨探讨。

信心治疗医生、星相家、茶叶占卜师、看手相的和气场摄影师——有那么多稀奇古怪的人,把手伸进那些可怜人的兜里,而那些可怜人就想讨个究竟,想知道未来定数。记住了,你兜售不出去不确定的未来;但它或许就是唯一值得花时间的东西。

对此,他能说什么呢?

他相信的确有这种叫做理性世界观的东西。它基于逻辑和科学。这年头,"启蒙"很受怀疑。但这并不意味着它没价值。它靠着昔日的辉煌就够啦。

"要是你或者孩子得了病,爱丽珊黛……"有个晚上他向她提出。

天已经黑了,他打亮了院子里的灯。他们坐在户外,吃着爱吃的冰激凌,喝着香槟。树影遮住了房子;一黑一黄两条拉布拉多猎犬蹲在他们脚边。他可以远远望见他那些树,春天时树上开满了铃兰花,他还可以望见搭在树上的木屋。他到时为孙儿们得把它重新翻修翻修。池塘里漂满了浮萍,得清一清。他在攒钱造网球场。

这就是他的生活,是他挣来的。他不老,但也不算年轻;到了那种对自己的一生、对自己的起始和终了滋生好奇并且能够看出个道道来的年纪了。

"你会去看医生,对不对? 不会去找一个信心治疗师吧。"

"是的,"她说,"先去找个医生。"

"然后呢?"

"然后,大概去找治疗师。"

"找治疗师干什么?"

"抓住症结。"

"什么症结?"

"内在症结……病因所在。"

"为什么?"

"因为我是一个完整的人,"她说,"一个整体呀。"

"你能控制它?"

"我内在的某种东西造就了我的活法——我与外界的关系,我的意思是——我现在之所以是我。"

他反对这说法,但他不知道说什么。

她继续说着:"我要追寻那未知而古老的根源。"尽管她知道他在大学里学的是思想史,她还是引了她治疗师的话:"如果怀特海德说所有的哲学都是替柏拉图做注脚,那么弗洛伊德教会我们成年只是替童年做注脚。"

他说:"要是什么东西都是早就注定好了的话,那就谈不上有自由选择了。什么都在儿童时代就决定好了,想要改变实在是白费心思。"

"自由选择还是可能的。"

"怎么个可能法?"

"由理解而得到的自由选择。"

他正想着这事情呢。

他的车开出了狭窄的乡间小道,驶向大路。突然间,他在一个办公楼群锃亮的单行道地带迷了路。他在同一条长长的高速公路上来来回回兜了好几圈,而母亲也跟他一起来来回回兜圈子。

离家时,他以为自己知道去墓地的路,但现在虽说他认出了一些路标,那只是倏忽一瞥,这似曾相识更令人困惑。他有二十五年没在这地区开车了。

母亲好像由着他开,她觉得他认得路。也许这是她对他唯一还能信赖的地方了。她喜欢"安全"的驾驶员。她喜欢大客车,也许是大客车驾驶员跟医生那样可以信赖。安全是头等大事,因为这冷漠世界总是危险四伏。

他不想停下车来问路,他也不想问母亲,怕由于自己没了主意使母亲更狂躁不安。

南部伦敦那些剃光头的歹徒开车好像在追他们,四面八方开过来的面包车从他们身边倏倏而去。他双脚发凉,两手冒汗。

要是他无法把持自己,他就会变成她了。

那时几乎有三个月,他不跟母亲说话。那次他和弟弟争执起来——小小房子里几乎要发生一场赤手空拳的战争——他指望母亲拿出她的威严来制止他们,而母亲却哭着瘫倒一边。

"我想去死,"她号啕着,"我受够了。"

她爆发出来的痛苦把他折腾得跑到门外水槽里呕吐。

他从苦痛中抬头望着邻居们隐在窗户背后的脸——就是这些邻居,他小孩时就认识了,到现在已经有三十五个年头了。

他们肯定会从母亲口中得知他赚很多钱。

有时,他对自己的成功挺得意的。他挣得一份别人眼巴巴想得到的东西。

他在一个新闻电视台工作。他帮着筛选新闻。他的新闻有上百万的观众。许多人相信这一条条新闻便是当天世界上发生的最最要紧的事件了。要和外界保持联系,他们就跟需要面包和水一样需要新闻。

他记得自己年轻时在大学里是多么自命不凡,自以为是个有德之人。有些人参与激进政治,或者去了墨西哥;有人追寻新奇生活。而那些女人们变得十分较真,工于心计,沉湎自我。他出身于中下层阶级,只得努力工作来经营他的人生之路。他明白得很,要不然他将面临清贫和趣味寡淡的日子。他学会如何干好自己的工作。几年来,他得到了丰厚的俸禄。他闭上了自己的嘴以讨老板欢心。他自己也成了老板;人们对他诚惶诚恐,暗地里揣摩着他的心思。

他担心对他来说什么东西都意味着虚空,他担心自己稀薄的头发下面是一个"空心人"。"空心人"这个词还是他在学校里研究诗歌时读到的。被"别人看破了",杰拉尔德笑着这么说,好像一个人干了坏事被发觉了一样。

哈利的女儿西瑟谈论着要有信心。对此他理解。不过,信心源于哪里? 只能是从对你信赖的长辈那里来。

瞧,她就坐在他旁边,胡话连篇,脑袋发胀,惊怕得坐在座位上又抓又拉;她另一只手乱舞着,抓着解开了安全带头。

不久前,爱丽珊黛开始把那称作"工作"。

那关于她自己的"工作"。

那用彩色笔的"工作"。

那把笔扔得满地都是的"工作",那种想扔什么就扔什么的人的"工作"。

那"工作",他轻蔑地一笑说,"那工作是想着一只苹果,跟那只苹果对话。"

"这是我干过的最重要的工作。"

"它又不会付你钱用来清理仓房。"

"为什么你对此那么耿耿于怀呢?"

一分钱一分货。男人值多少得和他能挣多少联系在一起。可她从来不认这账。

她的"工作"和他的工作同样重要。不,比他的更重要。她开始数落他的工作落了伍,就好像监狱、学校、银行和政治都该淘汰一样。

她说:"成千上万的人花几小时从一个地方到另外一个地方去工作,多浪费啊。这些事情周而复始,因为屡屡发生,就像是坏习惯一样。这些是十九世纪的做法,而我们已经活在二十世纪的最后几个月里了。人哪,到现在还没有找到有创造性的活法。"

他想到泰晤士河桥上的火车,正毫无意义地运送整车整车的苦力。

母亲至今还住在郊外。住在郊外为的是什么都不想;而冥思苦想你自己的经历其实是庸人自扰。你怎么感觉并不重要,重要的是你干了什么,别人怎么看你。

但他明白要是一个人不直视自我,他也会看见芸芸众生里的自己。因为这人世间有他自己的一张脸。即便你不想着你自己,那你也会在世界某个地方发现自己。

街上几乎所有的男人在院落或菜园背后都搭了棚子,到了晚间他们可以去歇息歇息。这些男人过于谨小慎微,不会去酒吧消磨。棚子就成了男人躲避女人的好去处。那些有闲而不工作的女人由此就变得烦恼不安。这是社会分工不同:她们替男人承担了他们的狂躁不宁。

"怎么样,母亲?"他最后说,"我们现在还行吧。"

他们逃离了高速公路,又回到狭窄而阻塞的乡间道路。

"不算太糟,亲爱的。"她叹了口气,手背掠过前额,"喂,小心!你能不能看看路啊?到处都是车。"

"那我们就得走慢点儿了。"

"他们离我们那么近!"

"母亲,谁都不希望被撞死。"

"这只是你的一厢情愿而已。"

要是母亲老是这样尖声地啰里啰嗦,他可真要受不了了,他会掉转车头,送她回家,把她撇在那里。那样才如他所愿呢。爱丽珊黛明天回家,他有一堆事情要做。

可惜过了几分钟,母亲安静下来了,甚至还提醒他路怎么走。

他们一路开去墓地。

郊区不值一提,总让人嗤之以鼻,不过周围他所见到的也实在丑陋、单调又令人沮丧。好在他已经逃脱了。

可是,母亲仍然毫无来由地住在市郊,他就得毫无必要地忍受着。他从来不跟谁犟头倔脑,尤其不跟自己作对。他努力过——到了一定的程度;后来,跟母亲一样,世界在他面前"呼"地关上了门。

他担心爱丽珊黛会沉湎于某些意欲之思或者迷上泰国,从此乐而忘返。母亲的急躁和冷漠使他懂得女人有逃避的欲望。如果她们不能逃走,她们会因为你硬留住她们而对你怀恨。

他和爱丽珊黛认识一对夫妻,相识很久了。那女的几年来苦心经营,把他们的家收拾得尽善尽美。有个下午,像往常一样,他驾车去他们家花园里喝茶。那女的种植了许多花草,花园里搭了个凉亭。

哈利叹了口气,对男主人说:"这里你拥有你想要的任何东西了。我要是你的话,我是窝在家再也不往外走啦。"

"我才不呢。"那男的说。他又随随便便地加了一句:"要是按我的心思,当然啦,我们就不住这里,而是住在法国。他们的生活水准比我们高多了。"

那男的没留意,但那女的听到这番话脸就紧缩起来,好像被一枪击中了似的。她跑进屋子,拉下窗帘,犯起愁来。她无法满足她丈夫,她不能阻止他的向往。这简直不可能,其实他并没来求她,她都已经费尽苦心精疲力竭。

要说爱丽珊黛在寻找解药,那是因为她还没拥有一切,并且他还使她失望。

他们之间的争执——每个星期至少一次,有的还持续那么几天——并不太可怕。他们的分歧倒还暴露了对彼此的误解。有时他们各有喜好,但是限于彼此之间。她跟他所期望的还很接近,跟他的心思还相当投合。他们总是回到对方。他们从来没有像他和母亲那样,彼此完全失去耐心。

有时这家还真是个小小天堂呢。

从报纸上,他看到演员和运动员绯闻不断。他们受女人青睐,看来顺理成章。

办公室里有些颇具魅力的女人,但一会儿工夫她们就被别人抢夺了去。她们对他没兴趣。就像他妻子说的那样,他不仅看上去老相,而且中气不足有些病恹恹的。

理想的性爱到处皆是,轻易得很,连姓名都不用知道;参与的只是那些年轻漂亮的,就好像肉欲是苗条人的领地似的。

他以为他需要的不是性爱。他觉得自己可以没有奢靡享乐而过着日子,就如他可以不靠吃药而过日子一样。他不断地想现代世界性成了消遣。它已经不再重要了。

那么,什么是重要的?其实他是知道的——转瞬即逝,衰老,死亡,以及它们传递给现世的信息——但他没有勇气直面这事实。

"爱丽珊黛在哪里?"母亲问,"我以为她大概会和我们一起去。她从来就不想见到我。"

对爱丽珊黛来说,母亲的"愠怒"可影响不了她;母亲的抱怨使她厌倦;爱丽珊黛从来不需要她。

他说:"她去了泰国。不过她每天给我写信,写得很漂亮,传真过来。"

他解释说爱丽珊黛去泰国两星期,去一个中心参加讲座。那是些关于梦境、康复和"幻想"的讲习班。

母亲说:"她在那地方干嘛?"

"她在电话上说,她和其他中年妇女在一起,她们都喜欢穿凉鞋穿鲜艳衣裙,她们都迷琼妮、蜜雪儿。最后一回跟她说话,我听说她和那些女人搂在一起,在海滩上参加活动仪式。"

"活动仪式?"

爱丽珊黛挂电话过来时,他对她说:"你可是不跳舞的,爱丽珊黛。你讨厌跳舞。"

"虽然我跳得笨手笨脚。"她回答,"但每晚我都跳。"

跳得笨手笨脚。

哈利对母亲说:"她跟我说她抬头望天空,见到月亮在微笑。"

"特地笑给她看?"母亲说。

"她没有细说。"哈利说。

"你掏的腰包?"

爱丽珊黛有些要他领情的意思,觉得有必要解释这事情并没有什么对不起他的地方。

"没有其他男人参与。"离家之前,她一边往他们儿子的帆布背包里装东西,一边说,"我希望那里一个男人也没有。"

他看了看她带的衣服。

"你就带这几件衣服?"

"得靠陌生人行善了。"她回答道。

"你会去穿她们的衣服?"

"我不觉得有什么不妥当呀。"

如果爱丽珊黛"鲜活"地回来,就如她描述的那样,那便是对不起他。还有什么比"鲜活"更恼人的背叛?而他觉得自己是每况愈下,日薄西山。

他是个老派男人,老派地过着日子,目的是为她和孩子将来有那么一天过上不老派的日子。会不会对她来说,他体重超常?他担心她跳舞转来转去,越转越快,转到后来转远了,转到他视线追不上了。

"不管怎么讲,"母亲说,"还得谢谢你,哈利,亲爱的。"

"为什么?"

"接我去爸爸的……爸爸的……"

他知道她不愿说出"墓地"这个词。

"没什么。"

"别人的儿子对他们的母亲体贴着呢。"

"比我还体贴?"

"他们有些每星期都去看望母亲。他们陪母亲坐上个把小时,跟她们玩棋盘游戏。还有个孩子送母亲去慢船周游呢。"

"送她去泰坦尼克号?"

"你这畜生仔!当然,没有你,我得换三辆公共汽车去看爸爸。"

"亏你不学开车。"

"但愿我会开。"

他有些惊讶:"你真这么想?"

"那我得花力气去学了。"

"为什么不学呢?"

"噢,我不知道。太麻烦,还要顾上家里洗洗刷刷的。"

他问:"还要我替你做什么事吗?"

"多谢你问起,"她说,"有。"

"什么?"

"哈利,我想去旅游。"

有天早晨,爱丽珊黛在狂写,他说:"我在跟你再见呢。"

她走到门口朝他挥手,就像她不开车送他去火车站的日子那样。她说她为他感到遗憾,因为他得去办公室——那种地方——每天都得去。

"见鬼,这有什么不正常的?"他问。

办公楼只是个管道电线胡乱堆砌的地方,栖息着包裹人体的深色西服。电脑和电视屏幕光线刺眼,可是空空如也,不存在永恒。

自从她说了那番话后,有些东西在他眼里真的就变了样子。

他和其他坐车上班族一同搭火车。他们分享着同一个想法,一个极其在理但又让人窒息的想法:在他们的生活里内在外在的无序是没有一席之地的,或者说是他们要弃绝的。

他正打算读一本有关哈洛·威尔逊的书,威尔逊当英国首相时哈利还很小。那时到处都在谈论收支平衡。哈利老在想威尔逊发表那次演讲的时候他穿了什么衣服去上学。他很希望自己保留那时用过的学生练习本,保留那时读过的小说书。这倒是搞历史的好招数。

他得把脸贴近火车车窗,但他生怕屏住呼吸,自己的魂灵会从身体里飞将出去,因而失去所有那些对他有意义的东西。

上班时,他感觉稍微好些。

他的信念是工作。努力不懈至关重要。营造——一体化的世界。这被称作文明。要不然的话,人心会跑得很远,就好像一个迷路孩子。人心只追随享乐而一事无成。

新闻太基本了。没有新闻,你便既蒙昧又无知。你连这世界朝什么方向变化都看不清。新闻让你看到别人的活法、人类的未来和毁灭。浏览法国的、德国的、美国的还有意大利的报纸是他的分内活儿。

然而,有段记忆总纠缠着他不放。大学里他参加大考,班级里一个小孩——一个既十分嬉皮又相当孤芳自赏的怪人——翻了翻考卷,瞥了瞥题目,说道:"噢,我不认为今天有什么值得我费神的。"说着便离开了教室,嘴里还哼哼唧唧唱"放学啦"。

蔑视得漂亮。

哈利难道不能走进办公室,扬言说:"今天可没什么值得我费神的。"或者"今天世界上没发生什么有趣的事情"。

他记得中学的最后几年,接着就是大学里的那些日子,别人的妈妈帮着她们做学生的孩子搬进新宿舍,解开箱包,整理床铺。而母亲呢,魂不守舍,什么也不问什么也不说。她的身体在膨胀,她的自我在缩小,一个在护卫着另一个。他怀疑她是否知道他选什么课程,他是否毕业;他甚至怀疑她是否明白什么叫做"毕业"。

她不和他交谈,她不写信给他,她几乎不跟他打电话。她死盯着光亮看,一分钟一分钟地、一小时一小时地、一天一天地、一星期一星期地、一年一年地死盯着看。电视成了她的解药她的麻醉剂她的性她的语言她的朋友她的家人她的天堂她的……

电视替她编织着她的梦。

那玩意儿听不见她说话。

"关"了电视后,父亲躺到床上听音乐,而她则穿着袍子跟着拖鞋在屋子里来来回回地走。他搞不懂她在动什么念头,除非她反反复复想着同一件事情。

要执著于一个只会执著于其他东西的人真是困难重重。沉睡的公主是醒不来的。

他想要是他钻进电视里去,那他就可以正面面对她的脸了,至少面对一段时间。

想到这个,他笑了起来。

"别这样发抖,"她说,"看着路。"

"什么旅游?"他说。

"噢,是的,"她说,"我还没告诉你。"

去上班的路上,他觉得要是他跟别人聊天,他们就会钻进他内心;他们的一些对话就会来骚扰他;言语和想法,还有他们零零星星的衣着会像没消化掉的食物从胃里反上来,而他身体里好像爬进了蠕虫蚯蚓蚊子之类。他参加会议或去吃午饭,要是有人接近他,他的皮肤会又痛又痒。尽管他想"哎,只稍有不适而已",而他心里却无法忍受,好像一小片火,不仅在他皮肤上,而且他脑袋里灼烧。

那些在肉体内流动的气味、人体的内在机能、排泄物、血液把他搅得心神不宁。他觉得自己戴着那副催眠师发的眼镜,当然他看到的不是一丝不挂的人,他看到的是他们的生理机构,他们的骚动和他们的死亡。

开会时,他走来走去,常常走出会议室,走出大楼,去透气。从大厅柱子背后,不认识的人开始对他指指点点,交头接耳说他"犯了病",他以前也这样说他父亲的。

他老板说:"哈利,你心不在焉魂不守舍的,去看看医生吧。"

医生跟他说有好几种药可以消除人的剧痛,药到病除。

哈利把处方给爱丽珊黛看。她是个反药物主义者。她连牛奶都不喝，因为里面含有"化学物质"。

他告诉她："我很痛。"

她回答说："这痛……是你自己的痛。是你——你经历的生活。"

他们一起去参加一个园艺会。那蒙恩的催眠治疗师也会去那里。这好像是第一次去会晤别人的至友，他将会看到那个爱丽珊黛想成为的、视之为同类的人。

他瞥见"奇人奥尔嘉"坐在草坪上。她戴副眼镜。要说她还有那么一丝嬉皮的样子，那是因为她女孩似的披肩长发，不过掺杂着<u>丝丝</u>灰白。

他意识到爱丽珊黛也跟着效法。她留起长发，长发使她看上去有些野——自然不同于他同事们那些收拾得山清水秀的太太们。

催眠治疗师一副令人生畏、镇定淡然的架势。哈利想不客气地质问她要把他老婆指引到什么地方去，但他担心她会说羞辱他的话，会盯住他把他看个透。这就像是让警察给盯上了。人的羞耻欲念之罪都将暴露在光天化日之下。

他不希望爱丽珊黛离家外出，原因是他知道他在女人心里不占一席永久之地。他一不在场，她们就把他甩到脑后。她们会惦念其他事情其他男人，那些男人在任何方面都比他厉害，他因此就被消灭了。这可不是什么缺乏自信的问题，像女儿西瑟读的那些女性杂志所谈论的那样；而是他被受不了他的女人抹掉了，消灭掉了，变成了一个废物。

有时，他得和爱丽珊黛去应酬同事们无聊的饭局。

"我总是跟别人的太太邻座，"他坐在床上穿大黑皮鞋，抱怨道，"她们老讲一些陈芝麻烂谷子的事。"

爱丽珊黛说："要是你肯去聊聊去听听，太太们是很有趣的。太太们懂得的比丈夫们更多。"

他说："我最烦这种腔调了，你好像有道理，其实是偏见。"

"女性生活所包含的更多。"

"更多什么？"

"更多情绪，更多感觉，更多变化。她们与孩子、与她们自己、与她们的丈夫更贴心，她们更懂世界是怎么回事儿。"

"世界的动力是金钱和权术。"

"这只不过像是杂志的封面故事，"她说，"是浮在表面的东西。"

他挺无趣的。他自讨无趣。

她使他不断寻思为什么她愿意和他在一起，他应当给她些什么。

那时他放学回家，想抖落抖落新鲜事，但母亲从来不愿听。"安静些，安静些，"她会说，"我在看节目。"

杰拉尔德曾经说过："我们即便到了五十岁，还是希望父母是天下最好的爸爸妈妈，但他们总是一成不变一副老样子。"

事到如今再责怪母亲把他教养成这样是过于孩子气。但他如果不理解那时发生了什么事情,那他是无法心平气和地继续过日子的。

理解当时的问题?他根本就没看到这个问题,他生活于其中;他就好像早期人类,对生活环境几乎一无所知而想靠施展魔法来改变它。在黑暗中他不辨东西。

杰拉尔德曾经说过:"孩子们要求太多。"

要求太多?疼爱,关怀,怜惜——被喜欢!怎么可以说要求太多?

结婚那天,他没料到与爱丽珊黛的婚姻会随着时间越来越错综有趣。这婚姻至今还没变得沉闷枯竭;甚至还没进入例行公事阶段。他的大学朋友或许会对他走进婚姻嗤之以鼻,因为缺乏惊险;然而他每一天的生活都是古怪、不同寻常而令人心惊肉跳的。

他曾希望找个女人围着他团团转;那些年里,她确实是这样,但他视而不见。而现在她不这样了,他们之间事情越来越多,按他儿子的说法是"出问题"了。

爱丽珊黛日复一日地冲着他发火。

可母亲却一成不变。她太一门心思而没精力去翻新花样。因此他不习惯女人善变。

昨天晚上……

他不知不觉地在爱丽珊黛的衣服、信件、书籍和化妆品里翻找。他一般不看她的书信,也几乎不去碰她的私人物件。

他从报上读到一个公众人物的事,那家伙坐火车把照相机偷藏在衣箱底下,为的是往上看女人的裙子、大腿和内裤。这家伙说:"我希望感觉到和女人亲近。"

说到情爱,我们都是贼头贼脑的跟踪者。

昨天晚上,哈利检查了一遍屋子、花园和田地。他喂了狗、猪和鸡,还有西瑟的马。

在家里一座摇摇欲坠的仓房里爱丽珊黛保留了一架磁带录放机。他曾见到她踮着脚尖跳舞,裙裾飘舞,自唱自乐。他还记得歌里的一句话:"我见到你们狂舞在体育馆,你俩的鞋儿蹬上了天……"

一张旧桌子上,她放着几页文稿,旁边铺开一些她为小说拍的插图照片。

她曾说:"要是小说里出现一架电话,那我就拍一张电话照片放在那段落边。"

在摇摇晃晃的仓房里,他穿着睡衣,脚蹬威灵顿靴,放上磁带跳起舞来,要是他那种患关节炎的抽筋动作还可以称做舞蹈的话。

这就是今天早晨他觉得浑身不灵便硬邦邦的原因。

"真实世界是存在的。"那位名叫理查·道金斯①的科学家说过。

哈利不断地对自己重复这句话,还把它当解药送给爱丽珊黛,以治疗她雾气腾腾的梦幻症。

她嘻嘻一笑说:"或许确实有那么一个真实世界。可没人生活

---

① Richard Dawkins(1941—现在),农业学家,英国皇家学会院士。著有《自私的基因》等。

在那世界里。"

最终无可逃脱地,他们到了教堂墓地附近,一阵不安笼罩了他。

母亲转向他:"我从来没见过你这么不安过。"

"我?我不安了?"

"是的,你抽筋抽得像舞蹈病人。你以为我在说谁啊?"

哈利说:"不是,不是——许多事我得好好想想。"

"什么事烦你了?"

爱丽珊黛求他别去吃药。她答应帮他一把的。她跑掉了。那种"不对劲"从来没如此强烈地靠他那么近过。

但要对母亲吐露真情,为时晚矣。

对她,他早在几年之前就拿定主意了。

母亲讨厌煮饭、家务,讨厌收拾院子。她讨厌小孩。他们从她那里要求得太多。她其实不明白孩子的要求少得那么可怜。

他想起她总是星期六买了吃的,重重地拖着回家,到了星期天做烤肉。他不在乎饭菜不好吃;倒是这套徒劳的程式所带来的不愉快令他难堪。没有一顿午餐会好端端地开始,每回都一开始就使人失望。他为她感到遗憾的是,在那个年纪他是受不了她的。

她无法使自己从任何事情里获得快乐,她也逃跑不了。

如果说他自己拥有一个和满家庭,那是因为爱丽珊黛以前总是对这家庭充满信心;他所亲历的任何幸福快乐都是与她和孩子们在一起分享的。她以深思熟虑、热情和精确经营着他们的日子、家和院子。生活和它的意味便这样营造出来了,因为她从没有怀疑过他们所从事的事情的价值。那是一份爱。

要说"家庭"使人感到苦恼的话,那是因为人们明白那里有着珍贵的东西。他知道幸福不会自己掉下来;让一个家庭正常运作,其艰难就跟经营一份生意,或者做一名艺术家一样。对他来说,明白这道理尤其有价值,因为他是靠自己悟出来的。从某种方面来说,他所希望的也正是爱丽珊黛所希望的。

她把一家人联结在一起,推着他们往前走。

对此,他爱她。

然而,现在她不满足了。

他说:"要不要买束花儿?"

"太好了,"母亲说,"我们去买吧。"

他们把车开到加油站,挑了些花儿。

"他肯定会喜欢这些颜色。"她说。

"他是个好人。"哈利喃喃道。

"啊,是的是的!你想他吗?"

"我真希望能跟他说说话。"

她说:"我经常跟他说话。"

哈利停好了车。他们穿过了几道大门。

这片墓地是一个人来人往的要道,与其说是逝者长眠的地方,还不如说是一个公园。女人推着婴儿车,学校孩子坐在长凳上抽烟,狗儿在墓碑上撒尿。

父亲的墓占着一方好地,靠后面,近篱笆。他在这里烂作泥土。

母亲放下花束。

哈利说:"母亲,你要跪下吗?你可以用我的夹克衫。"

"谢谢,亲爱的。不过我会再也爬不起来的。"

她低下头,流着泪祈祷,她的泪水滴在坟头。

哈利来回踱步,哀伤地呢喃着自己的祷告:"但求我也能死得痛快!"

父亲会因为他们去看望他而感到欣慰的。

他想:"人是不能等死的。"

他也像这老人一样。他得记住这点。受两头牵扯倒救了他一命。

他从母亲身边走开去,抽了支烟。

他老板曾跟他明明白白地说过要他"歇一歇"。他说:"说老实话,你在办公室造成了一个不良气氛。"

爱丽珊黛去泰国之后两天,十四岁的女儿西瑟就从寄宿学校逃了出来。她去逛商店,然后坐在厨房里,给他看见了。

"哈啰,爸。"她说。

"西瑟。想不到你在这儿。"

"没关系吧?"她看上去有些担心。

他说:"没事。"

他们一起度过了一天。他没有追问为什么她逃学在家。

他与儿子的关系相处得相当好,儿子现在好像很崇拜他。杰拉尔德说过,他这几年还能懂得儿子,到儿子十四岁之后他便再也不可能懂得他了。

说到西瑟,他为很多事情感到歉疚。如果他细细想的话,他就会明白她的郁闷、顾虑、不痛快,所谓的,"青春期",其实是对逝去童年的哀悼。

吃完午饭,她还一直坐着不动,瞧着他。他于是说:"你有什么事情要问我?"

"是的,"她说,"男人是什么?"

"你说什么?"

"男人是什么?"

"就这个?"

她点点头。

男人是什么?

她没问"性是什么",也没有问"我是谁",甚至不问"我在厨房这块地方干什么",而是问"男人是什么"。

她替他做饭。他们坐在起居室里,一起听交响乐。

他希望了解她。

他费了好久才弄明白——他反感女权主义者的吵吵嚷嚷——父亲们因为工作与他们的孩子分开,尽管权力安慰了他们;而女人居然也从分内职责里分了身。他活了这大半辈子,在内心深处一直认为男女的分工是理所当然天经地义的。

他们属于中下层阶级;他父亲曾有个家具店。他一辈子整天劳作,经营得不错。到最后,他拥有了两爿家具店。他们还帮人铺地毯。

哈利和母亲在店里做过帮手。

大学放假时,哈利陪父亲坐火车去哈莱街。父亲退休了。他因为情绪低落在求医。

"我情绪总是很坏,"他说,"我不怎么对劲。"

他们坐在候诊室里,父亲说起那医生:"他顶呱呱的。"

"你怎么知道?"

"那边有他的证书。我从这里看不清那些花体字,想必是签过字的。"

"签过字。"

"看来你视力不错,"父亲说,"这伙计要把我变成弗莱德·阿斯泰尔①。"

父亲笑起来,几个星期以来第一回满心希望。

"什么地方不对劲,先生?"医生说,他是个能让人少受罪的人。

他听着父亲短促而急切地陈述内心的黯淡和精神的崩溃,而后他低低说道:"人生没意义,呃?"

"是个错误。"父亲小心地说。

"是个错误。"医生重复。

他潦草地写了一张镇静剂处方。他们在那里最多不过待了半小时。

---

① Fred Asaire(1899—1987),美国演员、舞蹈家,以精致的艺术风格而著名。

镇静剂是最不会给人带来愉快的了。离开诊所时,哈利没有把这话说穿。

父亲为幸福而不懈努力使哈利觉得既困惑又好笑。只是他认为有点儿为时晚矣。他还指望什么呢?为什么他不能心平气和地接受年老这事实?难道这不是他,哈利,现在应该做的吗?

对此他倒是站在母亲的一边。幸福难以企及,甚至令人难堪,没必要地干扰漫长而沉重的不幸人生。这看法既睿智又深刻。母亲和痛苦是分不开的,痛苦像裹尸布一样包裹了她。

在生活里,哈利总是挑最索然无味的东西——开始时是故意的,好像想看看倘若他是母亲的话会怎么感觉。接着就习惯成自然了。他为什么选择了这种生活观而不是他父亲的生活观?

他女儿西瑟总是挑食。到了十三岁时,每顿饭她都耷拉着脑袋坐在饭桌边,手有气无力地拿着叉子;父亲、母亲、哥哥都瞧着她。她会不会吃饭呢?

她拨弄着食物,把食物推到餐盘边,满脸愁色说今天没胃口,哈利受不了她这副弄得"举座"不欢的模样。这令他厌烦。但要是他逼西瑟吃饭,她就会哭。

他觉得我们讨厌的人其实并不是那些最可恶的人,而是我们最不能理解的人。他没了威严;他的同情心也消失了。他学她的样,他奚落她。他会把这咽不下面包的小女孩整得很惨。

让他感到羞愧的是,他不许西瑟和他们同桌吃饭。他命令她早吃或晚吃,但不许她同他、妈妈和哥哥一起吃。

爱丽珊黛说,要是不许西瑟和他们同吃,那她也不上饭桌。

哈利开始一个人在另外的房间里独自吃,面前摊一张报纸。

爱丽珊黛对西瑟耐着性子,她做好多菜,一直到她咽下一些食物为止。这让他嫉妒。母亲对他可从来没这么耐心过,他指望爱丽珊黛嘘寒问暖,到时候唤他去睡觉,跟他说他火车上看些什么。

或许这就是为什么西瑟想去住宿学校的原因。

他对她的不满愈发深了。他终于提防起她来。和别人疏远是容易的;不与他们掺和也是容易的。要是她需要他,她可以来找他。

隔阂已经造成。他明白人的一生就可以这么过去了。

父亲是个积极而实在的人,他服用了几天的镇静剂,脑袋上好像挨了一棍子似的坐在母亲边上的沙发里,等着自己感觉好起来。到了最后他扔掉了药片,又开始到哈莱街"朝圣"去了。要是你患了病,你就得去看医生。这尘俗的时代,你还能去哪里寻找解脱之道?

哈利就在那时说了一句蠢话。

他们去了一家气氛肃然的诊所,那里陈设着阴森森的深色木家具,皮椅子吱吱嘎嘎响,悬挂着哥特字体的证书。重复了无数次后,父亲又讲了一遍他的绝望和不对劲。他们要走的时候,哈利转向医生说:"活着真是无药可救!"

"说得也对。"医生晃动着钢笔回答。

父亲注视着他们,医生便眨眨眼。

活着真是无药可救!

父亲写支票时,哈利可以看出他憋着一股怒气。

"以后闭上你的臭嘴!"到了街上他说,"谁征求你的馊主意啦?无药可救了!你是说我治不了了?"

"不,不——"

"你懂什么?你懂个屁!"

"我只是说——"

父亲拽着他的衣领:"为什么我们还住那所小房子?"

"为什么?你在说什么?"

"钱都花在送你上好学校了。我希望你受教育,结果你倒成了一个挖苦人还自以为聪明的笨蛋。"

下一回,父亲去看医生,哈利的弟弟取而代之陪父亲去了。

哈利有个同事每次午餐都泡在酒吧里;哈利会和他谈论如何与女人和睦相处的"问题"。一天,这家伙声称他发现了"答案"。

顺从便是答案。你要做的就是她想怎样你就随她怎样。那怎么还会有冲突?

对哈利来说,这倒像是惹他发火的招数。但他没有拒绝。从某种程度来说,他——和大多数孩子那样——不是顺从了母亲对事物的看法?而不正是这种顺从几乎扼杀了他的性灵,把他折腾得烦躁不宁?他没有由着自己的性灵从事,而是像一个奴隶似的;他还一息尚存的性灵厌恶那种顺从。

"哈利,哈利!"母亲在叫唤,"我可以走了。"

他穿过草坪走向她。她把手帕收进提包。

"行啊,母亲。"他又加了一句,"现在就回家挺可惜。"

"的确,亲爱的。这地方很漂亮。没准以后你还可以把我弄这里来,我不会在乎的。"

"行啊。"他说。

去看医生的那天,父亲回忆他曾经如何爱过。他希望这爱情回到他身边。无爱的日子完全就是遭遗弃的啊。

母亲不让自己记起她曾经爱过什么。她不仅希望忘掉不愉快的事情,而且希望忘掉任何让她想起她还活着的事情。一件好事会扯出一串其他事来。那样便会惹来一阵令人不安的快乐。

父亲还让哈利陪他去看医生时,哈利已经意识到其实父亲自己也在思考问题。他思考男人女人,思考政治和伦敦的交通,思考跑马和板球,还有人应该怎么个活法。

父亲除了报纸外什么都不读。哈利不由想起《儿子和情人》里那个无知的、叫人瞧不起的父亲来。

哈利过于相信那些受过良好教育的人了。他曾以为真理会夹在某些书籍中,或者会藏在走红的思想家头脑里。哈利从来不以为人可以——也应该——自己悟出那些道理来。

他又怎么能做到这一点呢?父亲掏腰包让他受教育,可他的教育没有滋养他;眼下他居然找不到一根救命稻草来帮他理解身边的事情。

他是当记者的,他眼睛总盯着别人——当然充满挑剔。然而他为他们工作,把他们视为最重要的。

但是电视和报纸使爱丽珊黛厌倦。她把这些东西称作"噪音"。她曾说:"你宁愿读报纸也不肯自己多想想。"

他和母亲终于走回汽车那儿。

母亲从未碰过他,或者拥抱亲吻过他;对他来说她的身体难以亲近;可能对她自己来说也一样。他从未睡过她的床。眼下,她挽起他的手臂。他以为她希望他扶她一把呢,但她却站得稳稳当当。这,或许是亲情吧。

有天下午,爱丽珊黛从催眠治疗师那里回家,在厨房餐桌上整理买来的东西。哈利问她:"今天奇人奥尔嘉说了什么啦?"

爱丽珊黛说:"她跟我说是什么驱使我们、鼓舞我们去行动的。"

"奇人女士怎么说? 利己主义?"

"堕入情网,去爱,"她说,"爱情驱使我们去行动。"

"狗屁!"哈利回答道。

西瑟逃学那天,哈利和她一起吃了饭,还一起听了音乐。西瑟想看从学校同学那里借来的一部电影。她穿着睡衣和兔宝宝邦尼拖鞋,吮着拇指,坐在地板上。她要爸爸陪着她;像她小时候那样,她捏着他下巴,她指向哪里他就转向哪里。

片名叫《钢琴》。在他看来,这电影演来演去,也没演出什么名堂。他们停下电影去拿饮料和食物时,她说要是看不懂这电影没关系,又加了一句:"特别是对那些近来感觉不怎么太好的人来说。"

"谁感觉不好了?"他说,"我,你是说?"

"也许是吧,"她说,"随便哪个人。也可能是你。"

她担心他;她开始照顾起他来。

他知道她后来又爬起来把那部片子看了几遍。他不知道她一夜有没有合过眼。

到了早晨,他见她一副慌张神色,于是他说:"如果你不想回学校去,我不在乎。"

"但你总是强调'教育很重要'。"

她开始学他样子,学得惟妙惟肖。他们经常这样,他们佯扮给他看他有多傻。

他犹豫地想着,之后还是说:"有太多误导。"

"什么?"她好像很吃惊。

"不是说教育所传授的知识,大多数知识没害处。"他说,"我是指藏在知识后面的观念,那些观念太强大了——这种强大的力量被称为'常识'。"

她听着,她以前从来听不进的。

西瑟可以按自己的愿望来理解父亲的话。对他来说不加评判模棱两可显然很重要。他为什么要假装思考过这些问题,并且还得出结论性的见解呢?他非常了解那些政客:他们不能露出他们的无知,困惑,以及举棋不定。如此说来,他的不加评判模棱两可也算作一种天赋了。

他说:"关于文化、婚姻、教育,还有死亡……你现在接受各种各样的说法,以后要花好多年才能更正过来。要我看,这些说法越少越好。我已经花了好些年来纠正一些小时候灌输给我的观念了。"

他很惊讶她居然听进去了。

"我要回学校去了,"她说,"我觉得我应该回去,为了妈妈。"

父亲送西瑟去火车站之前,她坐在桌边母亲常坐的地方,往笔记本上写东西。

他得承认近来他对爱丽珊黛感到灰心;他时不时找她碴子,恼于无法左右或理解她。她变了,变得使他失望,她在慢慢离开他。

爱丽珊黛极少提到他母亲,而他也从不认真地谈论她,或许怕一谈到她就招惹起他的愤怒,或者说愤怒的记忆。可他俩为奥尔嘉斗嘴后,爱丽珊黛说:"记住,别人不是你妈。你不必用吼叫来引起他们注意。他们又没半死不活,他们也不是聋子。哈利,你把自己折腾个半死就是想要我们做那些其实我们已经在做了的事情。"

爱丽珊黛具备母亲从不具备的品性。他至少没犯错误挑个像母亲那样的人,没犯错误和那人一直同床共枕而不知她的品性。

但奇怪的是,最使他心烦意乱的恰恰是她和母亲不同的那些地方。

他想:作为男人,自己该具有洞察力,别人也期望他具有洞察力;男人该洞察所发生的一切,他能预见他们每个人以及整个家庭的未来之路。他必须头脑清醒。

"你为什么逃学?"他终于问西瑟了。

西瑟手捂耳朵,说她脑袋里装着一些歌谣死活赶不出去,歌词和曲调在脑袋里不停地打转转。就是这把她赶回家赶到父亲身边来的。

他说:"是不是回到家脑袋里声音就好些了?"

"是的。"她说。

要是平常的话,他会把这事情当作她发发小疯就给打发了。可偏偏是那天下午……

那么多年工作下来,他们命他休息,尽量地休息。他躺在院子树下草地上。虽然身处清凉的果园边,有酒陪伴,他还是满脑子惨不忍睹的暴力犯罪图像,人与人之间相互厮打、吞噬、屠戮,还有警察,又砍又烧又杀。

小时候曾经是这样:怨恨,想撕咬打杀,想拳脚相加。

结果他在那里只躺了二十分钟。他走了走,还摇晃脑袋,好像要把这种精神癫狂驱逐出去。

这样报导新闻或许更吸引人:号叫的女人,手里拿着剥了皮的动物尸体,血液和内脏滴滴往下掉;遍体鳞伤的孩子;内脏掏空的婴儿;撕咬成碎片的躯体。

要是在电视上连着播放一小时,这些图像不仅会惊倒而且会逼迫人们去思考人类的天性。

他冲进屋子,打开电视。

要是他对自己内心世界的了解就跟他对赞比亚政局的了解差不多的话,那他女儿对她自己的内心世界怎么会不陌生呢?

当一个人的功过是非受到评价的时候,好的坏的是分不清楚的,人生没有一个特定审判日;然而,每天都是审判日。

修正自我、增强自我,正是爱丽珊黛对他所进行的教育。那是人生难题。他有些晕头转向。否则,他的出路不是萎然而死,而是在愤懑中自我毁灭,因为他面对的问题太棘手了。

要是他和爱丽珊黛继续一起过下去,他得有所改变。如果他跟不上她,那他得作更多努力。

他只有抛开自己的陈规去追寻新的经验,才可能会有好日子过。什么事情一旦一成不变,那麻烦就来了。

前一个晚上,爱丽珊黛打电话给他。移动电话发出嗑嗑的声音,他想那是电话里的噪音吧,其实那是大海的声音。她跟在一群女人后面,走出客栈沿着海滩散步。

"我已经想好了。"她迫不及待地说,听上去有一种按捺不住的兴奋。

"想好什么,爱丽珊黛?"

"哈利,我想明白了。这么说吧,想明白了我的理由。我要为那些糊里糊涂的人做事情。"

"在泰国?"

"在肯特,在家里。"

"我想糊里糊涂的人到处都是。"

"我们如何了解别人。我们怎么理会别人的内心世界。这正是我兴趣所在。等到我完全训练好了,人们会来……"

"来哪里? 来哪里?"他听不清她的话。

"到家里来。我们要整理出一间屋子来,我想。行吗?"

"你想怎样就怎样。"

"我会挣回钱来的。"

他问:"做什么样的工作?"

"和人打交道,单独的也行,集体的也行,下午也罢晚上也罢,帮助他们理解他们的想象能力。所以啊,那是专门训练自我发展可能性的。"

"太棒了。"

"你真这么想的? 我知道你会觉得这事很奇怪。今天,今天——一群大人——我们跟虚构的苹果对话。"

"跟香蕉对话,"他说,"或许会不一样。但我随你,总是跟你站在一起……随便你在哪里。"

对此他得到过暗示。他们争辩过。

他问她:"你为什么要去管别人的事?"

"我想不出还有其他比这更有意思的事情。"

"每天你要听着那些人压低声音嗡嗡嗡地唠叨。"

"给他们一些时间,对自我的觉醒会改变他们。"

"我从没见到谁有过这种变化。"

"你没有?"

"我不觉得我见过。"他说。

"你没有?"

他被惹急了,说:"为什么你老重复这话,像只鹦鹉。"她无动于衷地看着他。他继续说:"告诉我你什么时候在哪里见到过这种变化了?"

"你对这个倒是挺感兴趣的。"

"真是这样倒是够神的,"他说,"这就是我感兴趣的原因。"

"人本来就够神的,"她说,"他们会从自我挖掘出各种还没派上用处的、可能会浪费掉的能力。"

"是从那位'奇'女子那里批发来的主意吗?"

"当然啦,她跟我聊过。你意思是说我自己没长脑子吗?"

他说:"你指的是巨大变化?"

"是啊。"

"嗯,"他说,"我不知道。可我并不排除它。"

"不错,"她微笑着,"这就很不错啦。"

他想告诉西瑟把什么都看透并没有好处,反倒把这世界从身边推开。一个人需要糊涂和困惑——难解的结和有益的挫折。那样人就会卷起袖管大干一场。

他把母亲安顿进了车,然后启动了车子。

她说:"我通常是这时候闭上眼睛打一会儿盹的。你不介意我眯一眯吧。"

"除非你想吃些东西。你想吃吗?"

"这倒是一个好主意。我是饿了。肚子在咕咕叫,咕咕叫。"

"得啦。"

在车里,他咕噜道:"你以前对我很不好。"

"噢,我真那么坏?"她叫起来,"我只不过生了你养了你,给你衣服穿,把你好好带大,不是吗?你上学从不迟到。"

"什么?你就是巴望我们都快快离开家。"

"你们难道不比其他小孩活得更好？他们当管道工。别人羡慕死你的好日子了。"

"还不够好。"

"从来就没个够,是吧？从来就没个够,以后也不会够!"

他继续说着:"回头看看你这一辈子,我要是你的话准会害臊。"

"噢,你会吗?"她说,"你就那么出色,是不是？你这不知趣的东西。"

"滚你妈的,"他跟他母亲说,"滚你的!"

"你真讨厌,"她说,"在老太婆去给她丈夫上坟时还跟她过不去。我可是一直喜欢你的。"

"这对我不顶用。你从来不听我说话,也从来不跟我聊天。"

"不,不,"她说,"我跟你说话的,可是我说不出口。我在乎的,但我表达不出来。我忘记为什么了。你能不能把这些统统忘记呢?"

"忘记不了。这些事情老是烦我。"

"把它忘了,"她说,她的脸由于痛苦而皱起来,"把一切都忘记!"

"噢,母亲,这可不行。什么都忘不掉的,这你也明白。"

"父亲带我去过威尼斯,我现在又想去了。趁现在还不太晚——我还没有被装在轮椅里,让他们推去'哭丧桥'。"

"你要一个人去?"

"你又不陪我去——"

"要是我狠得下心来,我就不会和你一起走在路上了,"他说,

"看着你我就受不了。"

她闭上了眼睛。"噢,不……那么我找其他老太婆一起去吧。"

他说:"要我替你付钱吗?"

"我以为你不会在乎呢。"她说,"我说不定会碰上一个不错的伙计!一个年轻小伙子!那我就有戏啦!我这只一枪就打下来的老鸟。"

她开始嘎嘎嘎地笑起来。

"什么?"西瑟问,"什么样的教育没好处?"

"我相信要是我坐在桌边,静静等着,不要动弹不要弄出声响——乖乖地——生活这碟菜就会端上来的。"

他应该再添加一句:人们希望相信存在无条件的爱,一旦有人爱上你,他们的奉献会绵绵而来,哪怕接下来的日子你天天都睡在沙发里喝啤酒。他们为什么要这么干呢?如果爱不会自己长起来的话,那就得呵护它,让它存活下去。

母亲说:"小崽子们个个都自私。只考虑自个儿。伤透你脑筋。你恨透他们了,只会哇哇叫,哭鼻子,也不懂谢谢。就这么回事!"

"我知道,"他说,"没错儿。但这并不是全部。"

饭馆空荡荡没什么人,透过一扇宽大的窗户,可以望见大街。

母亲喝着葡萄酒,手抓穿心排骨啃着。酒精烧得她脸颊发红;

她的嘴唇、下巴和手都油乎乎的。

"真不坏啊,咱俩。"她说,"你小时候是个温顺的小男孩,到处跟着我。后来你变野了,在院子里踢足球,把种的花草树木都踢坏了。"

"孩子都很温顺,"他说,"可我烦了,妈妈。"

"那你现在又在烦什么呢?"她说,好像他的抱怨不会终止似的。

"工作。我觉得自己像是一个宗教领袖。"

"宗教领袖?你什么意思?"

"老板们个个把自己弄成领袖人物。对某些人来说,我就是个小小的领袖。你信吗?我走进去,他们就瑟瑟发抖。我可以一刹那把他们给毁掉——"

"领袖?"她擦擦嘴,把手指伸进一碗水里,说道,"那玩意儿,在美国也有?"

"大同小异。都是盲目追随的跟屁虫文化。倒是有些玩世不恭专行讽刺挖苦的人,可他们都是醉鬼。做老板的就想把这些可笑的小人物踢到一边去。他们想让别的记者写文章吹捧他们。哼,那些来自屁也不是的人的无谓称道。妈妈,我告诉你,那就是纳粹主义、奴化观念。"

他瑟瑟发抖,他有些过于激动。

他口气稍稍平和地说:"当然,工作——对谁都一样。就是首相也不得不想,眼睛一睁开就想到的第一件事情——"

"你可别这么干,"她说,"不能这么干。"

"我知道你不懂。要是我忽然心血来潮跑去泰国,爱丽珊黛和孩子们不会高兴的。我要养四张嘴巴。"

"你不养我。"她说。

"当然不。"

"你报复我,是吧?"

"对。"

"我这么说,你别介意啊,亲爱的。咱们现在相处得很不错嘛。你随时都会丢性命。看你整天一直在冒汗,你的脸湿乎乎的。你心脏没事吧?"

她用手帕擦拭他的额头。

"我朋友杰拉尔德上个月发了心脏病。"他说。

"可怜。你爸,上帝保佑他,退了休,接着就走了。要是那样的话,你老婆和孩子怎么办?"

"谢谢你,妈妈。可我担心的是,有一天,我一下子离开工作,要不就是寻衅闹事,也有可能像杀手那样发神经,朝不认识的人胡射乱扫。"

"你不就上了新闻啦,而不像现在只在背后捣腾捣腾。"她很自得,"你最好什么也不指靠,就像我。什么都不能打扰我,雷打不动。太平!我爱怎么着就怎么着。"

"我倒希望被别人打扰。这叫活着。"他继续说,"我这么想或许因为我已经休息了一星期。说不定下星期一我一跨进办公室,我会发现这份担心是多余的。"

"是啊,"她说,"人一旦有了担心——"

"你明白这个。可我怎么办?"

"去跟爱丽珊黛聊聊。要是她那么自在,有自信,你为什么不能呢?"

"对呀,说不定她可以把我养起来啦。"

他们正打算再要布丁,一辆摩托车从他们前面的街上呼啸而过,转弯拐进一条岔路,撞上一辆轿车,一下弹入空中。

侍者们冲向窗户。人群马上拥过去;一个医生硬是挤出一条路进去。救护车来了。摩托车驾驶员在地上躺了一阵子。最后,他被绑上担架,抬进救护车。救护车只开了几英尺就熄了蓝色紧急灯和警笛。

"他的一生是了结啦。"母亲说,"老天!"

撞得稀烂的摩托车被挪到人行道边。残骸被清理干净,交通又恢复了运行。

哈利和母亲放下手中刀叉。

"我是再也吃不下了。"母亲说。

"我也不想吃了。"

他要了账单。

他把车停在家门外,陪她一起走进屋去。

她替自己冲了一杯奶茶。她在电视机前她的坐椅上坐下,边上摆了许多巧克力饼干。

电视机在跟她聊天儿。她会在这椅子上一直坐到上床睡觉为止。

他亲了亲她。

"再见,亲爱的。"她把饼干在茶里蘸蘸,"谢谢你,今天很愉快。"

"你接着要做什么呢？还是什么也不做？"

"打个盹儿。这算不上过得好,是不是？"

他注意到一份旅游代理小册子。

他说："我寄支票给你,替你付去威尼斯的钱,要不要？"

"那自然好啦。"

"你什么时候动身？"

"越快越好。这里没什么事情留住我。"

西瑟在家的时候,爱丽珊黛打电话来,可哈利没有跟她说女儿在家。他想,这是男人有时得承担的那部分任务,在孩子和他们母亲之间起缓冲作用。

早晨离家前,西瑟说希望父亲听听她写的诗。

他听着,尽量不使自己落泪。他能听出诗中的爱。

西瑟使他情绪高起来,他觉得他的爱影响了她,她的感觉会因为这份爱而好起来的。

爱丽珊黛从海滩打电话回家后,哈利给杰拉尔德挂了电话,跟他讲了关于"想象力"、关于"形象化"、关于"心理治疗"等等事。康复中的杰拉尔德接了电话。

"我以前认识一个精神分析家,"他情绪很高地说,"我总是喜欢跟别人滔滔不绝地讲我自己。那些精神分析家可不这么干。是桩好买卖,人哪,花钱买回自己的过去——要是爱丽珊黛也这么想就好了。从前女人想做护士,现在她们要充当起治疗师来啦。"

"你的意思是,这没什么害处。"

杰拉尔德说:"有时甚至不无好处呢。"他笑起来。"把别人的梦变成了你们的钱,不夸张地说就是这么回事儿。"

杰拉尔德觉得这几乎是哈利能够理解爱丽珊黛所作所为的唯一解释了。

其实不然。

离开母亲后,哈利开着车去他小时候那些老地方转悠。他想买个笔记本,回家写下那些被记忆触发的思想。今晚他大概就会着手写,用各种颜色的笔来写。今晚是他独自一人的最后一个晚上。

天飘起雨来。他回忆起自己十几岁时淋雨走在街上,徘徊在薯条店和酒吧外——并非无聊,用无聊这词会把他的感受说得过于轻描淡写;他是既吐不出也咽不下那迎头打来的沉重体验。

今天天气相当不错。

他沿着一排店铺走着,这些店铺四十年前就存在于他的记忆中了。他想起哪个哲学家的话,那番话他怎么都忘记不了。意思是这样的:幸福唯一所要求的,是爱。如果爱这词还不太空泛无力;温爱之情,或者说对一个人心存温情,可能会更恰当。到头来,岁月给人遗留下来的,就只剩下他与别人的维系有多密切,和他们同道走了多远。

哈利把车掉了个头,离开了他小时候的地方。他得去超市。他要买鲜花、蛋糕、香槟,还要买他看上的随便什么东西。他要试着把屋子清理清理,他要把院子收拾收拾,扫一扫树叶。他要做他以前怕做的事情：一个人坐下来，静静地思考。

　　明天他要去机场接爱丽珊黛，倘若天气好的话，他们可以在院子里吃饭聊天。她肯定很健康，晒黑了，脑袋里装了许多想法。

　　他得给西瑟挂个电话，问问她一切可好。他想跟她写信。如果说他几乎不知道她的日常起居的话，那实际上她对他、他的过去、他大多数时间里在干什么更是一无所知。大人们想知道孩子的任何事情，但却把自己的事情隐瞒起来。

　　他想到九泉之下的父亲，想到电视前的母亲，他想到爱丽珊黛和孩子们。他感到欣然。

异性恋者

—Ftraight—

有好几天了,他害怕今晚的到来,但他又相信自己已经有所准备。

可是,当他提了一瓶香槟走进聚会时,他开始担心人们会留意到他,担心他们马上会察觉出他碰到了事情、他有了变化。他琢磨着朋友们是否会把他想得很糟。他想着谁会对他怀有恶意,谁会羡慕他,谁又会同情他。

他的朋友在装修房子。做地板的木板还晾在外面,几堵墙壁还没有上漆。电线从插座里往外耷拉,小金属片悬挂在电线上。女主人戴着一副鹿角,匆匆忙忙走过去。男主人捧着一盘切成小块的馅饼,他或许没认出布莱特,或许不以为然。

布莱特不声不响地溜进了聚会,惊讶于年纪的增加并没有消除他的紧张感,尽管理性告诉他一般而言人们不太会对他抱有什么特殊兴趣。

"布莱特,布莱特!"有人大呼。

"嘿,你好!"他回答,"管他是谁!"

他故意姗姗来迟,屋子里拥挤得很。他认识绝大多数的狂欢者,这伙人大都和他差不多年纪。他想有些家伙他都认识二十多年了。

他亲吻问候了身边的人,走进了厨房。那都是些有钱人,他们的聚会是上乘的。酒瓶、饮料罐和食物压弯了支起来的长桌。他把香槟放进那一堆东西里,四下张望。

他不想喝柠檬水。有人把一杯葡萄酒塞到他手里。这主意不坏,巧妙的掩饰。

近来他常去剧场、电影院,总在那里坐到结束;他至少从头到尾一口气读完了三本书。自从河边事件——他这么提的——发生以来,这是他参加的第一个聚会。他打定主意要多待些时间。有些事情他需要直接面对,这对他有好处。

他回到客厅。令他宽慰的是有个一脸正经的男性朋友走过来开始与他搭讪。布莱特坐在那地方可以观察别人,他偶尔也问个问题。

他见到一个男人想拉上上衣拉链,而拉链梗在那里,不上不下。那人把拉链扯开,又重新开始拉,他开始对不准边缘的细齿;终于对上了,可还是拉不了。那男的反反复复试了好几回;最后,他脱下衣服,放在腿上才把拉链给拉上,他想把衣服从头上套下,又卡在了那里。这时别人来掺和了,那男的和他那件衣服一起被东拉西扯着。

这时一个淌着口水、垂着脑袋的水泡眼熟人引起了布莱特的注意。那人走起路来一副老态,好像要跌倒似的。有个朋友过来拉起布莱特,紧贴他站着,先对准他一只耳朵嚷嚷,再换另一只耳朵嚷嚷。那朋友觉得布莱特显然摸不着头脑,又拉来另一个同伙,两人一齐对着布莱特嚷嚷,然后冲着彼此大笑。

布莱特点点头:"我明白了,现在我明白了。"

"这就对啦!"第一个朋友说,"布莱特还是咱们一伙的!喂,布莱特!"

布莱特不明白为什么他们贴他那么近地站着,也不知道为什么他们不断地拉扯他。不就是为了喝他一杯么。关键是要喝酒,他就会明白了。可是他不能喝酒。

好在法兰西茵一头栽倒在他坐的沙发的那一端。

"你在这儿啊,亲爱的布莱特。谢天谢地你在这儿。这儿的人实在是他妈的没味道。"

"是吗?"

她花了一番心思打扮:她嘴唇鲜亮,一身黑衣花了老价钱,头发染了色,修剪得恰到好处。她脚蹬黑色高跟小山羊鞣皮靴子。他注意到她讲话时眼睛不断地闭拢,即便是讲到她和老板坐电梯卡在半路的事情,她也那样。在这场伴随着阵发性嗜睡病的谈话中,她还把喝着的东西泼在他身上。

他站了起来。

"噢噢,老天,老天,老天!实在对不起!"她说,"我把你弄湿了。"她拽住他手腕。"坐下吧!"她用手擦拭他的腿,把湿手往沙发上揩。"别这么一副怒气冲冲的样子。你也这样对我干过一回的。不过你把酒泼在我胸口。"

他看了看她胸口。

"我可没有。"

"你不会记得的。你什么都不记得了,记得吗?"

"不,"他说,"我不记得干过这事。"

如果说他忘记了,并不是他的记忆被抹去了:而是从一开始他就没有出现在那场合。

"你心不在焉,"法兰西茵朝他靠了靠,摸了摸他的头发,"你的脸真光洁。你刮过胡子了,想换换口味是吧。可这回你真的是完蛋了。"

"大概是吧。"他低低笑了一声,说道,"请告诉我你到底指的是什么事情。"

"首先,你给我些那玩意儿。布莱特,你欠了我的。"

她的手碰到了他的屁股,她搜索他的裤兜儿。

她说:"你脸刷刷白,亲爱的!我从没见过你这么紧张害怕呢。这是那些家伙们说的那种不掺杂的玩意儿吗?看看你的血压,你是不该用的。把那东西交给我,你应当去康复中心。"

"法兰西茵,我真的有什么地方不对劲儿的?如果你觉得,请告诉我。"

"你有什么地方对劲儿的?我说的话,你连笑都不笑。"

"你又没说什么好笑的话。"

"别那么蠢,布莱特。"

"别乱摸!"他说,"我口袋里绝对没你要的东西。"

她没有因此而罢休。

"你掉进河里时把脑袋给撞了。这可把你坑惨了,是不是?"

她张嘴笑起来,"你在那里干什么,在河边?"

人们热衷于这故事:他们一遍遍地打电话来打听,弄得满城风雨。他无法回避她。

他说:"聚会完了后,我让卡洛叫出租车停一下,因为我要小便,不想被人撞见。"

"这就是你翻过墙壁,滑了一跤的缘故?"

"事实上,我直愣愣地一下子跌到坡底,我那玩意儿还晃在外面。我害怕掉进冰冷的河水里。结果我跌进了冰冷的泥潭,还算走运。"

"不是洛维娜和卡洛拖你出来的?"

"拖我出来?"他说,"她们在上面神经兮兮跌跌撞撞转来转去。我听见她们尖叫得跟动物园差不多。我告诉洛维娜打电话给她代理,那家伙在吃晚饭,问问他怎么办。"

"代理怎么说?我跟她说扔下那鱼儿别管啦。我可以把她介绍给莫顿。他和洛尼有过一腿。或许我应当安排……"

布莱特说:"要是你真想知道个究竟,是出租车司机把我拉了上来。不然的话,我早上了西天啦。那个,像他们说的,就是那么回事情。他车后行李箱里有一条毛毯,他把我裹了起来。他把我带到家里。我想我把他的车弄得乱糟糟的。你说现在打电话向他表示歉意会不会太晚?"

"后来洛维娜和卡洛去了哪里?"

"搞不清楚。"

出租车司机个子很高,黑皮肤,北非什么地方的人,穿一双磨破了的鞋子。回到家,布莱特请他进屋,给他倒了茶。那人坐着,身上沾着布莱特给弄的泥浆,他说他是个法律系的学生,带着两个孩子。他一半时间在学习,其余时间开车;他有时睡一睡;有时和孩子们玩一玩。

布莱特给他干衣服,那男子硬是不要,布莱特又试着补偿他干洗衣服的钱。这时,那男子举手抗议了。

"怎么啦?"布莱特问。

"你不明白!"

"请你告诉我——"

"谁都会这么做的。"

"当然,那是。"布莱特说。男子看来宽了心。"我明白。我的确明白了。"布莱特说。

他和男子握握手。

布莱特只喝了茶,余下的夜晚他都咀嚼着这事儿,第二天,这事儿又被他咀嚼了一番。

也许这男子很有信仰。但是救人并不需要有什么信仰。那举止并没什么多情的意思,只是别人掉下去时,他去救而已。

眼下布莱特瞧着朝别人哇哇大叫的人们。他们无缘无故地哄笑,他们嘴巴差不多凑在一块儿去了。谁也没有在听,不过有什么好听的呢?人们的言语支离破碎轰轰然分辨不清,他们的动作和他们的言语没有任何关系。一对男女在跳舞,看上去就好像在摔跤。

布莱特亲了亲法兰西茵的脸颊。"我得挪一挪窝了。"

"这么快?这可是几分钟里我听到的最好的提议了。"

他们走进大厅,她开始和别人聊天。她和那人去了卫生间。

布莱特于是离开了那栋房子。

走到外面,他点燃了一支烟,寻找汽车钥匙。四周寒冷而寂静。他还能听见对面楼房里传出的唱歌和钢琴声。

他走近大门时,被她追上了。她一条手臂套在大衣里。

"你想甩了我自己溜走。我会让你一个人离开此地吗?我以前把你甩下过吗?这是你的钥匙,我从你裤兜里拿的。"

他替她穿上大衣,说道:"你住的地方远远在那头呢。"

"我们去咖咖。求你了,只去一会儿。然后你就把我送回家。"

"我不想去咖咖。不过我可以在那里把你放下。"

"那我怎么回家?"

"你以前的十五年里每天是怎么回家的?"

"你胡说八道。布莱特,行啦。要开车的话,你得清醒清醒才行。"

钻进车内,她抽着烟,撩起裙子。

"布莱特,你表现真差劲。但不知道为什么,我总是原谅你。"

"谢谢你,"他说,"我的老天,你没瞧见今晚发生了什么?"

他慢吞吞开着车。闹市区岂止是闹猛。人群一堆一堆聚集在酒吧和夜总会外面。有人跑到路当中,大呼小叫,扔饮料瓶;路上有救护车和警车。开到一个停车标牌前,他放慢了车速,挥手和后面的车辆打招呼。路中间有一个人脸朝下卧着。别人想把他拖上人行道,但决定不了哪一边更容易些。

他说:"你刚才说的听上去很奇怪,不过倒是有趣。我为什么要被原谅?"

"布莱特,这破车的车灯在哪里?"

她存心把提包里的东西都抖到地下,然后弯腰去捡回她的信用卡、可卡因、无数的药丸和钥匙。

他觉得自己在流血。他伸出手,发现是头发上的雪花儿。湿雪顺着他后脖子往下滴。

她摸索着找车灯,结果打开了车顶窗。他就由着天窗敞开着。

她说:"什么都别提了吧。布莱特,问题是,我觉得我俩需要到其他地方走一走。现在正是好时候。里约怎么样?"

"现在?"

"明天一早。"

"太远啦!"

"那巴黎呢? 一上路就到了。"

"我们去干什么?"

"吃吃喝喝,到处逛逛。"

"我对那个是再也没胃口了。"

"那还有什么可以干的?"

他说:"我把车停在哪里啊?"

她已经拉开了车门,朝会员俱乐部走去,她用手蓬松了一下头发,在喉咙处喷了些许香水。

"里面见!"她大声说。

咖咖里的人认识他。晚上收场时,他们总是替他招呼出租车,借给他一些付出租车的钱。

他推开熟悉的玻璃门,踩过地毯,有时那地毯让他回忆起某种摩擦脸颊的感觉。他看见一个以前的商务合伙人,那家伙前额上用透明胶带黏着槲寄生植物。

他一把抓住布莱特往自己这边拉,开始和他亲嘴。"不是你吗——你,你这混蛋!你这让我失望的家伙!现在咱俩都破产啦!"

"是的是的,"布莱特说,"一点不假。"

"扑腾进河里去啦,听说了!现在怎么样?"他的朋友顿了一会儿才找到词儿。他挺得意地重复着那几个字。"你扑腾得……扑腾得顺啊……"他自己笑着继续说,"不坐一坐!有事忙啊!"

布莱特给法兰西茵和自己各买了一杯酒。那玩意儿真叫贵!过去几年里他花了多少钱喝酒啊,且不提所消耗的精神心力。

他到洗手间,把酒倒了,往杯子里注了些水。水是多么醉心的酒。

他在吧台上挑选了个座位,瞧着前额长槲寄生的家伙在那里摇摇晃晃,直到一头栽倒在沙发里。他倒腾着又把他的槲寄生放到没拉上拉链的裤裆那儿。然后他往后靠去,双腿岔开,开始干招惹女侍者注意——咖咖地笑——的勾当。

这些年来,布莱特肯定坐遍了这地方所有的高脚凳和扶手椅。他见到一伙朋友开始玩纸牌。强尼、克理斯、卡洛和麦克。他们准会在那里待很长时间,接着再去其他地方。要是换到别的夜晚,他肯定也凑进去了。

在咖咖气氛相当猛。那些家伙要找人伺候、找人关照,可他们老是找错人,而找错的人也跟他们一样。有些人兴奋莫名,眼珠暴出。另外一些精疲力竭,垂头耷脑。奇怪的是,吃了让你败胃口的东西,到头来会把所有的事情都搅得乱糟糟。放浪形骸是一份累活儿,一份专职工作。当然那些男男女女都有职业,还是该干什么干什么。布莱特应当庆幸才是:他至少保全了自己的公寓和工作。他只不过把老婆给弄丢了而已。

要是他不和朋友坐在一起——他不愿意和他们坐在一起;他冷冰冰的,而他们却烧得慌——他又能与谁为伍?你怎么与别人接近呢?说穿了,不仅仅是他,或者他那圈子里的人像这种样子。他前妻的父亲,他自己的妹妹和她的男朋友,都会来捧着酒罐酒瓶子,挣扎,哭闹。也许他们治了病,但他们从此对治疗本身上了瘾,染上与戒掉同样漫长乏味。

法兰西茵端着酒混到一撮人里去了。他猜她心里有数他会甩下她走掉,因为她一直留心看着他。他不明白她为什么在乎这个。

布莱特耽于对北非人的念想之中,他想着那男子在什么地方对他产生了力量。正如这出租车司机,布莱特也好像身处于一个外语世界,尽管这里的人和他没什么两样。倘若那男子一直待在英格兰,他就得努力去理解这种语言,他永远会觉得自己是个局外人。

他帮过布莱特;那布莱特为什么不能也帮帮他呢?布莱特假想着自己出现在出租车司机的家里,提出要为他做些什么。他能做什么?洗洗刷刷?给孩子们念念书?带他们去看电影?他难道不该做吗?这想法使他感觉好些了。那男子会不会觉得难为情,或者心生疑窦?当然他总得放下手头上的活儿吃午饭吃晚饭吧?布莱特可以倾听他。这样他可以重新开始或者再度返回少年人的好奇心中去,你或许得走一走任何出现在你面前的路,看这路会把你领向哪里?

布莱特下了吧台边的高脚凳。

"不行,你不能走。"法兰西茵过来,把舌头堵进他的嘴里,"你把我送回家去。今晚你把我惹得神魂颠倒想入非非。"

他并不介意把她送回家。自己的街道他已经住得腻烦,打算要搬到其他地区去住。换换环境自然有好处,还有一个原因就是他附近住着一个以前做吧女的女人,他时常与她在路上碰见,他很怀疑她是否认出他来,她从来不跟他打招呼。她有四个异父孩子,而他就是那个最小孩子的爸爸。这他是知道的。四年前的一个晚会后,他和她有过一夜之欢,他掐指一算就算出来了。他的一个酒肉朋友一眼道破天机:"瞧那孩子。要是搞不清楚,我还会说你是她父亲呢。"

他去过儿童游乐场看那孩子。真是不假,她承袭了他自己母亲的头发和眼睛。他见到那女人呵斥小女孩。他不喜欢和自己的亲生女儿在路上面对而过。

到了车里,法兰西茵就着酒瓶子喝葡萄酒。

"你难道还没有喝够?"他说,"你能不能别喝了?"

"今夜我要一醉方休。"

"为什么?"

"你这问题真蠢。"

"可我想知道,真的。"

她哭了起来,但还不停说话。她不想拿自己的苦恼去烦扰他,也许她觉得他对此并不在乎。

北非人一晚接一晚地载着那些陌生人,而那些酒足饭饱、肆意挥霍之徒连正眼都不瞧他一眼。

到了法兰西茵公寓所在的街区,他把她扶上楼。他拧亮灯,把她放到床上。她在床上扭来扭去,像驾驭一匹脱缰之马那样对付着床垫。

他背转身去,可她无法脱下衣服。他于是替她穿上睡衣,亲了亲她的头。

"晚安,法兰西茵。"

"别扔下我!你待在这里,是不是?我——"

她用手抓他的胸口。她脸色相当难看。他去拿来一个洗碗碟用的浅桶,端着凑准她的脸。

"就这样了?就这样了?"她不停地说,"今晚就这样了?"

"什么这样,法兰西茵?"

"死亡!他在这里吗?威廉·巴洛斯①从阴间过来打招呼了吗?"

"今晚不会的。亲爱的,躺下吧。"

她呕吐出来的东西飞溅到墙上,弄得他的外衣、鞋子、长裤、衬衣,还有他的头发到处都是。

最后她躺了下去,一点气力都没有了。他脱下她脏湿的睡衣,替她穿了一件裙袍。

他坐着。她向他伸出双臂。"过来吧,布莱特。"

"你病得不轻,法兰西茵。"

"我已经吐完了,一点不剩。你随便把我怎么样都行。"她颤

---

① William Burroughs(1914—1997),美国小说家。著有《裸体午餐》,一部描写沉湎毒品的超现实小说。

抖着,解开她的裙袍,"这里,从来没有谁拒绝过。"

"这又能怎么样?"

"谁在乎这些!替自己倒一杯酒,住下吧。我一直喜欢你的。"

"是吗?"

"你不知道?撇开你那些讨厌事情,你很聪明,也懂得温柔。你不想告诉我你今晚抹了什么香水,布莱特?"

他摇摇头,把一杯水递到她唇边:"没有。没有。"

"你肯定要去见谁吧。对女人做这种事,真是烂臭。"

他想了片刻。

"不是女人。是一个出租车司机。"

"天哪。"

"是的。"

"那个把你从河里钓出来的人?你又不知道去哪里找他。"

"我要去出租车办公室,等在那里。他们认识我。该死,明白我要做什么。"

"什么?"

"很好地聊一聊。"

她说:"上次和我睡觉,你感觉很好。"

"什么上次?从来没有过什么上次。"

"你又不是傻子,别装傻了。上来吧。"

她拍拍床铺。

他走出门,在背后把门带上了。她还在继续说着,对他说着,对任何人说着,对虚空说着。

"这个人,我非得找着他不可。"他说。

记住这时刻,记住我们

—Remember This Moment Remeber Us—

快到圣诞节了,在朋友服装店里举办的聚会上瑞克喝得有些醉醺醺。

宽敞的店铺位于伦敦西区一个整齐干净的地方,今晚那里干活的女孩子们穿上了短短的黑连衣裙和高跟鞋,戴上小白兔子耳朵。瑞克和丹尼尔到那儿时,女孩子们端着托盘,上面放着香槟,放着温热的酒,还有切成小块的比萨饼。难道还有什么比这更诱惑人的吗?

女孩们帮着把瑞克的儿子丹尼尔从折叠式婴儿车里抱出来,替他脱去小红外套,领他去儿童室,给他看嗡嗡响着的遥控电动玩具在地板上横冲直撞。那里有一架小跷跷板,几个常去那里的小孩正在玩耍。瑞克坐在地上,对丹尼尔来说这时候已经有些晚了,但他还在追着电动玩具,朝敞开的窗户扔乒乓球,拆掉了一栋小娃娃住的房子,当然他不知那些东西都是店里的商品。

其实瑞克一小时前就开始喝上了。去聚会的路上,他们在一家酒吧里停了停,那地方瑞克单身汉时经常光顾。酒吧里,两岁半的丹尼尔爬上父亲身边包着毛皮的高脚凳,坐在那伙不到夜晚就开始喝酒的家伙当中。

"我正培养他呢,"瑞克对吧女说,"来,丹尼尔,问她要一杯啤酒!"

"点呀,点呀。"丹尼尔说。

"说什么?"瑞克说。

丹尼尔举起一盒火柴。"点呀,点呀。"

瑞克取出一根,划亮。"再来。"他吹熄的当口,丹尼尔马上又说。他这样划燃了两盒火柴,火柴棍填满了烟灰缸。火柴燃烧起来,光焰照亮了男孩子的脸,他脸颊饱满,小嘴嘟起。火焰熄灭时,男孩子的笑声在时髦幽暗的酒吧里铃声似的响起来。

"准备好,别慌张。点呀,点呀。"

"点——他妈的鬼——点。"有个阴沉沉的酒徒咕哝一句。

"你说什么?"瑞克说,迅速从高脚凳上滑下来。

那男人咕噜了一下。

瑞克好歹说动了孩子穿上雨衣,戴上顶头尖尖、有两片护耳的帽子,替他在下巴底下系了个结。他把一只塞满尿片儿、果汁、各种零食、纸巾和玩具的包甩到背后吊着,两人走进了夜色和大雨之中。

已经接连下了两天的雨。新闻报道说全国到处都在淹大水。

集会地方只有十分钟路的距离。但瑞克到那里时,还是全身湿透了。

店堂灯火辉煌,堆满瑞克买不起的衣物;他那混得很不错的朋友马丁和他的快乐伙伴们在门口拥抱了他。马丁自己膝下无子,这是他第一回见到丹尼尔。自从在爱丁堡艺穗节上,马丁为那出瑞克扮了个角色的戏设计缝制了戏装之后,两个男人便成了朋友,那是二十年前的事了。瑞克祝贺他得了帝国员佐勋章①,说想要欣赏欣赏那枚奖牌。可马丁有太多的客人要招呼,他抽不出时间来讲话。小白杯里温热的葡萄酒一会儿就提高了瑞克的情绪。

瑞克已经有四个月没捞着登台机会了,不过他们答应新年以后派给他一个还说得过去的角色。他常带着丹尼尔在外面逛。一星期至少一次,如果瑞克囊中有钱,他和丹尼尔坐红线地铁到伦敦西区,逛逛店铺,到咖啡馆和画廊里歇脚看看。瑞克领丹尼尔去他演出的剧院,要是他认识那些演员,他就带丹尼尔到后台去玩。

瑞克还有三个孩子,都跟着他第一个老婆过,他们十几二十岁了。瑞克喜欢家里有个小孩。他有可能就把丹尼尔带去参加聚会。丹尼尔眼睛大大的,头发也不剪短,常被误以为是小女孩。丹尼尔在身边时,人们会和瑞克聊几句,但他不必跟他们扯太多。

聚会越来越热闹了,瑞克一直喝着酒,跟被新介绍给他的人聊天。店铺女孩喂丹尼尔果汁,她们弯下腰,双膝并得紧紧的。

不一会儿,丹尼尔就说:"家去,爸爸。"

瑞克替他穿上衣服,把折叠式婴儿小车推上了街。他们在雨中走着。路上零零落落有几个行人,但不见公共汽车,走到地铁有一段长长的路。他们身边驶过一辆亮着灯的出租车。出租车差不

---

① MBE:Most Excellent Order of the British Empire.

多开过去时,瑞克一步跃到马路当中,冲着汽车尾部又招手又大叫,直到出租车停下来。

他们的车穿过伦敦,透过雨水冲刷的车窗,瑞克望着街上的圣诞饰灯。他想起和自己父亲一起坐出租车的情景,想起自己的一张照片,他那时六七岁样子,戴着银色领结和土耳其毡帽似的圣诞圆帽,在聚会上坐在父亲的膝头。

回到家里,瑞克吸了一支大麻,又喝了两杯葡萄酒。已经相当晚,差不多十点三十分了,丹尼尔通常八点就睡下;可他不睡,瑞克倒也不在乎,他喜欢有个伴儿。他们吃了番茄酱沙丁鱼抹吐司;他又放了强劲音乐,还表演霍基—科基舞母①给儿子看。

安娜去上写生课,一般这时该到家了。为什么她现在还没有回来?她从不晚点的。要不然瑞克会出去找她;但他不能撇下丹尼尔,把他带到外面又太潮湿。

瑞克躺在地上,双膝隆起;孩子扶着他膝盖,踩上他的身体。丹尼尔开始在瑞克的肚子上跳上跳下,把他当成了跳跃床。瑞克和丹尼尔一样喜欢这样玩耍,但今天他觉得胃不舒服。

昨天是瑞克四十五岁生日,他觉得这糟糕的年纪把他推到人生的负面去了。他不光感到过于倦怠和忧郁,而且从这一次次的病痛发作里他怀疑自己能否保以往那样容易恢复元气。去年他有两个朋友心脏病发作,还有两个中了风。

他觉得自己是昏在地板上了。他感觉安娜在摇他。是不是她在踢他的肋骨?他大概喝醉了,可他想要立刻告诉她自己不是

---

① Hokey-cokey,英国的一种传统民间舞蹈。

酒鬼。

然而,瑞克有一种怪异的感觉,仿佛他已经睡了一阵。他想告诉安娜他睡去时碰到了什么。他摸索到一件什么家具,撑着自己站了起来。

他看见丹尼尔跑来跑去,手里捏着一杯葡萄酒。

"怎么回事?"安娜说。

"我们出去过了。"瑞克说着,追着小男孩,夺下他的酒杯,"是不是,丹?"

"和爸爸出去啦,"丹尼尔说,"玩得开心,饼饼好吃,爸爸喝酒了。"

"乖小子,丹。"瑞克说。

瑞克注意到他脱去了丹尼尔的裤子和尿片,但忘记给他换上。地板上有一汪水,丹尼尔的袜子湿湿的,他的背心拖在地上,也湿湿的。

他跟她说:"你以为我睡了一觉是吧,可我没有。我在思考,或者更确切说,在做梦。创造性地做梦……"

"你是不是想要我问你做了什么梦?"

"我有个想法,"他说,"昨天是我四十五岁生日,我们过得挺开心。我梦见我们正在给丹写贺卡,祝贺他四十五岁生日。这张卡他不到四十五岁不许打开。"

"噢,知道了。"她坐下说。丹尼尔绕着她脚边玩耍。

"总的来说,"他继续着,"我越来越多地像你那样想到过去了。我想到我父母,想到做小孩的时候,想到我兄弟,想到老家,很多很多。我们要做的是给他写一张卡,你可以画些东西。我们现在做好,然后就把它搁在一边别再记着它了。很多年后,到了丹四十五岁生日那一天,他会记得打开这张卡的,那时他头发已经变灰,膝盖也不太灵便。我们要从另外一个世界送给他我们的爱心。当然,你那时还会活着,但我大概不可能了。他阅读贺卡的瞬间,我依然会活在他心里。你说什么,安娜?要是我四十五岁生日能从父母那里收到贺卡,那我会多么感动。一整天,不瞒你说,我都盼着有一张卡会从门缝塞进来。"

他看出来,她下了课也去喝过酒了。眼下她像往常那样把绘的人头、身体和手脚画散落在地上。瑞克仔细看着那些图画,搜肠刮肚寻找还没有用过的赞誉之辞,而丹尼尔则踩在大的画纸上走来走去。她指望能把一些作品作价卖了,补贴家用。

她说:"贺卡不错。主意很妙。这表示既大方又甜蜜。但不够有分量。"

"你是什么意思?"他继续说,"你或许是对的。我做梦时,脑子里不断地出现《野草莓》最后一个场景。"

"电影怎么讲?"

"那老人作了一次与生命中重要人物最后见面的旅行,到了末了不是朝他父母挥手绝别吗?"

"这才是我们要做的,"她说,"拍录像,封在信封里,留给丹尼尔。"

"是啊,"他说,拿起放在扶手椅边的杯子,喝了口,"这主意高明。"

"可我们都醉醺醺的,"她说,"到时候他四十五岁了,坐在录像前。他最终会放上录像,并且……"

"到那时都不会有录像带,"瑞克说,"它们早进了博物馆。不过他们可以把它转换成可以看的东西。"

她说:"我想说的是,过了那么些岁月,他将会看到两个醉鬼。他的治疗师将会怎么说?"

"难道我们不希望他明白你和我有时也很享受吗?"

"噢,"她说,"可是如果我们想拍录像,那得准备准备才是。"

"好,"他说,"我们可以……"

"什么?"

"穿上白衬衫。我头发是不是瘪在头上?"

"我们看上去都还行,"她说,"当然我在乎而你是不在乎的。我们得动脑筋想想要说什么。对丹来说这磁带也许很重要。想想看,要是现在你父亲对你说些什么,那会怎样呢?"

"你说得正是。"他说。他父亲大约十年之前自己结束了自己。"安娜,你要对丹说什么呢?"

"太多东西要说……真的,我还没想好。"

"还有,我们得小心着点儿怎么跟他说话。"他说,"到那时他可不是两岁小孩。他是我这把年纪。我们不能用娃娃口气,不能叫他丹小笨笨。"

他们讨论着到底要说哪些话,一个长辈会对他四十五岁的儿子说些什么,而那儿子现在只有两岁半,正坐在地上,自说自话呜呜地唱着"爬呀爬,小蜘蛛"。当然这讨论会没完没了:他们是否要给丹尼尔一番忠告,一番鼓励,或许几段回忆,还是三种都给一些。他们都有些累、有些烦躁了,最后他们认为应当把摄像机架起来才是。

她去了地下室翻找摄像机,而他替丹尼尔弄好了奶,又手捏一块湿揩布在厨房里追逐丹尼尔,替他穿上镶白边的蓝色睡衣。她把摄像机和三脚架从下面拖上了起居室。

尽管他们还没决定说什么,但他们要着手拍摄了,到时候肯定会知道要说些什么的。这种听其自然的做法会使他们传给未来的信息少些装模作样。

瑞克把圣诞树拖到他们要坐着讲话的沙发边,拧亮了灯。他从镜头里注视着老婆。她放下了头发。

"你看上去真是漂亮。"

她问道:"我要把拖鞋脱了吗?"

"安娜,你难看的部分不会留传下去的。我只拍到咱们腰以上。"

她站起来,凑着相机眼孔看他,跟他说他看上去再好不过啦。他拧开摄影机,留意到磁带只剩下十五分钟了。

机器开拍了,他飞快跑去沙发,小心着不要绊倒。这事他们不可能再做第二遍。他注意到沙发扶手上放着吃了一半的沙丁鱼,便顺手把它捋进口袋。

瑞克坐下,他其实明白这很压抑。从某种意义上来说,那时他已经死了好久了。丹尼尔心里对他的看法也形成已久。他们俩已经在许多场合闹翻过脸。就像一般人那样,丹尼尔或许会爱他,但仍然厌烦他。丹尼尔除了对他的过去有某种复杂看法外,再也不会有什么了,然而这些从另外世界传来的话语会提醒他。不管怎么说,没有爱的人可是世上最没有安全感的人。

摄像机顶部的灯在闪烁。安娜和瑞克转过头,朝镜头黑洞洞的圆孔里张望,他们觉得有相当长时间,两人一言不发。最后瑞克说:"喂,你好。"他带着一种相当的自我意识,好像第一回碰见一个陌生人似的。在舞台上他可从来没这么紧张过,安娜也一样不知所措。她模仿着他。

"你好,丹尼尔,我的儿子,"她说,"是你妈妈。"

"还有爸爸。"瑞克说。

"是的,"她说,"是我们。"

"你爸爸妈妈,"他说,"记得我们吗?你记得这一天吗?"

沉默片刻,他们在想该干什么。

安娜转向瑞克,把手放在他的脸上。她摩挲着他的脸,好像在照相机前面一笔一笔绘画似的。她拿过他的手,把他的手指贴着自己的嘴唇和脸颊。瑞克靠过去,双手捧起她的头,亲吻她的脸颊、前额和嘴唇,她抚摸他的头发,把他拉近自己。

他们两个脑袋靠在一起,大声地喊:"喂,丹尼尔,我们希望你好,我们只想问候你。"

"对啦,真是这样,"另外一个插嘴道,"你好。"

"我们希望你四十五岁生日快乐,丹,收到许多礼物。"

"是啊,我们希望你过得好,还有你妻子,哎,随便哪个和你在一起的人。"

"你好,丹的妻子。"

"还有丹的孩子们。"她加了一句。

"对对,"他说,"丹的孩子们——不管有几个,男孩还是女孩,或者别的什么——祝福你们。祝你们每个人生活愉快。"

"对对,"她说,"祝福。多多祝福。"

"很多,很多,很多!"瑞克说。

亲吻、摩挲、拥抱和打招呼之后,剩下的时间不多了,他们有些不知所措,恰好这时丹尼尔出了新花样。他从地板爬上来,舒舒服服坐到他们中间;他们亲他,把他抱过来抱过去,让他对自己招手。招完手,丹尼尔闭上眼睛,脑袋埋到妈妈臂弯里,他咂咂嘴;磁带快转到头了,外面下着雨,时间在滴答地走。至少他们想要让他相信这一件事情,四十多年之后,当他看着许多年以前这两个老式夫妻坐在圣诞树边的沙发里,在这个夜晚,他们爱着他,他们彼此相爱。

"再见,丹尼尔。"安娜说。

"再见。"瑞克说。

"再见,再见。"他们一起说。

父 亲

—Real Father—

真的,现在莫尔受不了他的儿子华莱士,怕见到他。这种感觉在他们之间是那么本能。他们彼此形同陌路,彼此捉摸不透,在一起不知道说些什么,干些什么。

今天,莫尔要和这九岁的儿子外出过夜。

"我们可以外面去逛逛,"莫尔又解释了一遍,"我们可以聊天——你喜欢聊什么就聊什么。"

"最好下地狱。"华莱士说,"我就是死了也比跟你出去好!"他大声地对自己说:"傻蛋!"

华莱士是前一晚接到家里来的。通常他在家里过周末,但是莫尔很高兴明天等他们旅行一结束就把他送回他自己家去,因为他得参加一个聚会。然而,从一睁开眼睛,华莱士就开始坐在楼梯上呜呜哭着,抱怨着。快接近午饭时候了,出租车等在外面。

"咱们只去海边。"

"只去一个晚上!"

莫尔解释说:"我已经说了,那样我们会舒服些,要不然得赶末班车。"

"你舒服了,我活受罪。"

"对我,看来也是。"

华莱士是通常人们所说的"意外",而且,他的出生本就是完完全全没任何必要的。他怎么可能对此没感觉呢?

莫尔的妻子朝他们走来。他们四岁的小孩跟在她身边,小孩想去摸摸他同父异母哥哥泪痕斑斑的脸蛋。

"别哭了,华莱士。"他说。

他们一起望着华莱士。华莱士印着卡通小人"滨诺"("瞧瞧,我就是广告!")的T恤衫上擦满了巧克力,弄得斑斑驳驳的,他把衣服当了餐巾。他吃东西时,不仅嘴巴会漏食物,而且总是把饮料打翻。一是因为他不肯坐在饭桌边,二是到处乱走寻找东西破坏,不停地开关电视。他裤子跌破了一个洞,可他的运动鞋倒是最上乘的,脚后跟会发亮,他一踢大人,鞋子就跟着闪闪发光。莫尔恼火的不是儿子和他母亲长得相似——男孩转过头来,就在那一瞬间,突然提醒了莫尔他与另一个陌路人之间永远牵扯不完的关系,这像是一个恶毒的玩笑——而是与他继父也长得相似,华莱士叫他的继父为"爸爸",而把莫尔唤作"畜生"。

莫尔说:"华莱士,咱们真的得上路——要不然我们会耽误火车了。"华莱士龇开填满巧克力的嘴。莫尔伸出手去拉他。"快上他妈的出租车去!"

华莱士弹起来,把嘴里的巧克力喷在莫尔的白衬衫上。"要是你弄痛我,我就把自己弄死。"他站起身,朝自己肚子重重地打去,"现在我要去梳梳头发。"

莫尔很高兴能逮着个机会亲亲小儿子和妻子,他妻子正从上到下擦拭他的白衬衫。"莫尔,别发脾气。想办法跟他一起过得愉快些。想办法跟他说说话。"

"说说话!"

"你又喝上啦?"

"只喝了一杯。我太怕他到下午碰面时做出发疯的事。我真希望今天你可以看管着他。"

"我还不是圣贤。我要和女朋友一起喝咖啡,拿这当笑话讲呢。"

男孩从卫生间里出来了,一头乱糟糟的头发——莫尔提议某一天要以开刀的方式把这头头发清除掉——抹了水而伏倒下去。莫尔注意到他还上了带香味的发胶,发胶一疙瘩一疙瘩结在他头上,毫无疑问,里面还黏着他的虱子卵。

莫尔把他们的行李拿到车上。华莱士别无选择,只得跟着。他提着一只塑料袋子,里面装了饮料、掌上游戏机、钢笔、许多个吃了一半的复活节蛋。

坐在车后座,莫尔摸了摸华莱士。"嘿,要是你这副样子,可没有人会喜欢你。你得乖些才能在这个世界上活得好呀。"

出租车启动时,男孩伸出双手遮住脸。他戴着守门员手套,不肯脱下。

"不许碰我。不许用手指我。不许对我干坏事。你这狗娘养的。"

莫尔注意到出租车司机瞪大眼睛从后视镜里看着他们。显然他是从一个小孩子举止规矩更为严厉的国家里来的。

"看在上帝分上,嘘……"

他们要去和安吉拉·诺尔斯碰面,她是个年轻的电影导演,她在考虑雇用莫尔作为她第一部故事片的剪辑师。这份工作是他求之不得的,会使他大大地往上跨一步。当然华莱士的母亲拒绝更改他们的约定。莫尔想把华莱士留给妻子,可是华莱士开始把她唤作母狗,而且还踢了她。

莫尔和华莱士的母亲十年之前"恣情放纵"过一回,持续了几个星期。到了华莱士出生的时候,他们都回到各自的生活里去了。莫尔所希望的就是逝去的时间会把她掩埋起来。可是她怀孕了,拒绝终止妊娠。

"你怎么可以杀死一个婴孩?"她说。

"有几个方法我可以建议你……"

这段风流韵事给他留下的是什么记忆?一次长长的谈话——他们之间唯一一次真正的谈话——在一个聚会上。之后,那女孩一遍又一遍地放着同样的爵士唱片,这是她唯一能负担得起的东西了。他们做爱时,外面下着雷雨,树枝拍打着窗户。不多久,他们的好时光就走到了尽头。

现在他已经认不出她了,她和她那失业的、酗酒的丈夫生活在一起。她丈夫当过制景工作人员。许多年,莫尔几乎不被允许看望男孩或者和男孩说话,尽管他负担了生活费。到了华莱士六岁时,莫尔得到准许每年看望他两回。他们整天晃悠在密德兰闷热的购物中心。有时莫尔打电话给华莱士,但华莱士从来不告诉他什么。几回沉默之后,华莱士说他得挂电话——《小兵兵》开始了。

莫尔有个朋友曾经开玩笑说莫尔够幸运的,至少在什么地方还有一个孩子。莫尔气得涨红了脸,整整一个星期,这嘲弄在他心里投下了阴影。一个做父亲的得承担许多责任,这些责任他希望能承担,可是受到了华莱士母亲的阻止。"责任"这个词听起来怪诞得很。这些日子,这词对他来说跟"良心"和"精神"一样,都不在他的词汇里。他希望自己说的是实话。且不说这点,莫尔感到,他得放弃自己的儿子——把他让给另一个男人,他承认在孩子身上几乎找不到他自己——把他忘记掉。小儿子的出生挽救了他。

一年前,华莱士的母亲和她的合伙人周末弄了一个摊位,卖自家设计的 T 恤衫。她不喜欢华莱士每个周末都在市场晃荡。莫尔猜想这才是让华莱士每隔三星期来家里一次"了解亲生父亲"的真正理由。

使莫尔感到宽慰的是,如果要把儿子争取回来,现在为时不晚。当然,他妻子害怕这陌生人会给他们家庭带来某些影响。她为华莱士能待多久跟他争辩,她不许华莱士睡他同父异母弟弟的卧房。莫尔用了整整一星期把他的工作室改装成华莱士的房间,里面有电视、游戏机,还有音响设备。华莱士讨厌这间屋子,可白天还是待在里面,而晚上就不肯了。他得了"失眠症①",还听见烟囱里有哭声。莫尔睁眼躺着,听着华莱士凌晨四点在客厅里看电视。

---

① 此处作者用了 insonia,孩子对 insomnia 的误用。

如果莫尔觉得他的生活有了好转,那么华莱士便是他躲避不了的灾难。他对孩子表示欢迎,但孩子天生有一种惹人讨厌的本事。莫尔想要请求减少监护。有时,华莱士会和莫尔一起玩橄榄球,或者由着莫尔带他去电影院。然而,华莱士热衷的是在伦敦买东西。莫尔买东西给他,以抚慰一下他的贪欲:看来这是每天的一件大事。华莱士总是执意要莫尔给他买他母亲不给他买的或者买不起的玩具:枪、剑、游戏盘片、掌上游戏机、恐怖电影录像。虽然如此,莫尔知道,他开两小时车把孩子一送回他母亲的家,他的手机就会响起来,他会由于送华莱士礼物受到苛责,而那些礼物会被扔进地下室。要是莫尔送给他电影演员的自传或者电影广告、录像片,它们也遭受同样的待遇。

这时,莫尔说:"我到了火车站就给你买东西。"

华莱士从悲伤里窥见了一线蓝天。"给我买什么?"

"随便什么都可以,只要你不再虐待我,让我安静些。"

"你要的就是这个!"

"可不可以?"莫尔说。

"我不想来这里。"

"但我们要去见一个名叫安吉拉的女的。你要对她友好些,这十分重要。"

"为什么?"

"她有可能给我一份工作,那我就可以挣更多的钱花在你身上。"

"我要告诉她你又懒又没礼貌。"

莫尔笑了起来。

"有什么好笑的?"

"笑你呀。"

"我能让你笑不出。"

"别这样。我知道你能。"

华莱士前一次来家里,把莫尔的论文扔在地上擦脚丫子;后来还举起靠垫砸同父异母弟弟的脸蛋。莫尔抽出裤腰间的皮带高高举起。他妻子嚷起来,他一下子就从家里冲了出去。在华莱士的哭泣、哀号和陋习的背后,是一个孩子在哭喊着求救啊。没有人知道怎么办,不过人们难道不该做些什么吗?这样一种情况里,你怎么学做个家长呢?

像通常那样,孩子若在,莫尔便喝酒。从某些方面来说,华莱士搅得他六神无主,不能自持,弄得他相信自己不是无能或废物就是恶棍。这种感觉毒化了他生活的每个旮旯。在前一个电视连续剧的工作项目里,他无法专心工作,不得不几次开夜车,才把活儿交了差。他担心安吉拉对此有所耳闻。

到了火车站,华莱士把父亲领到出售漫画、甜点和饮料的摊子。莫尔替他俩拿了三明治,在其中一个小咖啡馆找了张桌子,又跑去取咖啡和啤酒。等他回来时,华莱士不见了。

莫尔喝着啤酒等着。华莱士大概是去厕所吧。过了一些时间,华莱士的失踪终于把真实冻结成一个令人担忧的休止符。莫尔别无选择,只得收拾行囊,端上咖啡,拖着脚步走过一个个店铺、厕所、酒吧和咖啡馆,向陌路人询问是否见到一个脸脏兮兮的、穿着印有卡通小人"滨诺"T恤的乖孩子。

而华莱士呢,这时却一个人坐在一张桌子边,猴急地往嘴巴里填汉堡包,玩着他的指南针。

莫尔颓然坐下:"老天爷,我差不多要一口气憋过去了,要是你再这样的话,我要向你妈妈告状了。"

"她早就知道你不喜欢我在你身边。"

"她这么说来着?"

"我过生日,你从来不来看我。"

"我是不许来看你的。"

华莱士说:"我不喜欢吃你给我弄来的三明治。"

"我知道了。我是你爸爸,可是我不知道你喜欢吃什么。"

华莱士打了个饱嗝,"没关系,谢谢,我吃饱了。"

上了火车,莫尔坐在华莱士的对面,闭上了眼睛。

"我们会撞车吗?"华莱士大声嚷,引得车厢里每个人都看着他俩。"他们都会撞死的,是不是?"

莫尔戴上墨镜。"但愿如此。"

"听着——"华莱士还有其他担心呢,可莫尔正在狠狠地掏耳垢。

他们可以感觉到要靠站了,空气更清冷、新鲜。莫尔又重新振作起来,他拖着行囊走到前面,告诉华莱士他多么喜欢英国海滨以及那种近乎狂欢的氛围。这颓废会给电影提供某种难以抗拒的味道。要是安吉拉决定雇用他,他想她会不会同意让他在此地设立剪辑工作室。他一家可以住这儿,华莱士也许喜欢来玩。

到达弥漫着炸熏肉气味的小客栈时,他俩都有些累了。他们扫视安置着装饰秾丽的镶花家具的客厅,一对老头老太坐在客厅里玩拼字游戏。

华莱士说:"你肯定只在这里住一个晚上?"

"肯定。"

"你骗我。"

"你说什么?"

"你整个都在骗我。"

到了他们的客房,莫尔打开窗户。他走到阳台上,看着眼前来来去去无忧无虑的人群,吸了一支大麻。华莱士捏着掌上游戏机,在床上安顿了下来。莫尔从旅行袋里替华莱士拿出换洗衣服,还给自己拿出几本心理学书。他洗了个澡,拧开一瓶威士忌,长长地灌了一口。

要是有机会,莫尔会当着华莱士的面赤身裸体地走来走去,让他看看他两条小细腿上撑着的颤抖的肚子,稀稀拉拉的灰阴毛,长得小孩那样可笑的屁股蛋。华莱士得接受他、面对他,因为莫尔相信真正的自家人每天都那样的。

近来莫尔不住地担心是不是他与华莱士之间什么地方出了差错。或许某种药物或精神病医生对华莱士有好处。可华莱士不乏朋友,在学校的表现比他自己那时要好。你不能因为他讨厌父亲就认为他有病。对莫尔来说,要努力的是找到这个问题的解决方法。他咀嚼起学生时代的一段记忆,那时有两个熟人探讨蕾恩①。他当时窘迫于自己的无知,当然也觉得他们相当自以为是相当夸饰。然而,那些家庭以及因家庭冲突而无法使孩子们生存与承受的东西却留在了他的心里。也许这便是华莱士的困顿。难道华莱

---

① R. D. Laing(1927—1989)。英国作家、精神病医生。

士不是他父母错误和愚钝的体现？难道他没有他们身上许多癫狂的东西？那样来说,莫尔又能有什么办法？

莫尔躺在他身边。"华莱士,你贴着我好吗？你抱着我,让我亲亲你好吗？"可华莱士眼睛望着其他地方,莫尔说:"你大概明白你妈妈不喜欢你跟我太靠近吧。"

"当然啦,她把你看成一个大笨蛋。"

莫尔闭上眼睛,他感觉到华莱士把身体移开去。大麻使他昏昏然飘飘然。他说:"我是——差不多是——傻瓜蛋。可是有很久很久居然没有想到过。我十七岁时,爸爸死了,我拿了点东西离开了家,离开了我母亲,她从不跟我或者任何其他人说什么话——"

华莱士抬起眼睛。

"她有什么地方不对劲吗？"

"我无法留下来找答案。我把头发染成五颜六色的,我穿披披挂挂的皮夹克,有好多带子拉链的脏裤子,还穿黑摩托靴子。我们撬开旧货铺子,在后店堂吃喝拉撒混日子。"

"警察不会把你们抓进监狱去吗？"

"要是他们能找到我们。可是我们躲起来了,我们砸烂家具烧来取暖。我们灌烈酒,还拿——"

"你喝醉过？"

"喝醉过好多回。"

"你有没有跌倒在地上,把自己弄疼？"

"经常那样,是啊。只有我叔叔,我父亲的兄弟,他那时刚刚从心脏手术中恢复过来,一天我们都在睡觉,他就从窗户外翻了进来。"

"你那时喝醉了吗?"

"叔叔说,要是我爸爸没死,我这么活着也准把他给气死。我猜我是叔叔的'迷途羔羊'。我不安定,他也寝食不安。你知不知道《圣经》里关于羊的故事?"

"羊?我读过《小鸡快跑》的故事。"

"对啦。第二天,我叔叔把我领到当地的大学,求他们收下我。我不想去。"

"你难道不想学点东西吗?"

"我那时可讨厌学习啦。"

"我在学校里成绩可是最好的。"

"很不错。叔叔说上大学期间,我可以一直住在他家。所以我没有辍学。有次上课老师给我们看了个名叫《四百下》的电影。我心里暗想看电影可比干活来得更好。那部电影讲一个年轻而阴郁的孩子——和我差不多——他跟爸爸妈妈都合不来。我始终觉得看电影就像看一连串的绘画。第一次那种美吸引了我。我意识到要是我也能干这份活儿,我也就够满足啦。"

莫尔坐起来,又给自己斟了杯酒。

华莱士说:"后来又怎么样了呢?"

"这就是我怎么学习做电影剪辑的故事。这也是我们为什么跑到这里来的道理。"

寂静中,电话铃响。华莱士接起电话。

"妈妈,是你吗?"

那是安吉拉,她在楼下。莫尔开始套上衣裤:"勇士,我们得走了。"

"我们为什么要去？我不要她。"

莫尔差不多央求着跟他说孩子要懂礼貌懂规矩些,但知道那样会把事情搅得更糟。

走出客栈,莫尔把华莱士介绍给了安吉拉。

"他是我亲爸爸,但是不亲。"华莱士说。

"你只能有一个亲爸爸。"

华莱士盯着她看。她弯下腰,给他看穿在鼻子上的小环儿。

"你可以碰碰看。"

"疼吗?"

"不疼。噢,现在有些疼了。我还有一个呢,叫做大头钉。"她伸出舌头。

"哎呀,要是吞下去怎么办?"

"看看你能不能抓住它,华莱士。"

是一个好玩的小游戏。

"我们可以上码头去吗?"华莱士问。

莫尔给华莱士一张五英镑的钞票。

"当然。"

华莱士对安吉拉说:"他开始变得好得一塌糊涂啦,因为你在这里。"

华莱士走在前面,一路上挥着空手道拳,追打假想敌。他的手臂在空手挥舞着圈子,让莫尔想到那些打手来。莫尔说小时候,他和伙伴们都想玩"硬的",像他们道听途说的干坏事的伦敦佬那样。而眼下这帮孩子却在效法牙买加—美利坚"痞子"。

到了码头,华莱士突然停脚跪了下去,从板条缝隙间往下看海水。

"走啊,小痞子。"莫尔说。

"要是我们掉下去怎么办?"华莱士说,"我们会死在下面。"

安吉拉拉起华莱士的手:"我游泳很在行。我会把你驮在背上,驮到安全的地方,像海豚那样。"

华莱士混进又热又吵的游戏场,开始花他的钱。他们一边尾随着他,安吉拉一边跟莫尔聊着那部电影,电影的大部分资金差不多已经到位,她正在重新写剧本。他们刚逮着些时间谈论着眼下关心的电影,令莫尔惊讶的是,华莱士说他要去玩跳床。他已经把钱花得精光,安吉拉提出替他付钱。华莱士脱去鞋袜,在那里上蹿下跳,还哇哇大叫。

"棒小子,"安吉拉说,"你从哪里得来这小子的?"

莫尔叹了口气,向安吉拉描述第一次见到这个不想要的儿子时的感觉。他跟她讲从那时起他的经历,以及他们之间的那些事情。

他们拿巧克力和冰激凌填华莱士的嘴巴。后来为了棉花糖他们相持不下,华莱士拿莫尔的电话打给母亲,呜呜地哭了起来。莫尔只得跟安吉拉说华莱士犯脾气了。

他们分了手,莫尔带华莱士去吃炸鱼条和薯条。回到客栈,华莱士不肯洗澡,不过还是穿上了睡衣。莫尔把他安顿在电视机前,他的注意力马上就被吸引过去。莫尔趁机往口袋里塞了一瓶威士忌,拉开门要往外走。

"你干什么?"男孩瞪着他看,一脸惊慌。

"我就到楼下和安吉拉讲一句话。"

"不行。"

"我要不了几分钟,你没事的。"

莫尔趁男孩还来不及说什么就赶紧带上了门。他把耳朵贴在钥匙孔上,只听见里面有电视广告的声音,毫无疑问,是华莱士在拿腔拿调学舌。

安吉拉在等着他,他们飞快走过莫尔熟悉的这片城区,一路上与那些逛夜总会的、找饭馆的人擦肩而过,他们走到一片颓败损毁的被叫做老城区的地带。在这里莫尔意外地见到捕鱼人打点小渔舟准备夜航。再往后走,街面越来越窄,密密匝匝的住家紧紧挨着街道,屋顶和屋顶都好像要碰到一起去似的。几扇窗户亮着红灯。她指了指其中一栋房子:"你可以在这里为电影配乐。"

他们跨进一家酒吧,里面挤满了身上刺青、毛毛糙糙的年轻人,这些人大多看上去都有些酒鬼的样子。安吉拉到里面转了转,跟一些熟人打招呼。他们很高兴见到她,她显然跟他们不是一路的。

从酒吧出来后,她边指指点点边说着:"我们把摄影机架在这里,演员们可以往那条巷子里跑,我们便追着他们拍——那条巷子。"

他扭转身,想看看并感觉感觉她所指的地方。他注意到那里有某种冷寂或者贫瘠——他应该那样说,一种死静一种枯寂——这感觉在伦敦是寻找不到的。

她告诉他:"这里的人觉得伦敦是各色人等的大杂烩,他们不去伦敦。"

"是该宣告独立了。"

莫尔的腿走得有些酸痛,但还继续走着。他追随着她,对她的热情时不时生出些不解。最后,他们走到一个卵石铺地的广场,广场接连着四通八达的街道。莫尔听见一声大叫,穿着睡衣、手脚套着橄榄球运动员手套和运动鞋的华莱士朝他们奔跑而来。

"我一直跟着你们。"

莫尔想把他抱起来,可这发抖的孩子太重了。

"一直跟着?"

"你们想扔下我。"

"你待在客栈很安全。"他弯下腰,抱了抱他,又亲了亲他吓得竖着的头发。

"有人会把我偷走的。"

"不会。"

安吉拉脱下毛衣,围在他脖子上,并打了个结。他们拉着手往回走。到了客栈的休息室,安吉拉替他要了热巧克力和薄脆饼。

"你们两个,"她笑道,"你们两个看上去真是活脱脱地像。"

"我们像吗?"华莱士说。

"除了是爸爸和儿子,你们还能是什么?"

莫尔和华莱士相互看着。莫尔对他说:"我从没想让你长时间一个人自己待着。我们只是想去看看怎样拍摄安吉拉的电影。"

华莱士说:"电影讲什么?你再也不会抛下我逃走是不是?"

"我太疲倦了。真的,我累坏了,垮掉了。"

莫尔替自己和安吉拉要了酒。

安吉拉说:"故事是这样的,我差不多长大但是没有完全长成人的时候,我妈妈和爸爸说他们再也没有法子过到一起去了。从那时起,我就在他们之间挪来挪去地住。"

"就像一只包袱,像我。"华莱士说,"你不想随便什么时候都被到处乱寄乱投。"

"比这还糟糕。"她说,"这部电影名叫《十天》,讲我被送去——就在这儿附近——和爸爸一块儿过节的事情。妈妈想和另一个男人一起,你瞧,爸爸这么猜想。我到爸爸那儿时,我发现可怜的爸爸因为怕跌倒,所以一直不起床。他只挪动手臂,去拿酒喝。我坐着陪他,听他讲他的事情,也放电影片子看。他睡着或者昏迷时,我就自己一个人在城里瞎逛,和本地人交朋友。孩子们总抱怨说这鬼地方没有什么好玩的,可我们发现可玩的太多啦。噢,是啊。"

华莱士用手肘捅捅他父亲。

"她很坏呢。"

"我是最最坏的人了。回家后,他们问我怎么和爸爸一起过节的,他们认为爸爸已经疯了。他们从此不准许我去看他。"

"你这一辈子都不被准许?"

"他喜欢喝酒。他们认为酒把他灌成了病人,一个倒霉蛋。"

"她骂人。"

"爸爸一个月以后就死了。他们没及时告诉我。我从一个亲戚那里听到他的死讯。我从家里逃离,去参加他的葬礼。就在这里我又待了几天,见见父亲的朋友,搭个帐篷睡在树林子里。回到家,我又遇上了更大的麻烦。我不喜欢我的继父,就跑这儿来混日子了。"

"离家出走是太捣蛋了。"他问,"你后来见到父亲的遗体了吗?"

"一辈子没有。"安吉拉从背包里抽出笔记本,写道,"'去太平间看爸爸的遗体。'在电影里她会看到的。"

"你看我爸爸很正常,可他以前很坏。他也从家里逃出去过。他喝烈酒,他偷东西。他一头五颜六色的头发。爸爸,是吧?"

"真的?"安吉拉说,"他现在一点儿不像那种家伙呀。"

华莱士说:"那你还让他替你干活吗?"

"你觉得呢?"

"我觉得你应该会让他干的。不过你得答应把我放到电影里去。"

"倒是有可能给你派一个小角色。你以前演过电影吗?这么着吧,我假装要揍你,你要作出反应。记住了,你要对我的动作作出反应。摄影机和其他人都会看着你。站起来。"

她假装要揍他。华莱士躺倒在地,表现得十分戏剧化。

华莱士让安吉拉亲他道晚安。莫尔陪着华莱士上了楼,安顿他在自己身边躺下。莫尔的小儿子常常睡在他和妻子当中,但莫尔从来没有在大儿身边睡过。华莱士几乎马上就睡着了。被子被他咬得一抽一抽的。他还是脏兮兮的,整个旅途都没有沾水洗漱过。

莫尔搂着华莱士,他辗转难眠。透过敞开的阳台门,他倾听着大海。他终于起身,穿上衣服走了出去,从外面反锁上门。街上黑乎乎又起了风,然而依然有许多人。大海比他想象的要远,他还是走到了海边。

如此开阔的地方,他觉得呼吸也变得自在起来。他想顺着海滩走,顺着灯影和人声走,走进一个喧闹的酒吧,去喝个沉醉,去和陌生人聊天,去看看别人的生活比他更好还是更糟。然而莫尔依然能望见他们的客栈,望见他猜想属于他们的房间,望见敞开的阳台门后面熟睡着的孩子。他不能失去远处这片灯光。

莫尔看见不远处有一群比学生仔大些的年轻人,他们听着一个内置扬声器的录音机,传递着塑料瓶装的烈酒。莫尔走过去,跟其中一个说:"我可以在这里跳一个舞吗?"

"想怎么着就怎么着!"那孩子说,好像在斗气似的。莫尔有些犹豫。他新近最熟悉的一种舞蹈是"踩高跷"。"随你的便。"那孩子又重复了一遍。

莫尔掏出带来的威士忌,给他喝了一大口:"好久没有这么干啦。"

男孩让开了。莫尔走近放音乐的地方,扭动起来。他抽搐身体摇晃脑袋,一跃而起,独自一人开始跳高跷舞。他朝天蹦起,手臂尽力往外伸张,一直跳到跌进潮湿的碎石堆里,浑身透湿。

明媚的阳光透过客栈饭厅的窗户照进屋子,莫尔穿着短裤,光脚套着皮鞋,一块上了浆的餐巾搭在他衬衣的前襟。他往嘴里填着抹了奶油的熏鲱鱼、炸蘑菇和吐司面包。他成了小时候笑话过的那种家伙了。

"我在想,对这次旅行你会记得多少呢?"莫尔对华莱士说,"我考虑要客栈经理替我们在外面留一张合影。你可以把照片放在床边。"

"爸爸——我是说莫尔——"

报纸就是专门用来不让他们的父亲看见孩子的脸的。

安吉拉打电话来的时候,他们已经上了火车。她说,她很高兴在拍电影的这段时间里帮助莫尔把他的剪辑工作室和他的家人搬到这里来住一阵子;她一直担心自己提出这建议会使莫尔拒绝这个工作。

华莱士说:"我有急事跟她说呢。"

莫尔把电话给他,听他解释说,只要不让他剪头发,不逼他亲女孩儿,他就准备好要演电影啦。

"安吉拉答应了。"华莱士说,"可妈妈会答应让我去演电影吗?"

"要是你跟她说安吉拉会付你钱,她就会答应了。"

回到家,房子里一个人也没有。莫尔猜想他妻子不愿跟他们打照面。他打开通往花园的门,替他们俩做了吃的。

吃饭时,华莱士第一次提到他的钢琴课。莫尔翻找出米开兰奇瑞演奏的肖邦。他们俩听着,莫尔想跟华莱士说说他喜欢这首曲子的原因,但他开始流眼泪。他不断地说,泪水不断地往下掉。他害怕开车送华莱士回家。爱,怎么承受得起这么多的干扰。

那天下午在下公路之前,莫尔在公路服务处停了停,和儿子一起喝了杯可乐。

他说:"到你家的时候,你是不会想跟我说再见的。可我希望你明白,我心里一直惦念着你,无论你在上课,在睡觉,还是和小朋友在一起。"

"我从来不惦记你。我不想你。"

"你不必想我。让我来想着你吧。"

一会儿,他们就到了华莱士家的前门。华莱士一下子就从车里爬出,绕到房子背后去了。莫尔把袋子提到门前,自己坐回车里。他看着华莱士的继父和母亲出现,把袋子拿进屋里,有些鬼头鬼脑的样子,好像是他们偷了去似的。莫尔想多看这对夫妻几眼,试图把这两个相互牵扯的家庭联系起来,然而他只是朝他们的方向挥了挥手,就开车离去了。他关上了电话。

莫尔一路马不停蹄回到伦敦。他把车停在家附近,路过家门时也没有进去。他拐进附近一家酒吧,那是一个工作日里在伦敦谋生的北方佬常常出没的去处。"孩子和脏靴子请止步",门口这么写着。

莫尔买了包烟,在吧台挑了个位子坐下,要了一品脱烈酒和一杯水。他吃不准是在庆贺新工作呢,还是对刚才自己所经历的事情感怀一番。然而,他还是为自己干了一杯。

"为莫尔,"他说,"为那些知道他的人!"

触

―Touched―

他上蹦下跳,哇哇地喊着:"再见,不久就又会再见啦,不会太久的,不会太久的,我希望。"

阿里和他父母站在屋外石子路上。阿里不停地朝装在三辆出租车里好多个叔叔婶婶挥着手,直到他们拐了弯。消失在视线里。夏天以来,从孟买来的一帮亲戚一直住在达利奇一个出租公寓里。阿里和他父母几乎每天都要碰见他们,明天他们就要返回印度去了。

"进屋吧。"阿里的父亲拉起他的手,"我可不喜欢看见你这么难过。"

阿里为自己的眼泪感到害臊。邻居迈克正站在马路对面,玩弄着足球卡片,抓耳挠腮,瞧着这边又假装没在看的样子。他早就在那里晃悠着了。叔叔婶婶们开始道别时,前门门铃响了起来,阿里打开门,还以为是出租车来了。他的表兄弟姐妹团团围在他后面。

"出门去？"迈克咬着指甲问，想把阿里背后的那些脸仔细审视一番。迈克掉了一大撮头发，是他老爸揍他时给揪掉的。"咋的？在大路口都可以听到你们的声音，一天到晚哇啦哇啦。"

那是一个星期六，正举行第五届板球锦标赛。印度和英国在椭圆球场对垒。早晨时，阿里的爸爸和三个吵吵闹闹的叔叔占据了前面那间小屋，放下窗帘关起门。男人抽烟，喝啤酒，瞧着木头木脑的英国人巴林顿和格拉文尼整天击球，骂着印度投球手。叔叔怪罪一只眼的印度主力帕塔尔迪王子。印度婶婶们在教阿里的英国母亲做菜，母亲答应做饭给丈夫和儿子吃。女人们端着豆子糊糊、兔子、羊肉和米饭进屋，她们早晨一起来就开始用巨大锅子煮上了。男人们用手指抓着吃，眼睛不离电视屏幕，碟子在他们的膝盖上晃着。他们用乌尔都语骂骂咧咧。

只要阿里喜欢，他是可以到叔叔们的屋子里去的。他们开始像跟其他男人说话那样跟他说话。有个叔叔甚至还称他是"家长接班人"。最大的叔叔在印度拥有工厂；二叔是个在政略方面出名的记者；三叔是工程师，造过水坝。在家里，三个都出名地吵闹，喜欢聚会。板球赛中间休息时，他们扔硬币打赌下一个进屋的会是哪个婶婶，以此来逗阿里；他们还玩"剪刀，石头，布"。阿里饮食有度的爸爸在一个小律师事务所里干着个不起眼的活儿。

阿里是独生孩子。他时常在母亲给的笔记本上把板球赛比分记录在假想球队的边上。他还会好几小时独自待在院子里，举着锯短的扫帚柄，抽打由绳子牵着系在树杈上的板球。院子是他的王国，今天当他打开窗户和这栋小小的国民住宅的后门，他是那么巴望和印度亲戚一起分享这个王国。他的爸爸妈妈和别人不一样,他们不管天气是好是坏都讨厌玩西洋象棋。今天,他三个堂兄弟在院子里打了板球;而七到十四岁的女孩们玩抓人游戏。

婶婶们洗刷了碗盏,坐在树阴地下铺的毯子上,抚弄梳理彼此的头发,像法国油画里的人儿那样。她们亲着阿里,爱抚他;而他喜欢看到婶婶们漂亮拖鞋里涂了色的脚趾丫,连她们腰部从松荡荡的莎丽间露出的一摺摺肥肉,他都爱看。

那天下午,阿里把自己的卧房亮给扎希姐看。她十四岁,比他大一岁。他们望着窗户外城乡小院落的景色(那里他曾经见过一对结了婚的人在亲嘴),然后他拿出自己那张《007金枪客》。后来他们蹦上床,接着她把嘴唇贴紧了他的。她说想和他结下"私"交,他找来一个电筒,领她爬梯子上了阁楼,上面堆放着废弃的玩具和父亲从孟买过来时装东西用的灰蒙蒙的箱子。她的手镯叮当叮当地响着。他们不停地嘎嘎乱笑。扎希姐一口咬定那里有老鼠和蝙蝠。从那么高的地方有谁能听见她闷闷的尖叫呢?

他们又亲吻,这回她把嘴巴贴着他的耳朵。他身体被如此这般的甜蜜所袭击,他觉得他要站不稳了。她朝前弯下腰,双手扶在肮脏的水箱上,在一阵狂热之中,他不断地抚弄她,进入一层层的衣服,他终于触摸到她的身体,他的手滑到她的私处。仅此而已。她发出好像很痛苦的呻吟。他可以在那里和她一起待上几小时,但他的兴奋被遭惩罚和被发现的恐惧所束缚。他说他们得下楼去了。他走在前面,催促她快快跟上。

"怎么了?"她问。他们又回到他的卧室。

"你明天就要离开了。我不想你走。"

"等我长大了，"她说，"我要像爸爸以前那样当飞行员。"阿里从没坐过飞机。"我要到处飞，我要来看你。"

"那是很久以后的事情呢。"

阿里很羡慕他的堂兄弟姐妹，他们每天都可以碰面。他们都住得很近，只要他们愿意，他们随时都可以差自家的司机送他们去彼此的家玩儿。"我们总是不断地被叫去参加婚礼聚会什么的。"

接着，扎希姐说："爸说请你们上我家玩一段日子。"

"可这不可能啊，是不是？我爸妈不喜欢到任何地方去。"

"那你自己来吧。家里有好几个房间。各种各样的亲戚朋友都上我家来玩儿。来和我们一起过节，就像现在我们在这里过节一样。圣诞节就不错。"

他略有羞涩扭捏地说："我是想去的，可爸爸没有钱让我去。"

"为什么会没钱？"

他耸耸肩。"他挣钱不多。"

她说："那就攒一些钱啊。你去年复活节不是在马戏团里帮忙干活儿的吗？"

"是呀。"

"我们被你逗得都笑疯了。你扮小丑是不是？"

"我跟在大象屁股后头收拾。"他说，"引得观众发笑。我通常搬搬道具什么的。"

"可你个子那么一点点小。"

"我会长大的。"

她说："你现在已经大到可以洗车挖花圃。"

"说得对。"他说,"那活计我行。"

"你行的。"

他亲亲她,"跟印度打个招呼,我要去那里。"

他吃惊地见到他父亲站在楼梯脚下,看着他俩。

这时候,出租车来了,喇叭嘟嘟地鸣叫着。

人都走空之后,阿里的母亲松松出了口气。她离家上班了。他妈妈是个夜班护士,要是能捞着时间,她白天睡觉。刚才,她和父亲为了叔叔对他说的一番话拌起嘴来。在气头上,阿里的父亲走进自己房间,坐在书桌前,背对着阿里。他在学习法律,上法律函授课程;父亲最有钱的兄弟,家族的领头人,掏腰包出的钱。他对阿里的父亲越来越不满了,因为父亲考试不及格,看来在英国他并没有出息成什么。吃午饭时,这兄弟喉咙响起来,"这里有那么多机会,你只抓住了一个,就是和乔安结婚。你为什么让我们全家失望?"

阿里的母亲已经对这家伙十分生气了。几天前,她向他们炫耀她的洗衣机,结果他们把孟买一家子的衣服都拿来给她洗。"我可不是他们的佣人。"她说着,扔掉塞满脏衣服的枕头套子。靠阿里帮忙,她和父亲一个读操作说明,另一个在键钮上乱按一气;父亲不得不动足脑筋搞明白怎么操作洗衣机,他们弄得满地是水。接着他们又熨平衣服,折叠整齐,假装是乔安亲手干的。

父亲脸带愠色,或许他做功课已经做了几小时了。阿里也坐下来。要是阿里想赶上其他学生,而不想以后像爸爸那样,他其实早该坐到爸爸房间里,为新学年准备的;而阿里眼下能听见的唯一声音就是时钟的滴答滴答。整栋房子好像停止了呼吸。明天早晨他妈妈才会回家。她会替他安顿好早餐,预备上干净浴巾,迈克来敲门时,她就送他去室内游泳池游泳。

阿里溜出门去,父亲好像没有察觉,要是家里没有人聊天说笑,阿里可不想待着。他惊讶地发现迈克还站在门外,冲着面前的墙壁踢一只网球。

"出来,你这畜生。咱在等你呢,"他说,"干啥啦,咋哭啦?"

他和迈克拖着脚步在昏黄的傍晚穿过公园,球门柱像绞刑架那样竖在泥潭里。

"你出来啦,"迈克说,"天快要黑咧。"

"有人在。"

"这种事,招人讨厌。有你的伙伴呢。谁都去秋千那块儿咧。"

阿里和迈克总是直奔秋千架。倘若是下雨天,他们就躲在湿淋淋的车棚子里分着烟抽;这车棚子是周末足球队员们换衣服的地方。

迈克嚷嚷道:"他们在那里咧!婊子都出来咧。"

他们开始跑起来。那里并不太远。阿里认识所有的孩子;他们不是他的朋友,不过他们都住在附近;有的比他小,有的比他大。他母亲称他们"野小鬼"。

"你去哪里咧?"其中一个对迈克说。

"等阿里。他陷在一群傻蛋里咧。有一打,臭气熏天喽。真不像话,黑不溜秋的一屋子。"

女孩子在荡秋千,男孩吊在铁栏杆上抽着烟,吐着烟圈。男孩想趁女孩飞上飞下时用女孩的手镯敲她们的胸脯敲出声音,但大多数时候,他们在聊跳舞。在派兹伍德那边,雷鬼团要去那里。眼下,他们都热衷于德斯蒙德·德克尔①的摇滚乐,谈论他们是否会被准许进舞场,要不然他们得从后门溜进去,浑水摸鱼。女孩子可以从看门人眼皮底下混进去,可男孩子们一看就太小。阿里明白他是没有希望的。

"我家里人没有什么不对劲的嘛。"阿里对迈克说。

"你可是在这块地方呀!"迈克说。

这俩人相互不能理会地彼此看着。阿里吐了一口口水,抬脚走开了,但又觉得不想回家。他要在街上游荡,一直游荡到想见父亲为止。

在街头,他注意到布莱克小姐家的灯光透过网纱窗帘亮着。有时他从年轻演员俱乐部或西班牙吉他课回家路上拐进去看望她。她总是送给他糖块儿,外加半个克朗。她和她兄弟一起住,她兄弟是维多利亚车站的看门人,以在酒吧里打架出名。

孩子会对她嚷嚷——她今天做瞎子啦——不过她会一直站立在那里,唇间一抹空荡荡虚飘飘的笑影。有时,阿里在自己的卧室里闭上眼睛,伸出双手,走来走去,试着体验她是怎样感觉的。近来,他需要点儿零钱,常常去看望她。作为交换,她要求他讲讲学校里他干了些什么,讲讲对朋友的看法。他开始喜欢上自己的自说自话了;就好像是记录有声日记那样。不管他说什么,她都听着。说来也怪,他跟她说的话比他对其他任何人都多。

他拍拍前门:"喂,布莱克小姐。"

---

① Desmond Dekker,牙买加摇滚歌星。

"进屋呀,艾伦,亲爱的。"

她觉得他的名字叫艾伦。他挺喜欢当一会儿艾伦,是一种解脱。有时他希望自己整天都是艾伦。

他随着她走进厨房,厨房光光的地板上放着几片卷起的油毛毡。这厨房有二十年没有粉刷过了,有一股煤气味儿。为了暖和,布莱克小姐总是在炉灶上点了火。靠着触摸,她就知道家里什么东西在哪里。无线电里放着战时大乐队的音乐。

她递给他一杯水,他不想去碰,杯子肮脏得很,他把杯子搁在她存放小零钱的铁盒子边。她好像总是有好多银币。邻居街坊都传言说,她从祖上继承了些油画,后来她把它们变卖了,因为没法儿看见那些画儿。

她坐在那里,等他开口。

起初,他想给她讲家里的来客,还有他们一起去的饭店,他们如何逛动物园、杜莎夫人蜡像馆和海德公园。可他以前从来没提起过他的印度亲戚。她不知道他有一半印度血统,她是他认识的所有人中唯一一个不知道这底细的人。

他不知道她的实际年龄。她可能有四十多了,也可能三十七八。对他来说都一样。

"艾伦,给我点支烟。"她说。

他替她抽出一支六号选手牌的烟,她接过去,叼进嘴里。她抽烟抽得厉害,还喜欢让他给点烟头,那样她的手可以碰着他的手。

"去哪里啦?"她说。

"忙啊,忙啊,忙。"他说。

她朝前凑凑。"忙总是好的。干嘛呢?"

他告诉她叔叔婶婶和堂兄弟姐妹们来做客。他把什么都跟她说了,顺便提到他们从印度来。她仔细听着,像以往那样,用一只耳朵而不是用眼睛对着他;他觉得自己是对着她一侧脑袋、对着她稀稀拉拉的长头发和半张笑脸说着话儿。

"我爸在印度有二十个年头,"她说,"他做茶叶生意。说是可好喽。强过这个冷冰冰的地方。眼下你亲戚走啦。"

"他们离开了。"

"你想着他们吧。"有一会儿,他什么都没有说。"什么?"她说。

"想他们的,以后还会想。"他添了一句,"等我攒够了钱,我要去那里。"

"你不带上我?"

"你?"

"噢,求求你就说个行吧,带上我。"

"去印度?"

"噢,带我去,带我去,"她说道,"我兄弟厄尼什么地方都不带我去。他就会骂我。我求他带我出去,为啥不?闻一闻听一听大海,为啥不!那里有盲人学校。"

"哪里?"

"孟买。他们告诉过我。他们会让我去帮帮那些饿肚子的苦孩子!"

那在孟买会是多么不可思议的情景:一个印度血统的英国孩子和一个盲女人。

她捏着一块巧克力。"好,过来,你这可怜的孩子。张开

· 295 ·

嘴巴。"

他走到她身边坐在厨房椅子上。她围裙上渍迹斑斑。她眼皮深陷,总是半闭着的。他觉得没必要非得让她费力地硬睁着眼睛。她黑眼圈像是抠进眼窝里去似的。

"今天天热。"

"哪里?"

"哪里都热。"他扇动着自己的衬衫,"我黏糊糊的。"

"不,"她说,"真的?你要抹些爽身粉。我有。咱先把这事儿做完,我知道你冲什么来的。"

"你知道?"

阿里张开嘴巴,等候着。接着,他不知怎么地就闭上了眼睛,好像等待一个亲吻。

她用另外一只手触摸到他的脸,那只手抚摸他的双颊、前额和鼻子,掠过他嘴唇。

"我只不过想感觉感觉你有多大。"她说,把巧克力填进他的嘴里,"你最近刚过了生日吗?你好像大些了。这是我想知道的呀,艾伦。"

"没有。"他说着,摇摇头,借此把她的手从他脸上摇掉,"这星期没长大。"

"等等。"这会儿她手里捏着一枚半克朗,他拿过去,塞进口袋里。

"谢谢。老天爷,谢谢了,布莱克小姐。"

"别动。"

她摸到了他的喉咙。她的手颤抖着。她在他的脖子那里摸索,顺着往下移动。透过他的衬衣,她摸索着他的前胸,那样子好像她从来没有碰过另外一个人的身体,想知道那到底是怎么回事似的。她眼皮好像在抽搐。他以往从没有这么靠近她过。他把巧克力含在舌间,不去咬它,直等他嘴里的热气把它融化掉。他觉得自己在想着给扎希妲写信。明天父亲去上班时,他可以去父亲房间拿几张又轻又薄的蓝色航空信笺,父亲就用这种纸写信给他的弟兄。阿里总是收着些邮票的,他要给扎希妲写一封爱意绵绵的情书,他的第一封情书,他要在里面写满诗歌,绘满图画,把什么都跟她倾诉。他知道,信件要花一星期才能寄到那边。他明天就要开始动笔,然后等候她的回信,他可以在校车上读她的回信。

  布莱克小姐解开了阿里的衬衫。衬衫全部敞开了。护士,比如他的母亲,随时都得去碰陌生人。母亲说那很自然;她曾经看见过很糟糕的东西,可没有哪个人体让她受不了过。

  阿里暗自数着他挣来的钱;照这个速度,他可以去和扎希妲待上一段日子了。像她说的那样,他们有时间可以"做许多许多事情"了。她走到哪里,他就跟到哪里,去俱乐部,去海滩,去聚会,坐在私人司机开的车里。家族的人会像欢迎他们自己人那样欢迎他。到了夜晚,他会和吵吵嚷嚷讲故事说笑话聊政治的男人们围坐在一块儿。也许他会在那里娶亲,那他的父母也会来的。他得把具体事情规划规划。

  布莱克小姐继续摸着他。她仿佛长出好多只手停留在他的身上,颤抖着好像奄奄待毙的鸟儿。他不知道那些手接下来会去哪里。他的肚皮?他的后背?他动弹不了,他紧闭双眼,他所能听见的唯一声音就是无线电,里面放出来的没有一个是他喜欢的。他想动一动,布莱克小姐发出一声惊叫,仰起脸来朝向他。她黏糊糊的眼睛没有什么改变,不过她的嘴扭歪了。

"艾伦。"她呻吟道。

他拍拍桌子,她将另外半个克朗硬币从桌面上滑过来。他把硬币收进口袋,溜到门边。

"艾伦,艾伦!"她手指在空中抓着。

"你不能让我错过《怪胎家族》呀。"

她熟悉这房子,可以在里面很灵便地走来走去。可是在她再能摸索他之前,他已经跑到了外面。

父亲还坐在书桌前,脑袋枕在胳膊上。阿里摸摸他的头发,挠挠他的鼻子。父亲猛地坐直了,吃惊地环顾四周。

"什么时候回来的?"

"不晓得。"

"别经常和迈克出去。"爸爸一边找着他的笔一边说,阿里见到那支笔掉在了地上。阿里指指地上的笔。爸爸弯腰去拾,脑袋磕在书桌拉开的抽屉上。"那些孩子都是废物。以后只配修车去。"他摇着头加了一句。

"我要找更好的朋友,就好像你要找更好的工作一样。"

"够啦,阿里!我们得干活了。"

阿里在屋子另一端的沙发上躺下。他脱去衬衫,他的手指滑过自己的身体。他碰到自己被布莱克小姐抚摸过的身体。他嗅嗅自己的手指。她碰过那里,扎希姐更早的时候也碰过那里。他的口袋里揣着她的钱。

他坐起身,假装做功课的样子,他开始写给扎希姐的第一封信。他已经行动起来,他已经上了路。

第二天早晨,在去露天游泳池的路上阿里撞见了迈克,迈克哼着一支足球调子,脚踢着系在绳子一端的腰包,布莱克小姐站在她的门前。把插销弄得卡卡响。

"迈克,迈克,"她嚷道,"艾伦在哪?"

"那不是?"迈克说,"你没有见到他乌不遛秋的脑瓜子? 你闻不到他?"

"早晨好,布莱克小姐。"阿里说。

"艾伦,艾伦!"她从大门里探出身体,"你不想……不想吃点东西? 巧克力什么的?"

"想啊,布莱克小姐,你知道我想的。"迈克嘿嘿笑着。"你等着,"阿里说,"我去游泳池里浸一浸就来。"

"可是艾伦,艾伦!"她又更急切地喊,"你不来这里替我点点烟嘴?"

阿里瞧瞧迈克,耸耸肩。

阿里折回她那儿,从她手里抽出那包六号选手牌香烟,弹一支放进她嘴巴,拿过她的打火机,替她点燃了烟。她紧紧拽住他的手,他知道她会那样。风把烟雾吹散了,他还给她打火机。她从大门里滑出一只手,塞给他一枚六便士银币,他装进了口袋。他顺街跑去,赶上了迈克。

"迈克,你先走,"他说,"我待会儿再来找你。"

布莱克小姐已经打开了大门,阿里随着她踏上了小道。

图书在版编目（CIP）数据

身体/(英)哈尼夫·库雷西著；卢肖慧译.-上海：上海文艺出版社,2016.11
(哈尼夫·库雷西小说精品系列)
ISBN 978-7-5321-5991-8

Ⅰ.①身… Ⅱ.①哈… ②卢… Ⅲ.①长篇小说—英国—现代②短篇小说—英国—现代
Ⅳ.①I561.45

中国版本图书馆CIP数据核字（2016）第256552号

THE BODY
Copyright ©2002, Hanif Kureishi
All rights reserved.

著作权合同登记图字：09-2015-120

出 品 人：	陈　征
责任编辑：	张　翔
封面摄影：	韩　博
封面设计：	朱云雁

书　　名：	身　体
作　　者：	(英)哈尼夫·库雷西
译　　者：	卢肖慧
出　　版：	上海世纪出版集团　上海文艺出版社
地　　址：	上海绍兴路7号　200020
发　　行：	上海世纪出版股份有限公司发行中心发行
	上海福建中路193号　200001　www.ewen.co
印　　刷：	崇明裕安印刷厂
开　　本：	890×1240　1/32
印　　张：	9.5
插　　页：	2
字　　数：	179,000
印　　次：	2016年11月第1版　2016年11月第1次印刷
I S B N：	978-7-5321-5991-8/I · 4783
定　　价：	48.00元

告　读　者：如发现本书有质量问题请与印刷厂质量科联系　T:021-59404766